Mitgift

MITGIFT

Ein neuer Fall für Verena Paul

Kriminalroman

Heidrun Scholz

THEISS

„*Mitgift*" ist ein Kriminalroman. Haupt- und Nebenfiguren sowie die Handlung sind frei erfunden. Ähnlichkeiten oder Namensgleichheiten mit lebenden Personen sind rein zufällig und nicht beabsichtigt.

Bibliografische Information der Deutschen Nationalbibliothek
Die Deutsche Nationalbibliothek verzeichnet diese Publikation in der Deutschen Nationalbibliografie; detaillierte bibliografische Daten sind im Internet über http://dnb.d-nb.de abrufbar.

Umschlaggestaltung: Stefan Schmid Design, Stuttgart, unter Verwendung einer Abbildung von Nature's Window, Rune Midtgaard

Lektorat: Susann Säuberlich, Neubiberg
Satz und Gestaltung: Satzpunkt Ursula Ewert GmbH, Bayreuth
Druck und Bindung: GGP Media GmbH, Pößneck
ISBN 978-3-8062-2593-8

„Da kommt er endlich! Es ist jetzt ...“, sie schaute auf ihre Armbanduhr, *„... 0.31 Uhr ... Würd mich interessieren, wo er die ganze Zeit gesteckt hat ... Andererseits ... Was kann ein Herumstreuner nachts schon anstellen? In Mülleimern stöbern. Sich mit Halbstarken raufen. Rollige Weibchen besteigen.“*

Sie schaltete das Diktafon aus und beobachtete, wie er seine Schritte verlangsamte und ihn seine Füße, die ohne Socken in Sandalen steckten, über den mit Steinplatten spärlich markierten Fußweg zu seinem Haus lenkten.

Sie drückte auf REC.

„Was es auch war, lonely cowboy“, sie flüsterte fast, *„du hast es heute zum letzten Mal gemacht! ... Ich glaube ... hier ist es perfekt. Eine gute Stelle.“*

Sie drückte auf STOP.

Sie folgte ihm geräuschlos. Fast hatte sie ihn erreicht. Er befand sich jetzt im Lichtkegel der Außenleuchte, die – durch den Bewegungsmelder ausgelöst – gerade angegangen war.

Sie drückte auf REC.

„Hallo! Hören Sie ... dürfte ich kurz ...“

„... Wer sind Sie? Was wollen Sie von mir?“

„Sie sind doch der ... Journalist, der für die Lokalzeitung schreibt.“

„Was soll die Frage mitten in der Nacht?“

„Sind Sie's nun?“

„Ja, doch. Rufen Sie mich morgen im Büro an.“

„Danke, ich brauche Ihre Visitenkarte nicht. Es gibt da eine Sache, die keinen ...“

„Hat das nicht Zeit bis morgen?“

„Wie gesagt, eine Sache, die keinen Aufschub duldet ...“

„Ich bin ab neun im Büro ... oder sagen wir ab zehn ... Ahhh ... was zum Teufel ... tun Sie ...“

Sie drückte auf STOP.

1

Als Wiglaf Winter vier Stunden zuvor den schweren Vorhang einen Spaltbreit öffnete, um einen Blick in den kaum besetzten Zuschauerraum zu werfen, konnte einer der dort Sitzenden noch nicht ahnen, dass sein Leben in vier Stunden zu Ende sein würde. Er hätte sie möglicherweise dazu genutzt, seine Angelegenheiten in Ordnung zu bringen oder sein Testament zu machen, vielleicht galt es, jemanden um Verzeihung zu bitten oder etwas zu gestehen. So aber wartete er in zurückgelehnter Haltung und mit ausgestreckten Beinen darauf, dass sich der Vorhang öffnete.

‚Noch zwei Minuten. Es können immer noch Leute kommen', dachte Wiglaf Winter, als er seinen Blick über die spärliche Zuschauermenge schweifen ließ.

Links in der zweiten Reihe sah er Beatrice, Bea-Darling, wie er sie nannte.

Beatrice, die ihren Kopf langsam wendete, um so zu tun, als schaue sie auf die Uhr, die im hinteren Teil des Raumes schräg unter der Decke hing. Doch wusste er, dass sie sich unauffällig einen Überblick über die Zuschauermenge verschaffte, mit einem kummervollen Zug um den Mund.

‚Keine Sorge, Darling, die wenigen werden begeistert sein. Lieber fünf, die meine Kunst würdigen, als fünfzig Kretins.'

Von Anfang an war Wiglaf nicht mit dem Vorschlag einverstanden gewesen, die Lesung in der Aula des Gymnasiums, das im Spitalhof untergebracht war, zu veranstalten; zu groß, zu nüchtern, zu wenig würdevoll. So kommt vielleicht noch ein bisschen Laufkundschaft dazu, denk an die zentrale Lage, hatte Agnes, seine Agentin, entgegengesetzt. Willst du etwa durch Hinterzimmer tingeln?

Und wie meistens hatte Agnes sich durchgesetzt.

Agnes, die Wert darauf legte, dass das „gn" in ihrem Namen weich gesprochen wurde – wie in „Cognac".

Agnes, die neben Beatrice saß und ihr den Ellenbogen in die Seite stupste, damit diese den Blick fest nach vorn richtete, scheinbar unbeeindruckt vom ausbleibenden Publikum.

Zeitgleich mit einem durchdringenden Hupton, der die Anwesenden daran erinnerte, dass sie sich in einer Schulaula befanden, und der Wiglaf körperlichen Schmerz bereitete, kam noch ein greises Paar herein, das sich zuerst unschlüssig den Stuhlreihen näherte und dann neben einem Mann mittleren Alters in Jeans und zerschlissenem Jackett Platz nahm. Der Mann hing mit ausgestreckten Beinen im Stuhl. Seine nackten Füße steckten in Sandalen.

Wiglaf schloss den Vorhang. Nervös ging er auf und ab, rieb sich die kalten Hände und dehnte die Finger, bis sich die Gelenke durch Knackgeräusche in Erinnerung riefen.

‚Wenn nur die Presse da ist. Sie braucht nur endlich mein Genie zu erkennen, mehr nicht', dachte er, blieb dann in der Mitte der Bühne stehen, nahm einen tiefen Atemzug, schaute nach rechts und nickte. Der Vorhang teilte sich in der Mitte und ging in ruckartigen Bewegungen auf. Schütterer Applaus setzte ein. Wiglaf trat an den Tisch, auf dem sich ein Buch, eine Flasche Wasser und ein Glas befanden, räusperte sich kurz, und als der Applaus abebbte, begann er seine kleine Ansprache:

„Schönen guten Abend, liebes Publikum. Ich begrüße Sie ganz herzlich zu meinem heutigen Lyrikabend."

Wie zum Gebet legte er die Handinnenflächen aneinander.

„Sie werden heute Abend Zeugen einer Premiere sein. Ich lese zum ersten Mal aus meinem Gedichtband *Der bestellte Acker und wo zum Teufel bleibt Godot*. Und Sie sind dabei!"

Er breitete die Arme aus.

Er sah, wie Agnes entsetzt die Augen schloss und Beatrice ihn anhimmelte.

„Sie werden meine Seele darin finden", fuhr er fort.

Er deutete eine Verbeugung an und machte eine abwehrende Handbewegung, als zögernd geklatscht wurde.

„*Der bestellte Acker und wo zum Teufel bleibt Godot* ist eine Trilogie, die ..."

In diesem Moment wurde geräuschvoll die Aulatür geöffnet. Eine überaus hochgewachsene, hagere Frau kam herein. Leicht geduckt ging sie mit kleinen, schnellen Schritten auf den nächstbesten Stuhl in der letzten Reihe zu und setzte sich.

Wiglaf hob die Augenbrauen, schüttelte dann kaum merklich den Kopf und setzte seine Ansprache fort.

Während er sprach, war es im Zuschauerraum totenstill. Der Mann ohne Socken schrieb etwas auf einen Block. Wiglaf bildete sich ein, das Kratzen des Bleistifts auf dem Papier hören zu können.

‚Der ist sicher von der Presse!'

„Jetzt will ich Sie nicht länger auf die Folter spannen!", schloss er seine Rede, machte ein paar Schritte zurück und setzte sich auf den Stuhl, der in dem Moment ächzte. Dass Agnes ihm ständig in den Ohren lag, weniger Prosecco zu trinken, ging ihm durch den Kopf, und dass elegantere Körperformen seinen Genius besser unterstreichen würden. Wiglaf schüttelte die Gedanken ab, setzte die Brille auf und begann zu lesen:

„Ein helles Lächeln, dünn wie Pergament,
das die Wendeltreppe der Gezeiten
auf und nieder rennt – alles fließt – alles bleibt …"

Völlig in seinen Text vertieft, bemerkte er nicht die fragenden Blicke, die durch den Raum huschten wie Blätter im Herbstwind und hier und da einander trafen. Er sah nicht die beiden Alten, die an ihren Hörgeräten fingerten, nicht den zornigen Blick der hageren Frau, der dem Mann galt, als dieser mit Block und Bleistift in der Tasche seiner abgewetzten Jacke vorzeitig den Saal verließ.

Nach dem letzten Satz hob Wiglaf langsam den Kopf und kehrte in die Gegenwart zurück. Er stand auf und verneigte sich.

Verhaltener Applaus!

Dass *ihr* Stuhl in der letzten Reihe wieder leer war, beruhigte ihn. Aber leider fehlte auch der Mann ohne Socken!

Die Gelegenheit, vom Künstler signierte Werke zu erwerben, nahm niemand wahr, was Wiglaf einigermaßen verärgerte. So viel Zeit konnte man sich auch als viel schaffender Schwabe doch wirklich nehmen.

2

Jeden Morgen um Punkt acht begegneten sich unter dem Vordach der Polizeidirektion ihre Blicke. Während Verena die fünf Stufen der Eingangstreppe bis zum Portal zurücklegte, starrten sie einander an. Wer von den beiden würde heute als Erster die Augen niederschlagen? Verena tippte auf Willsch. Alles sprach für ihn. Willsch, der keinen Funken Ehrgeiz hatte, der kontinuierlich daran arbeitete, nicht weiterzukommen. Dieser Mangel besetzte die gesamte Wassersäule seines Wesens.

Breitbeinig, als könne er so seinen Körper im Lot halten, stand er da, die Kippe in der Hohlhand. Zigarettenqualm kroch an seinem Arm empor.

Ganz im Einklang mit seinem Kollegen war Wagner im Vermeiden von beruflichem Vorwärtskommen gleichfalls erfolgreich. Nicht dass er eine Beförderung nicht zu schätzen gewusst hätte. Ein besseres Gehalt. Einen größeren Wagen. Doch seine Angewohnheit, die Lorbeeren anderer als die seinen zu betrachten, hatte ihn in null Komma nichts bei seinen Kollegen unbeliebt gemacht.

Wagner, der sich gerade an einer aufgerauchten Zigarette die nächste anzündete, hatte einmal seiner Chefin noch zwischen die Augen gestarrt, als ihre Schuhspitze schon die fünfte Treppenstufe berührt hatte. Im letzten Moment war ihm wieder eingefallen, wo sein Platz war.

Jeden Morgen um Punkt acht stand ein Becher mit heißem Kaffee auf Verenas Schreibtisch. Benno Andres, seit fünf Jahren ihr Assistent und mit der Zeit unverzichtbar geworden, tat das freiwillig. Er ließ es sich nicht nehmen. Ihn musste sie nicht anstarren.

„Der Chef will Sie sehen", sagte Benno, ohne den Blick vom Monitor zu nehmen. Obwohl Verena ihm längst das *Du* angeboten hatte, siezte er seine Chefin nach wie vor. Auch das ließ er sich nicht nehmen. Seine Finger flogen in rasanter Geschwindigkeit über die Tastatur. Trotz der herrschenden Hitze trug er Hemd und Krawatte. Das farblich abgestimmte Jackett hing über der Stuhllehne.

„Hat er gesagt, worum's geht?"

„Nee."

Verena nahm ihre Umhängetasche von der Schulter und stellte sie auf ihren Schreibtisch. Ruben, der sich jeden Kommentar dazu verbat, dass er in einer Handtasche wohnte, sprang aus dieser heraus und lief über die beiden zusammengestellten Schreibtische zu Benno hinüber, um ihn zu begrüßen.

„Hat er sich das selber ausgesucht?", fragte Benno und meinte damit Rubens T-Shirt in den Farben Tannengrün, Himmelblau, Rubinrot und leuchtend Gelb. „Das ist abschreckender als zehn Flohhalsbänder. Außerdem haben wir draußen an die 30 Grad."

„Nackthunde haben nun mal kein Fell. Man muss ihnen eines simulieren. Und als Quasi-Azteke ist er ganz andere Temperaturen gewöhnt. Ich bin bei Meininger."

Verena verließ das Büro und ging ein Stockwerk höher.

‚Vielleicht hat er ja endlich über meinen Vorschlag nachgedacht, Willsch und Wagner in eine andere Abteilung zu versetzen', dachte Verena, während sie über den Flur auf das Büro ihres Chefs zusteuerte. Andererseits, seit Meininger mit seiner Frau in einen Scheidungskrieg verwickelt war, bei dem beide Parteien in der Wahl ihrer Waffen alles andere als zimperlich waren, war er zu nichts mehr zu gebrauchen. War sein Umgang mit Kollegen und Untergebenen bisher von Wohlwollen und Loyalität geprägt, so hatte er sich seit der Scheidungssache zum reinsten Misanthropen gewandelt. ‚Seine Frau muss ihm ganz schön zugesetzt haben', überlegte Verena. ‚Was sonst könnte sein Menschenbild derart erschüttert haben?' Auch ließ er sich kaum noch blicken. Außer morgens, wenn er das Gebäude der Direktion betrat, und abends, wenn er es wieder verließ, sah man ihn nur noch selten. Hinter vorgehaltener Hand nannte man ihn bereits *den Yeti*.

Verena klopfte an und trat ein.

„Da sind Sie ja", sagte Meininger und bedeutete ihr mit einer Armbewegung, auf dem Besucherstuhl Platz zu nehmen. Er saß mit dem Rücken zum Fenster. Sein Mahagonischreibtisch, der glänzte wie ein frisch polierter Daimler, war bis auf eine dünne Mappe wie leer gefegt.

„Das hier lag heute Morgen in der Post", begann er ohne Umschweife, als Verena sich gesetzt hatte. Er war kein Freund von unnötigen Einleitungen. Er legte ein Blatt Papier vor Verena auf den Tisch.

„Ein anonymer Brief. Lesen Sie selbst", fuhr er fort, lehnte sich zurück und verschränkte die Arme vor der Brust.

Der Brief begann ohne Anrede und kam direkt zur Sache:

Es geht um das Alten- und Pflegeheim Haus Neckartal in Pfullingen. Ich arbeite dort. In letzter Zeit häufen sich dort Todesfälle. Ich nenne Ihnen konkret drei Namen, damit Sie mein Schreiben nicht gleich in einer Schublade verschwinden lassen: Emilie Pfister, 89 Jahre, Adolf Merkle, 88 Jahre, Sibylle Ahrweiler, 78 Jahre. Schauen Sie sich die Totenscheine genau an!

Bitte haben Sie Verständnis, dass ich lieber anonym bleibe. Aber ich will meinen Job nicht verlieren.

Jemand, der besorgt ist.

Verena betrachtete das Schreiben von allen Seiten. Ein weißes Blatt Papier, zweimal gefaltet auf ein Drittel. Kein Datum, kein Adressat oder Absender. Nur der Text. Geschrieben an einem Computer, ausgedruckt auf einem Tintenstrahldrucker. Wehmütig dachte Verena an die Zeiten, als man Täter noch anhand ihrer Schreibmaschinen überführen konnte.

„Wo ist der Umschlag?", fragte sie.

Meininger nahm ein Kuvert aus seiner Mappe und schob es Verena über den Tisch. DIN lang mit Sichtfenster. Keine Briefmarke. Neben dem Fenster stand in dicken, schwarzen Buchstaben: *An die Polizeidirektion Reutlingen*. Und darunter in etwas kleinerer Schrift: *und an das Landespolizeipräsidium Stuttgart*. Verena hob die Augenbrauen. Da wollte aber jemand sichergehen.

„Ich möchte, dass Sie sich dort einmal umsehen", sagte Meininger.

„Aber solche Schreiben bekommen wir dutzendfach ..."

„Spricht irgendetwas dagegen? Ein dringender Fall vielleicht?"

„Nein. Aber was antwortet wohl die Heimleitung auf meine Frage *‚Können Sie mir bestätigen, dass es in Ihrem Haus in letzter Zeit häufiger ungeklärte Todesfälle gab?'*"

„Dann stellen Sie sich halt geschickter an."

„Wir haben ganze Ordner voll mit solchen Briefen", entgegnete Verena. „Sollen wir jetzt alle ..."

„Eins nach dem anderen!", fiel Meininger ihr ins Wort. Seine Miene war unmissverständlich. „Außerdem ...", er schob die Mappe, die vor ihm lag, noch weiter zu sich her und richtete sie an der Tischkante aus, „... soll nicht der Eindruck entstehen, wir würden uns nicht auch um die Alten und Schwachen in unserer Gesellschaft kümmern."

Aber Verena hatte ihren Chef durchschaut. Mitnichten lagen ihm die Alten und Schwachen in unserer Gesellschaft am Herzen. Allein die Tatsache, dass der Brief nachrichtlich an das Präsidium Stuttgart geschickt worden war, an seine oberste Dienststelle, machte ihm Feuer unterm Hintern.

Sie seufzte.

„Ich kümmere mich darum“, sagte sie und wollte sich erheben, als Meininger fortfuhr:

„Da ist noch etwas.“

Verena sank auf ihren Stuhl zurück.

„Anfang September findet in Straßburg ein Kriminologenkongress statt. Ich möchte, dass Sie hinfahren. Es kann nicht schaden, ab und zu über den Tellerrand der polizeilichen Routinearbeit hinauszuschauen.“ Er betrachtete seine Fingerspitzen. „Und unserem Ruf kann's auch nicht schaden. Zu zwei Themen können noch Abstracts eingereicht werden.“

‚Auch das noch!' Verena stöhnte innerlich auf.

„*Freizeit und Kriminalität bei Jugendlichen mit und ohne Migrationshintergrund*. Oder, wenn Ihnen das besser gefällt: *Auch Frauen sind zu allem fähig. Die weibliche Gewalt*. Ich erwarte Ihr Manuskript in 14 Tagen.“

Punkt. Keine Diskussion.

Verena wollte wenigstens in eigener Sache einen Sieg nach Hause tragen.

„Hatten Sie schon Zeit, sich um ... meine Angelegenheit zu kümmern?“, fragte sie.

Meininger machte eine abwehrende Handbewegung. „Das muss warten. Es gibt im Moment Wichtigeres, als die Abteilung durch unnötige Versetzungen durcheinanderzubringen.“

Verena gab auf. Mit ihm war zurzeit nicht zu spaßen. Sie stand auf, bedachte ihren Chef mit einem Nicken und verließ sein Büro.

‚Er muss ziemlichen Druck bekommen', dachte sie, als sie über den Flur auf die Treppe zuging. ‚Und zwar von ganz oben.'

Schon länger wurde gemunkelt, dass Meiningers derzeitiger desolater Führungsstil bis nach Stuttgart durchgesickert war. Es hieß, er habe schon beim Landeskriminaldirektor vorsprechen müssen, wenn nicht sogar beim Landespolizeipräsidenten (so spezifisch war das Gerücht dann doch nicht). Schwer zu sagen, ob an der Sache was dran war, und wer solche Legenden überhaupt in die Welt setzte. Dessen ungeachtet, stand für Verena fest, dass das übertriebene Interesse an dem anonymen Brief Ausdruck seines selbst auferlegten Erfolgsdrucks war, angestachelt durch die „Aufmunterung“ seiner Vorgesetzten in Stuttgart. Warum sonst setzte er sie auf eine Sache an, für die er normalerweise höchstens einen Uniformierten genommen hätte, wenn das Schreiben nicht sogar im Irrgarten behördlicher Instanzen verschwunden wäre.

Zurück im Büro, ließ sie sich in ihren Stuhl fallen.

„*Auch Frauen sind zu allem fähig. Die weibliche Gewalt*! Was fällt dir dazu ein, Benno?"

„Kleine Hunde in quietschbunter Strickware."

Der Radiergummi traf ihn am Kinn. „Wie wär's mit: Der malträtierte Assistent. Wenn weibliche Gewalt eskaliert ...!", rief Benno und rieb sich das Kinn. „Was gab's beim Chef?"

„Das hier." Verena schob ihm das anonyme Schreiben zu.

„Wir sollen der Sache also nachgehen?", fragte Benno, als er es gelesen hatte.

„Richtig. Und wir sollen uns geschickt anstellen."

„Geschickt anstellen?"

„Ich habe auch schon einen Plan."

„Na, da bin ich aber gespannt." Benno lehnte sich zurück und verschränkte die Arme vor der Brust, als habe er die Geste mit Meininger abgesprochen.

„Eins darf man natürlich nicht: mit der Tür ins Haus fallen", begann Verena.

Benno nickte.

„Für den Anfang wäre es ausreichend, einen ... sagen wir mal ... ungestörten Blick in die Krankenakten zu werfen."

„Und was hoffen Sie, da zu lesen? *Habe gerade Frau Lämmle die zehnfache Dosis Insulin verabreicht.* Unterschrift *Schwester Gabi.*"

„Bisheriger Gesundheitszustand, Krankheitsverlauf, Todesbescheinigung und so weiter."

„Und was stellen Sie sich unter *ungestört* vor?"

„Hast du nicht nach dem Abitur deinen Zivildienst in einer psychiatrischen Klinik gemacht?"

„In Bad Schussenried, genau. Ich muss sagen, das war eine interessante ..." Benno stockte. „Moment mal, Chefin, das ist ja wohl nicht Ihr Ernst", sagte er empört.

„Die beste Methode, an Informationen zu kommen, ohne viel Staub aufzuwirbeln. Als Pfleger hast du optimale Möglichkeiten, dir ungestört ein Bild zu machen. Vielleicht kriegst du raus, wer der anonyme Briefschreiber ist."

Noch bevor Benno seinen nächsten Widerspruch formulieren konnte, klingelte das Telefon. Er nahm ab, nicht ohne vorher seiner Chefin einen

Blick zuzuwerfen, der besagte, dass sie ihren Plan gleich wieder vergessen konnte. Während er den Hörer an sein Ohr hielt, nickte er ein paar Mal, schrieb eine Adresse auf einen Zettel und legte auf.

„Es gibt Arbeit", sagte er. „In der Klopstockstraße. Ein Toter unter einem Holunderbusch."

Sie fuhren in Verenas Käfer auf der Tübinger Straße Richtung Betzingen. Das Gebläse lief auf vollen Touren und machte einen Lärm wie das Triebwerk eines Düsenjets. Verena richtete den Luftstrom, der nach Abgasen stank, auf ihr Gesicht. Es war zum Verrücktwerden heiß.

„Wann werden Sie ihn endlich an ein anderes Auto gewöhnen!", rief Benno und warf einen vorwurfsvollen Blick nach hinten, wo Ruben auf der Rückbank saß. „Wir könnten einen Dienstwagen fahren. Mit Klimaanlage."

„Es ist noch zu früh. Er hat das Trauma mit der alten Bertha noch nicht verarbeitet. Soll ich ihn da mit einer neuen Geschichte belasten?"

„Sie wissen doch gar nicht, wie diese Bertha ihn ..."

„Mir reicht, was ich gesehen habe."

Ruben, der es besser fand, klug zu schweigen, wenn die Gespräche um ihn kreisten, hatte seinen Kopf auf die Vorderpfoten gelegt. Seine Ohren bewegten sich wie Antennen zwischen Verena und Benno hin und her.

In der Klopstockstraße parkte Verena zwischen zwei Streifenwagen. Beim Geräusch der Handbremse sprang Ruben in die Handtasche, die neben ihm auf der Rückbank lag. Sein kleiner Körper verschwand bis auf Brustkorbhöhe darin.

„Da vorne links müsste es sein", sagte Benno, als sie ausgestiegen waren und sich umschauten. Verena nahm die Tasche vom Rücksitz und hängte sie über die Schulter.

Sie gingen auf ein Mehrfamilienhaus zu, von denen es in dieser Gegend Dutzende gab, nicht zu groß, maximal acht Parteien, von gepflegten Grünanlagen umgeben. Sie schlüpften unter dem rot-weißen Absperrband durch und überquerten den Rasen vor dem Haus mit der Nummer 64. Dann entdeckten sie Dr. Schmalhans, der sich unter den Zweigen eines Holunderbusches über einen leblosen Körper beugte.

„Morgen, Doc, haben Sie schon was für uns?", fragte Verena, als sie ihn erreicht hatten.

Schmalhans richtete sich auf. „Grüß Gott, mit'nander", sagte er, schaute auf die Uhr und stellte seine Berechnungen an: „Er ist seit mindestens sechs bis acht Stunden tot. Äußere Verletzungen kann ich auf den ersten Blick nicht finden."

„Man kann nicht behaupten, dass das ein perfektes Versteck für eine Leiche ist", sagte Verena.

„Aber gut genug, dass er erst vier Stunden nach Sonnenaufgang entdeckt wurde", meinte Benno. „Wer hat ihn gefunden?"

„Der Hausmeister", antwortete ein Uniformierter, der bisher geschwiegen hatte. „Er steht unter Schock." Mit einer Kopfbewegung zeigte er auf den Krankenwagen, der mit offenen Türen am Straßenrand stand.

Ein anderer Streifenpolizist, um einiges jünger, hatte Mühe, die Schaulustigen auf Abstand zu halten. Nur zäh bewegten sie sich hinter das Absperrband.

Verena ging neben dem Toten in die Hocke. Er trug Jeans und ein abgewetztes Jackett. Seine Sandalen baumelten an den nackten Füßen.

„Wie er so daliegt. Wie weggeworfen", sagte Benno, der jetzt neben Verena kniete.

„Vielleicht hatte er einen Herzinfarkt. Oder einen Kreislaufkollaps", entgegnete Verena.

„Unter dem Holunderbusch!" Benno schaute seine Chefin streng an.

Schmalhans, der mit routinierten Bewegungen die Taschen des Toten durchsuchte, fuhr fort: „Er ist von dort ...", er zeigte auf den mit Steinplatten sporadisch markierten Fußweg, „... bis hierher geschleift worden. Die Spuren sind noch gut zu erkennen."

Er begann, die Taschen des Toten zu leeren: fünf verschiedenfarbige Kugelschreiber, eine Tesafilmrolle, ein Dutzend Büroklammern, ein Schraubenzieher mit gelbem Griff, ein Karabinerhaken, eine Handvoll Visitenkarten, Nasenspray, ein Schlüsselbund, Hosenbeinklammern, ein Schweizer Klappmesser, eine Brieftasche und ein Handy.

„Seine Wohnung dürfte leer sein. Er hat alles mit sich herumgetragen", sagte Benno, der einen Plastikbeutel aufhielt, in den Schmalhans die Habseligkeiten des Toten fallen ließ. Die Brieftasche gab er Verena, das Handy drückte er Benno in die Hand.

Verena öffnete das Portemonnaie. Es schien nichts zu fehlen: Personalausweis, Führerschein, Scheck- und Kreditkarten, acht Euro in Münzen und ein Presseausweis.

„Klaas Hildebrandt. Journalist bei der Lokalzeitung ..." Verena drehte die Karte um: „Kulturredaktion."

„Scheint ungern telefoniert zu haben“, sagte Benno, nachdem er die Anruferliste durchgecheckt hatte. „Und zuletzt telefoniert hat er mit jemandem aus dem Reutlinger Festnetz. Seine Redaktion vermutlich.“ Er verglich die Nummer mit der auf der Visitenkarte und nickte. „Um zehn nach halb elf. Reichlich spät für ein Dienstgespräch.“ Damit ließ er das Handy in eine Plastiktüte fallen und gab es Verena, die es vorsichtig in ihre Tasche steckte. Ruben rührte sich nicht. Er schlief.

„Erste Vermutungen zur Todesursache?“, fragte Verena.

„Mit Vermutungen werden Sie nichts anfangen können“, entgegnete Schmalhans. „Aber hier ... hier ist etwas ...“ Er zeigte auf eine Stelle am Hals des Toten, die aussah wie ein harmloser Mückenstich. „Möglicherweise eine Einstichstelle. Kann aber auch von einem Insekt stammen. Mit Gewissheit kann ich nur sagen, dass der Tod vor etwa sechs bis acht Stunden eingetreten ist. Später mehr!“

Schmalhans schloss seine Tasche und ging mit einem „Ade mit'nander“ davon.

Und während Benno sich auf den Weg machte, die Nachbarschaft zu befragen, fotografierte Verena mit ihrem Handy unauffällig die Schaulustigen hinter den Absperrbändern, die sich mit allem, was sich dazu eignete, Luft zufächerten. Sprudelflaschen machten die Runde.

‚Jedenfalls war's das erst mal mit dem Altenheim‘, dachte Verena, als plötzlich das Handy des Toten klingelte. Ruben fuhr auf und blinzelte verstört. Verena nahm es aus der Tasche: keine Nummer auf dem Display.

„Ja bitte“, sagte sie, ohne das Telefon aus der Tüte herausgeholt zu haben. Das Plastik raschelte an ihrem Ohr. Und nach wenigen Augenblicken hörte sie, wie die Verbindung unterbrochen wurde.

3

Sie drückte auf REC.

„Na endlich! Da bist du ja, Liebster. Hast mich wieder lange warten lassen ... Aber ... was tust du da? Lass das! Das ist doch nichts für dich. Für deinen empfindsamen Körper. Lass das doch andere machen. Deine Bea-Bitch zum Beispiel ..."

Sie drückte auf STOP.

Mit der freien Hand fasste sie ihre Haare im Nacken zusammen und hob sie an. Sofort spürte sie, wie der Schweiß die Haut kühlte. Es war unerträglich heiß im Wagen. Seit sie vor über zwei Stunden ihren knochigen Körper hinter das Steuer ihres Polo gezwängt hatte, ließ sie das Eckhaus Kammweg / Aaraustraße nicht aus den Augen.

Sie drückte auf REC.

„Man könnte meinen, dein Flittchen hätte den halben Supermarkt leer gekauft, nur um dich den ganzen Kram schleppen zu lassen ... Denkst du nicht manchmal ... du hast es doch gut gehabt ...?"

Sie drückte auf STOP.

Ihr Arm begann zu schmerzen. Sie lockerte den Griff um den Zopf und stützte den Ellenbogen auf. Ihr Blick erfasste Wiglafs rundliche Gestalt jedes Mal, wenn er aus dem Haus kam, um die nächsten Einkaufstüten aus dem Auto zu holen.

Sie klappte die Sonnenblende herunter und betrachtete ihr Gesicht im Spiegel, ihre eng stehenden Augen, die gebogene Nase, die ihr etwas Besitzergreifendes verlieh, die schmalen Lippen, die sich beim Sprechen kaum bewegten und beim Lachen – was äußerst selten geschah – kleine, nach innen gerichtete Zähne entblößten. Klara Pfaff wusste, dass sie keine Schönheit war.

Sie drückte auf REC.

„Es ist schwierig geworden, dich im Auge zu behalten. Seit du mit deiner ... Bitch in das Haus dieser nichtsnutzigen Agentin gezogen bist. Weißt du das? Du machst es mir nicht gerade leicht ..."

Sie drückte auf STOP.

Gerade war er wieder herausgekommen, um mit nach unten gezogenen Schultern auch noch die letzten Tüten ins Haus zu bringen.

Sie beugte sich nach vorne, um ihm ein Stück näher zu sein.

Sie drückte auf REC.

„Ich weiß, wie es in dir drinnen aussieht, Wiglaf. Wer sonst, wenn nicht ich. Bis bald, Liebster.“

Sie drückte auf STOP.

Gerade hatte er die Haustüre hinter sich geschlossen.

Klara Pfaff wusste, dass sie ihn heute nicht mehr sehen würde. Doch morgen, morgen wieder!

4

‚... fünf, sechs, sieben.'

Verena blieb vor dem Schreibtisch stehen. Sieben Schritte für anderthalb Meter Luftlinie. Sie schüttelte den Kopf.

Das Zimmer war überfrachtet mit Büchern und Zeitschriften, die aufeinandergestapelt auf dem Boden hohe Türme bildeten, da die Regale überquollen und sich unter der Last der Bücher bogen. Keine Ecke, kein Winkel in diesem Raum war ungenutzt. Für notwendige Wegstrecken, etwa vom Schreibtisch zum Fenster oder zur Türe, hatte Klaas Hildebrandt fußwegbreite Gassen gelassen. Es roch nach alten Büchern und kalter Asche. Staubpartikel – durch die einfallenden Sonnenstrahlen sichtbar geworden – tanzten durch die Luft. Verena sah auf den Schreibtisch herunter und wusste nicht, wo sie anfangen sollte. Unmengen handbeschriebener Notizzettel, Kugelschreiber und Bleistifte lagen verstreut um die Tastatur, daneben eine Tasse mit eingetrocknetem Kaffeesatz und ein randvoller Aschenbecher. Links und rechts des Monitors wuchsen Papierstapel turmhoch an die Zimmerdecke. Auf der Tastatur lagen zwei zerknüllte Papiertaschentücher. Die EDV würde sie nachher den Leuten von der Technik überlassen.

„Kein Mann, dem es auf Äußerlichkeiten ankam", sagte Benno, als er aus dem Schlafzimmer kam. „Ein einziger Anzug hängt im Schrank und nur zwei saubere Hemden. Die übrige Wäsche liegt auf dem Bett, besser gesagt, auf der Matratze, und die liegt auf dem Boden."

„Als ob jemand was gesucht hätte?", fragte Verena.

„Als ob jemand mit dem Wort *Ordnung* nichts anfangen könnte", gab Benno zurück, während er durch die Gasse, die von der Schlafzimmertür zum Schreibtisch führte, auf Verena zukam. Verena zählte seine Schritte. Es waren elf. Elf Schritte für zweieinhalb Meter Luftlinie. Benno hatte das halbe Wohnzimmer durchquert, bis er bei Verena angekommen war.

Sie nahmen jetzt jeden Zettel in die Hand, lasen ihn und drehten ihn in alle Richtungen. Im Hintergrund wirbelte die Spurensicherung weiter Staub auf. Es war heiß und stickig. Schweiß rann Verena den Rücken hinunter und kitzelte in der Pofalte. Aus ihrer Tasche war leises Hecheln zu hören. Sie machte sich auf den Weg, das Fenster zu öffnen, das direkt neben dem Schreibtisch war. Sie musste am Wohnzimmertisch vorbei, rechts abbiegen, dann links hinter der Couch entlang die Musikanlage passieren. Als sie das Fenster erreicht hatte, öffnete sie es und atmete tief ein.

„Das hier könnte interessant sein, Chefin", sagte Benno, als sie wieder neben ihm stand. Sie überragte ihn fast um Haupteslänge.

„19! Was der Mann an Energie verschwendet hat", sagte Verena kopfschüttelnd.

Benno hielt einen Briefumschlag in der Hand, der zuoberst auf einem Stapel identischer Umschläge gelegen hatte. Alle ungeöffnet.

Verena nahm ihn und betrachtete ihn von allen Seiten. Er war per Nachsendeantrag an die hiesige Adresse geschickt worden. Absender war eine Bernadette Hildebrandt. Aus Kolumbien. Medellin. Verena riss den Umschlag auf und las:

Klaas,
das ist endgültig mein letzter Brief!
Du antwortest nicht. Reagierst nicht. Es ist schäbig, wie du dich verhältst.
Ich schaffe es nicht ohne das Geld für Gustavo, DEINEN Sohn.
Ich musste ihn von der Privatschule nehmen. Was staatliche Schulen in diesem Land bedeuten, muss ich dir nicht erklären.
Meinen Eltern kann ich nicht länger auf der Tasche liegen.
Vier Wochen gebe ich dir noch!!!
Bernadette

Der Brief war datiert auf den 7. Mai. Die vier Wochen waren längst verstrichen.

„Wahrscheinlich steht in allen Briefen dasselbe. Er hat sie nicht mal mehr geöffnet", sagte Verena. Sie klopfte mit dem Briefumschlag ein paar Mal gegen ihre Handinnenfläche. „Jedenfalls haben wir hier ein hübsches Motiv."

„Wie soll sie den Flug nach Deutschland bezahlt haben, wenn sie derart in Geldnot ist, wie der Brief vermuten lässt?", überlegte Benno.

„Wer weiß", gab Verena zurück. Sie öffnete einen weiteren Brief, fand dieselbe Verzweiflung zwischen den Zeilen. Dieselbe Wut. Aber noch kein Ultimatum. „Vielleicht hat sie die Eltern ein letztes Mal angepumpt. Oder Freunde vor Ort. Auf jeden Fall bin ich gespannt, wo wir sie aufspüren werden."

5

Die Jalousien waren heruntergelassen und hielten die tief stehende Abendsonne draußen. Ein Tisch und sechs Stühle waren neben der Teeküche links der Fensterfront einziges Mobiliar im Besprechungsraum.

Die Kaffeemaschine röchelte.

Für 18.00 Uhr hatte Verena die erste Besprechung angesetzt. Jetzt war es zehn vor. Noch war sie allein. Sie holte fünf Tassen aus dem Hängeschrank und stellte sie auf die Spüle. Ihre Tasche hing über einem Stuhl. Ruben war nicht zu sehen, er schlief.

Die Worte von Frau Glöckle, der neuen Abteilungssekretärin, einer nicht mehr jungen, unfrohen Frau, klangen Verena noch in den Ohren:

„Das ist eine fachfremde Tätigkeit und steht nicht in meinem Stellenprofil!"

Dabei hatte Verena sehr freundlich gefragt, ob sie so nett sein könnte, für die Besprechung eine Kleinigkeit zu essen zu besorgen.

Verena durchsuchte die Schränke und fand eine angebrochene Keksrolle. Sie nahm einen heraus, biss ab und hatte sofort das Gefühl, ein Stück einer Schuhsohle im Mund zu haben, die den Schweiß ausgedehnter Wüstenmärsche aufgesogen hat. Angewidert spuckte sie aus.

Sie setzte sich an ihren gewohnten Platz am Kopfende des Tisches und öffnete die Mappe, die den vorläufigen Obduktionsbericht enthielt.

„... kleinste Stichwunde auf der Haut über der Arteria ..." Hier folgte eine Reihe lateinischer Fachausdrücke, die Verena überflog. *„... Keine weiteren äußeren Verletzungszeichen. Keine Abwehrspuren. Keine Fremdpartikel unter den Fingernägeln."*

Benno kam herein. Er ging auf die Kaffeemaschine zu und schenkte sich ein. Dann nahm er einen Keks aus der Packung, biss ab und verzog das Gesicht.

„Auch schon probiert?", fragte er die Handtasche an Verenas Stuhl. Dabei stoben ihm ein paar Krümel aus dem Mund. Ungerührt beobachtete Ruben, der ausgeschlafen hatte und wieder zum Vorschein gekommen war, wie die Krümel zu Boden sanken. Benno setzte sich Verena gegenüber an das andere Kopfende des Tisches und schaltete den Computer ein.

Willsch und Wagner betraten den Besprechungsraum. Mit der vollen Kaffeetasse in der Hand und mit der Zunge angewidert die Reste des eben probierten Kekses aus der Mundhöhle räumend, setzte sich Wagner an seinen gewohnten Platz.

„Wenn keiner will ...", Willsch nahm die ganze Packung und setzte sich neben Wagner.

„Ich fasse kurz zusammen, was wir haben", begann Verena ohne Umschweife. Es war jetzt viertel sieben und von Dr. Meininger weit und breit keine Spur.

„Da ist der Tote, Klaas Hildebrandt, zuletzt wohnhaft in der Klopstockstraße. Todeszeitpunkt zwischen halb eins und halb drei heute Nacht."

Verena schaute zu Benno, der mit einem Nicken bedeutete, dass er verstanden hatte, sofort Bescheid zu geben, wenn Schmalhans neue Ergebnisse per Intranet herüberschickte.

„Dann haben wir die Briefe seiner Frau, Bernadette Hildebrandt."

Verena hatte heute Mittag schon Kopien des letzten Briefes, der sich inhaltlich von den anderen nicht unterschied, an alle verteilt.

„Das Kopieren steht zwar in meinem Stellenprofil. Ich hab jetzt aber überhaupt keine Zeit", hatte Frau Glöckle Verenas Bitte abgeschmettert, die Kopien anzufertigen.

Willschs Aufgabe war es gewesen, Informationen über die Verfasserin des Briefes zu recherchieren. Willsch, der gerade den letzten Bissen im Mund bearbeitete, nahm einen kräftigen Schluck aus seiner Kaffeetasse, um den eingedickten Keksbrei gleitfähig zu machen.

„Bernadette Hildebrandt ist am 26. Juni 1978 in Radolfzell am Bodensee geboren und dort aufgewachsen. 1997 hat sie Abitur gemacht und ..."

„Das Wesentliche! Den Rest können wir später nachlesen", unterbrach ihn Verena.

„Seit ihrer Ausreise nach Kolumbien vor fünf Jahren hat ihr Mann keinen Cent für seinen Sohn bezahlt", fuhr Willsch fort. „Warum sie allein nach Kolumbien geflogen ist, krieg ich auch noch raus."

„War das alles?", fragte Verena, als Willsch ins Stocken geriet.

„In der Kürze der Zeit ...", gab Willsch zurück.

„Was ist mit den Passagierlisten der Transatlantikflüge aus Kolumbien."

„Mach ich gleich morgen früh."

„Nicht morgen früh. Jetzt! – Konnten Sie ein Bild von ihr auftreiben?"

Mit Schwung schob Verena ihr Handy, mit dem sie die Schaulustigen am Tatort fotografiert hatte, über den Tisch in Richtung Benno, als wäre es ein Whiskeyglas auf einem Tresen in einem schäbigen Saloon in Wyoming.

„Noch nicht. Vielleicht ist ja eines auf dem Rechner des Journalisten?", sagte Willsch.

„Was hat die Befragung der Nachbarn ergeben, Benno?"

„Nichts. Keiner hat was gehört oder gesehen", antwortete er, während er die Bilder auf den Computer kopierte. „Ich geh nachher noch mal los und befrag die, die heute Morgen nicht zu Hause waren."

Verena nickte und wandte sich an Wagner: „Was haben wir über Klaas Hildebrandt?"

„Er scheint ein ruheloser Mensch gewesen zu sein." Wagner strich mit Daumen und Zeigefinger über seinen schmalen Schnauzbart, was ihm beim Denken half, wobei sich die Finger von der Mitte ausgehend in die entgegengesetzte Richtung bewegten. „Arbeit und Wohnung in Reutlingen hatte er seit einem halben Jahr. Davor hat er in Sigmaringen gewohnt. War lange arbeitslos. Bankkonto massiv überzogen, Dispo bis zum Anschlag. Keine auffälligen Geldtransfers. Arbeitslosengeld, hier und da ein kleinerer Betrag. Und seit einem halben Jahr regelmäßiges Gehalt von der Lokalzeitung."

„Freunde? Familie? Geschwister?"

„Fehlanzeige. Sein Adressbuch weist jede Menge geschäftliche Adressen und Telefonnummern auf, alles Agenturen, Firmen, Redaktionen und so weiter. An seiner Vita bin ich grade dran. Es war ja nicht mehr viel Zeit heute", sagte Wagner mit einem Seitenblick auf seinen Kollegen, der ihn auch im Sitzen um Haupteslänge überragte.

„Die Vernissage kann beginnen!" Benno drehte den Monitor so, dass alle mühelos einen Blick darauf werfen konnten. Ein repräsentativer Querschnitt durch Reutlingens Einwohnerschaft war auf den Fotos zu sehen. Junge, Alte, Mütter, Väter, Kinder, die, wenn nicht Ferien gewesen wären, auf die Schulbank gehört hätten. Hier beugte sich eine junge Frau über einen Kinderwagen, da gab eine andere ihrem Kind zu trinken, daneben zeigte jemand mit dem Arm in die Richtung, in die sich alle Köpfe gedreht hatten: dorthin, wo das Schreckliche passiert war.

Nichts eint Menschen mehr als gemeinsames Schaudern über eine Katastrophe, von der sie selber verschont geblieben sind.

„Ich brauche von jedem Gesicht einen Abzug", sagte Verena.

Benno nickte. „Ich hab hier noch was Interessantes", sagte er und drehte den Monitor wieder zu sich. Er öffnete eine Datei.

„Ich hab Hildebrandts Kritiken recherchiert, die er in letzter Zeit verfasst hat. Die eine hier bezieht sich auf eine Theateraufführung vor fünf Tagen im *Theater in der Tonne*: *Kasimir und Karoline* von Horváth." Benno las laut vor: *„Der Regisseur – ein halbgebildeter Autodidakt, die Schauspieler – lustlos herumstaksende Amateure."*

Benno scrollte den Text nach unten. „Und hier eine Lesung gestern Abend in der Aula im Spitalhof. Ein Lyrikabend. Der Kritiker, also Hildebrandt, schreibt: *Der Autor mag seine lyrischen Ergüsse am wenigsten verstanden haben. Einfältig daherkommende Worthülsen; törichte Phrasen, gewaltsam aneinandergezwängt."*

Benno sah auf. „Das könnte das Telefonat gestern Abend um zehn nach halb elf mit seiner Redaktion erklären. Wahrscheinlich hat er seine Kritik telefonisch durchgegeben, damit sie heute in der Zeitung erscheint. Aber es gibt noch mehr davon. Alle gnadenlos und vernichtend. Und was in ebensolcher Regelmäßigkeit folgte, waren empörte Leserbriefe."

„Wer weiß schon, was sich in einer gedemütigten Künstlerseele abspielt", sagte Verena.

„Hildebrandt wurde heute Nacht ermordet. Wie kann die gedemütigte Künstlerseele da schon gewusst haben, was morgen in der Zeitung steht?", bemerkte Wagner, sichtlich stolz auf seinen Verweis.

„Über diesen wie über andere Reutlinger Künstler hat Hildebrandt schon oft gerichtet, es war nicht der erste Verriss", gab Benno zurück, ohne den Blick vom Bildschirm zu nehmen.

Die Tür ging auf und Frau Glöckles Kopf erschien.

„Dr. Meininger möchte Sie sehen, Frau Paul", sagte sie, ohne den Besprechungsraum zu betreten. Dann schloss sie die Tür wieder.

Verena schaute auf die Uhr. Halb acht. „Machen wir Schluss für heute. Willsch, morgen erwarte ich einen umfassenden Bericht über Bernadette Hildebrandt. *Mit* derzeitigem Aufenthaltsort."

Willsch nickte.

„Wagner, Sie bleiben an Klaas Hildebrandt dran."

Verena tastete vorsichtig in ihre Handtasche. Ruben schlief.

Wieder einmal hatte Meininger bei einer Besprechung gefehlt. Froh, in Verena einen Menschen zu haben, der ihm den Alltag vom Leib hielt, schien *Yeti* sich in die Gebirgsketten des Himalaja zurückgezogen zu haben.

Wenig später stand Verena ein Stockwerk höher vor Meiningers Büro. Als sie die Hand hob, um anzuklopfen, vernahm sie seine Stimme. Er schien zu telefonieren. Oder mit sich selbst zu sprechen. Verena zögerte. Aus den Räumen der Bereitschaft im Erdgeschoss drang das Zirpen der Funkgeräte zu ihr herauf. In irgendeinem Zimmer in der ersten Etage waren Stimmen zu hören, die unaufgeregt miteinander sprachen. Ansonsten war es still im Haus. Verena wartete noch einige Momente und klopfte dann an die Tür.

„Ja!", rief Meininger.

Verena trat ein. „Sie wollten mich sprechen?"

„Richtig." Ohne sich zu erheben, deutete er auf einen der beiden Stühle, die ihm gegenüberstanden. Vor ihm auf seinem blank polierten Schreibtisch lag ein Füllfederhalter, daneben ein Blatt Papier, auf dem Meininger Notizen gemacht hatte. Verena setzte sich und wartete, bis er sprach.

„Was ist das für eine Sache mit dem toten Journalisten?", begann er.

„Es gab Zeiten, da haben Sie sich an unseren Besprechungen beteiligt, Chef", gab Verena zurück. Sie fixierte sein Gesicht und suchte nach Spuren des Menschen, der einmal mitfühlend gewesen war, der ihr den Rücken freigehalten hatte. Doch sie fand die harten Züge eines Mannes, der an seinen Mitmenschen nicht mehr interessiert zu sein schien.

„Im Moment genügt mir die Essenz dessen, was Sie besprochen haben", antwortete Meininger. Für einen kurzen Augenblick schien es, als ob er weitersprechen wollte. Doch dann lehnte er sich zurück und verschränkte die Arme vor der Brust

„Klaas Hildebrandt. Kulturredakteur bei der Lokalzeitung. Er wurde heute früh vor seinem Haus unter einem Holunderbusch tot aufgefunden. Äußerlich unversehrt, bis auf eine kleine Stichwunde am Hals", begann Verena ihren Rapport.

„Schon erste Spuren?"

„In seiner Wohnung haben wir Briefe gefunden. Von seiner Frau. Bernadette Hildebrandt. Er schuldet ihr eine Menge Geld. Sie ist vor fünf Jahren mit dem gemeinsamen Sohn nach Kolumbien ausgewandert."

„Warum allein?"

„Das wissen wir noch nicht. Willsch ist an der Sache dran. Jedenfalls hat er seither keinen Cent Unterhalt gezahlt. Es scheint ihr nicht gut zu gehen in Kolumbien. Und sie ist ziemlich wütend auf ihn."

„Könnte ein Motiv sein."

„Wir wissen noch zu wenig. Die wichtigste Frage im Moment ist: Wo ist Bernadette Hildebrandt?"

Meininger nickte. „Sonst noch was?"

„Hildebrandt war als Kritiker nicht gerade zimperlich. Um nicht zu sagen erbarmungslos. Auch aus dieser Ecke ist ein Motiv zumindest vorstellbar."

„Ich möchte über jeden Ihrer Schritte Bescheid wissen. Und regelmäßig über den Stand der Ermittlungen unterrichtet werden."

„Sicher, Chef."

Meininger zog die Verschlusskappe von seinem Füllfederhalter und schrieb etwas auf das Blatt, das vor ihm lag. Verena sah aus dem Fenster. Zwei Amselmännchen in überaus gereizter Stimmung saßen auf einem Ast und versuchten, sich mit Drohgebärden gegenseitig zu beeindrucken. Bisweilen flogen sie in wildem Flügelschlag auf, um in der Luft ihre Körper aneinanderzuschlagen.

„Was haben Sie in der Altenheimsache unternommen?", fragte Meininger, nachdem er die Verschlusskappe wieder auf den Füller gesteckt hatte.

„Die Altenheimsache?" Verena verstand nicht ganz. „Wir haben einen Mord aufzuklären, Chef. Kann das nicht ..."

„Nein, kann es nicht. Den anonymen Brief sollten wir nicht auf die leichte Schulter nehmen. Nur mal angenommen, die Geschichte wird publik. Es genügt ja schon ein Gerücht. Was wirft das für ein Bild auf uns? Und auf unser Land? In dem alte Leute unter ungeklärten Umständen sterben, ohne dass sich jemand darum kümmert. Ich seh die Schlagzeilen schon vor mir ..." Mit einer ausholenden Armbewegung markierte er die Stelle in der Luft, an der er die Schlagzeile vor sich sah: *„Tod im Altersheim. Die Polizei schaut weg. Leben wir in einer Wegwerfgesellschaft?* Oder so ähnlich. Die Sache ist politisch hochbrisant!"

„Natürlich", sagte Verena und verdrehte innerlich die Augen.

„Ich habe heute einen Anruf aus Stuttgart bekommen. Vom Landeskriminaldirektor höchstpersönlich. Er legt allergrößten Wert darauf, dass wir die Sache so schnell und vor allem so diskret wie möglich klären."

„Verstehe", sagte Verena. „In einem halben Jahr ist Landtagswahl. Haben da ein paar Herrschaften Angst um ihre Wählerstimmen?"

„Reden Sie kein dummes Zeug! Es geht hier lediglich um die verständliche Sorge Ihrer und meiner Vorgesetzten um das Wohl der alten Menschen in unserem Land."

Meinte er, was er da sagte?

„Politisch hochbrisant, sagen Sie? Die Politik hat hier schon längst versagt. Wo sind denn die Gesetze, die Einrichtungen wie Krankenhäusern oder Altersheimen schlichtweg verbieten, Gewinn bringend zu arbeiten? Was Gewinnmaximierung auf Teufel komm raus anrichten kann, weiß doch ..."

„Schluss jetzt!", fuhr Meininger dazwischen. „Ich habe die Gesetze nicht gemacht. Ich habe nur dafür zu sorgen, dass sie eingehalten werden. Sie übrigens auch, Frau Paul. Also: Wie wollen Sie vorgehen?"

Seine Miene war unmissverständlich. Verena hielt seinem Blick stand und begann, in Gedanken zu zählen. Von zehn rückwärts bis null. Schön langsam. Bis der Herzschlag im Hals nicht mehr zu spüren war.

„Ich hatte daran gedacht, Benno als Pfleger einzuschleusen", begann sie jetzt. „So kann er sich umsehen, ohne Verdacht zu erregen. Aber unter den gegebenen Umständen brauche ich jeden verfügbaren ..."

„Sehr gut", sagte Meininger mit einer wegwerfenden Handbewegung. „Die Heimleitung müssen Sie natürlich um Erlaubnis fragen."

„Natürlich, aber ..."

„Und nehmen Sie Willsch oder Wagner dafür. Benno ist an Ihrer Seite effektiver."

„Kann nicht jemand aus der Bereitschaft ...?"

„Keine Widerrede. An die Arbeit!"

Meininger erhob sich zum Zeichen, dass die Unterredung für ihn beendet war. Die Amselmännchen, die jetzt friedlich nebeneinandersaßen und ihr Gefieder putzten, schienen einen Waffenstillstand geschlossen zu haben.

6

„Ha, der hot doch an henicha Fuaß."

„Seit wenn dees?"

„Seit'm dr Öztürk drauffdabbad isch."

„Und warum nimmt dr Trainer net den ... wie heißt'r glei ... der von Jugoslawien ..."

„Jugoslawien gibt's doch nemme."

„Nô halt von Zagreb."

„Dr Josipovic."

„Genau der."

„Dem hot's doch letschte Woch' gega Durlach d'Bänder abädscht."

„Und was isch mit dem Uysal?"

„Der isch wega ‚Motzens gegen den Schiedsrichter' gschberrt."

„S'isch älles nix meh."

„Noi, nix meh."

„Ohne die reigeschmeckte Kerle ... Obacht, dô kommt die Bolizischdin."

Leopold Eib, wegen seiner schmächtigen Statur für alle nur „s'Leole", stieß seinem Thekenkumpanen in die Seite.

„Ab jetzt keu falschs Wort mehr", sagte „dr Stufz", ein ausrangierter Stabsunteroffizier, von dem keiner wusste, wie er hieß.

Verena lächelte den beiden zu, während sie auf den Barhocker am anderen Ende des Tresens zuging.

„Buona sera, Mimo!", rief sie ohne eine bestimmte Richtung in den Gastraum, der aus besagter Theke und fünf Tischen bestand.

„Buona sera, carissima commissaria!", kam die Antwort von irgendwoher. Schwarze Locken und darunter das italienischste Lachen, das Verena kannte, tauchten hinter dem Tresen auf.

„Come stai stasera?" Mimo strahlte, als hätte ihm die Mutter Gottes höchstpersönlich ihre Aufwartung gemacht.

Vor einem Dreivierteljahr hatte Domenico D'Amato das *Flädle & Polenta* in den Gastronomieräumen des ehemaligen *Hotel Harmonie* eröffnet, also vier Stockwerke unter Verenas Appartement. Die italienisch-schwäbische Speisekarte hatte er gegen seine Mutter Aurelia durchgesetzt, die der Meinung gewesen war, dass in einer wahren italienischen Küche Spätzle und Schwarzwurst nichts zu suchen hatten. Auf seine Weinkarte war Mimo besonders stolz. „Bei mir bekommst du nur Qualität", sagte er, „Keinen billigen Discounterwein, der unsere Weinbauern in Italien in den Ruin treibt."

„Un Marsala come sempre?", fragte er Verena jetzt.

„Si. Und ein Wasser."

„Mein Onkel Gandolfo würde dich auf Händen tragen, wenn er noch leben würde."

„Mich? Warum?"

„Zio Gandolfo ist auf Sizilien geboren, in Marsala. Er hat seine Stadt nie verlassen! So sehr hat er sie geliebt. Als er Maria kennengelernt hat und sich entscheiden musste, ob er mit ihr nach Palermo geht oder in Marsala bleibt ... Na, wofür hat er sich entschieden?"

Verena hob ihr Glas.

„Auf Zio Gandolfo. Wenn er da mal nicht die Liebe seines Lebens verpasst hat."

„Hoffentlich isch se nemme im Dienscht", sagte s'Leole.

„Wo dr Wein neilauft, gôhd dr Vrschdand naus", sagte dr Stufz.

Die zwei alten Männer, der eine Stabsunteroffizier ohne Befehlsgewalt, der andere Trinker ohne Zuhause, saßen jeden Abend an Mimos Tresen und ließen den Herrgott einen guten Mann sein.

„Qualcosa da mangiare, commissaria?", frage Mimo.

„Aber nur was Kleines. Vielleicht eine Hutzelbrühe."

„Ho capito!"

Mimo wendete den Kopf.

„Aurelia, eine Utzellbrrrriää per la commissaria!", rief er in die Küche.

Genau genommen mochte Verena kein Trockenobst, das in Fleischbrühe schwamm. Aber für das Vergnügen, aus Mimos Mund dieses für ihn unaussprechbare Wort zu hören, nahm sie in Kauf, die Hutzelbrühe nachher essen zu müssen.

7

„Hier werde ich also meine nächsten Tage verbringen“, sagte Willsch mit säuerlicher Miene, als er neben Verena auf einen Gebäudekomplex zuging, der aus drei versetzt angeordneten Betonquadern bestand. Die Fenster waren gleich groß, quadratisch und lagen in symmetrischen Abständen zueinander. Es gab keine Balkone. Hinter dem Häuserblock erhob sich knapp 700 Meter hoch der Urselberg, ein Hügel, der an einer schmalen Stelle mit der Schwäbischen Alb zusammenhing, und warf seinen Schatten über das Tal.

„Mehr Mut zur Farbe, und wir hätten hier drei überdimensionale Zauberwürfel“, sagte Willsch.

„Stimmt. Ein Ausbund an Kreativität ist das nicht gerade. Aber wer weiß, vielleicht bringen Sie frischen Wind in den Laden, wenn Ihnen neben den Nachforschungen noch Zeit bleibt“, sagte Verena. „Und je schneller Sie etwas finden, desto eher sind Sie wieder zurück.“

Sie drehte den Kopf zu Willsch herüber, der durch die am frühen Morgen schon brütende Hitze und wohl auch durch den bevorstehenden Auftrag ins Schwitzen geraten war. Wie Benno hatte auch er nach dem Abitur seinen Zivildienst absolviert – in einem Altenheim, was ihm jetzt zugutekam.

Willkommen im Haus Neckartal stand auf der linken Seite der Eingangstüre, die – mit einem Knauf versehen – von außen nicht zu öffnen war. Verena drückte auf eine Klingel, und nach wenigen Momenten summte der Türöffner. Die Empfangshalle, von der mehrere Türen abgingen und die auf einer Seite durch eine Glaswand den Blick in einen Gemeinschaftsraum freigab, war angenehm temperiert. Rechts neben der Treppe befand sich ein Aufzug, aus dem gerade eine junge Frau mit osteuropäischen Gesichtszügen und türkisfarbener Arbeitskleidung einen Putzwagen schob und hinter einer der Türen verschwand. Am Treppengeländer, von wo aus man den Eingangsbereich und den Vorplatz vor dem Gebäude gut im Blick hatte, stand ein gekrümmter, alter Mann in Wintermantel, Schal und Mütze. Mit der rechten Hand stützte er sich auf einen Stock, mit der linken hielt er den Griff eines ausgebeulten Koffers fest umschlossen. Sein Kopf wackelte unaufhörlich.

„Meine Tochter kommt mich holen", sagte er mit brüchiger Stimme, die Augen fest auf den Ausgang gerichtet. Verena lächelte ihm zu.

Als sie vor der Tür mit der Aufschrift *Sekretariat Heimleitung* standen, klopfte Verena an, öffnete die Tür und ließ Willsch den Vortritt. Dann standen sie in einem knapp bemessenen, quadratischen Raum. Eine rote Plastikmohnblume in einer schlanken Vase auf dem Schreibtisch bildete neben dem bunten Sommerkleid der Frau, die jetzt hinter dem Schreibtisch hervorkam und auf Verena und Willsch zuging, den einzigen Farbtupfer im Einheitsgrau des Mobiliars. Ihre klobigen Turnschuhe standen in krassem Kontrast zu ihrem Kleid, das muskulöse Waden umspielte. Sie mochte kaum älter als 30 sein.

„Manchmal muss es schnell gehen", sagte die Frau lächelnd, als sei es ihr mittlerweile zur Routine geworden, die Turnschuhe immer und immer wieder erklären zu müssen. „Wenn einer unserer Bewohner ausbüchst, müssen wir ihn einholen, bevor er die Straße erreicht. Für einen Zaun fehlt leider das Geld. Ich heiße Anita Mockenhaupt und bin die Sekretärin von Frau Irmscher, der Heimleiterin."

„Reiner Willsch. Und das ist meine ... Chefin. Kriminalhauptkommissarin Verena Paul."

Frau Mockenhaupt nickte lächelnd, während sie den Telefonhörer abnahm und der Heimleiterin den Besuch ankündigte.

„Frau Irmscher bittet Sie herein", sagte sie und legte auf. Dann ging sie auf eine weitere Tür zu, öffnete sie und ließ die beiden in das Büro ihrer Chefin eintreten.

Eine Frau in den Fünfzigern in eng anliegendem Kostüm und Pumps, aus denen die Füße herausquollen wie Muffins aus der Backform, kam ihnen entgegen. Ihr Händedruck war kurz und kräftig. Ihre Körpersprache wirkte kontrolliert und auf das Nötigste reduziert.

„Ich bin nicht begeistert über das, was Sie vorhaben", sagte Frau Irmscher, als sie wieder hinter ihrem Schreibtisch Platz genommen hatte. „Sie erwähnten bereits am Telefon einen anonymen Brief, der angeblich hier aus dem Haus kommen soll?"

„Richtig", antwortete Verena. „Er enthält recht konkrete Details, sodass wir der Sache nachgehen müssen. Mein Assistent wird sich völlig unauffällig verhalten."

„Haben Sie Erfahrung in der Altenpflege?", fragte sie Willsch nun direkt.

„Ich habe meinen Zivildienst in einem Altersheim gemacht. Ist allerdings schon einige Jahre her", entgegnete Willsch.

„Zur besseren Plausibilität sagen wir, dass er eine Strafe absitzen muss, die in Sozialstunden umgewandelt wurde. Klingt logisch und erklärt seine mangelnden Sachkenntnisse", sagte Verena. „Es kann doch nur in Ihrem Interesse sein, dass wir die Sache aufklären, falls was dran ist. Oder möchten Sie weitere Todesfälle riskieren?"

„Dürfte ich den Brief lesen?", fragte Frau Irmscher, anstatt zu antworten.

Verena nahm das Schreiben aus ihrer Tasche – Ruben hatte sie im Auto gelassen – und schob es über den Tisch.

Während die Frau las, zog sie die Brauen zusammen und bewegte kaum merklich die Lippen. Als ihr Kopf in einer kurzen, ruckartigen Bewegung hochfuhr und ihre Augen sich für Sekundenbruchteile weiteten, war sie auf die Namen der Verstorbenen gestoßen, wie Verena annahm.

„Das kann ich nur als hanebüchen bezeichnen", sagte Frau Irmscher, als sie den Brief auf den Tisch zurücklegte und ihn von sich wegschob, als könne sie sich so auch von seinem Inhalt distanzieren. „Ich kann Ihnen versichern, dass bei keinem der drei hier genannten Todesfälle irgendetwas nicht gestimmt hat."

„Dann dürfte ein Blick in die Krankenunterlagen kein Problem für Sie sein." Verena nahm den Brief und steckte ihn in die Tasche zurück.

„Die Schweigepflicht erlischt nach dem Tod eines Patienten nicht automatisch. Sie gilt posthum. Ich muss mich also zuerst mit den Angehörigen in Verbindung setzen. Es sei denn, Sie haben eine richterliche Verfügung."

„Hätten wir eine richterliche Verfügung, hieße das, die Sache läge bereits bei der Staatsanwaltschaft – mit allen Konsequenzen für Sie und Ihr Haus. Aber so weit möchten wir im Moment noch nicht gehen."

Verena lehnte sich zurück und versuchte einen gönnerhaften Blick.

Nachdem Frau Irmscher für einige Sekunden Verenas Blick standgehalten hatte, nahm sie einen Stift und schrieb etwas auf einen Notizblock.

„Ich werde dafür sorgen, dass Sie ...", hier hob sie den Kopf und sah zu Willsch, „in den nächsten Tagen die Unterlagen einsehen können. Meine Sekretärin wird Ihnen Bescheid geben, wenn es so weit ist. Sie ist als Einzige in die Angelegenheit eingeweiht. Ich muss aber darauf bestehen, dass Sie die Akten *nach* der Arbeit und hier in den Büroräumen lesen. Das ist meine Bedingung."

„In Ordnung." Willsch nickte.

„Melden Sie sich morgen früh um sieben bei Schwester Klara. Sie ist die Stationsleitung der 2A. Ihrer Station. Und der Station, auf der die drei im Brief erwähnten Senioren gelegen haben. Arbeitskleidung bekommen Sie von uns.“ Mit geübtem Blick überflog sie Willschs Gestalt und nahm den Telefonhörer von der Gabel. „Sorgen Sie dafür, dass morgen früh zwei Garnituren Arbeitskleidung Größe XXL auf der 2A bereitliegen.“ Ohne eine Antwort abzuwarten, legte sie wieder auf. „Ich erwarte eine professionelle Einstellung. Sie fügen sich reibungslos in unseren Ablauf und folgen den Anweisungen der Stationsleitung.“

Willsch nickte.

„Machen Sie sich keine Sorgen“, sagte er.

„Ich mache mir keine Sorgen! Sie werden sehen, die Sache wird sich in Luft auflösen.“ Frau Irmscher erhob sich und kam hinter ihrem Schreibtisch hervor. „Und wenn Sie mich jetzt bitte entschuldigen. Ich habe noch zu tun.“

Verena und Willsch standen ebenfalls auf und verließen den Raum, nachdem sie Frau Irmscher die Hand gegeben und sich bedankt hatten. Sie durchquerten das Büro der Sekretärin, die in ihrem farbenprächtigen Sommerkleid wirkte wie ein Schmetterling, der sich in der Jahreszeit geirrt hatte. Im Foyer stand der Alte in Mantel und Schal noch immer am Treppengeländer und hielt den Koffer fest umklammert.

„Sie wird gleich da sein“, sagte er, als Verena und Willsch an ihm vorbeigingen. Im Hinausgehen hörten sie die Stimme der Sekretärin, die in beruhigendem Ton auf den Alten einsprach: „Gehen wir in den Frühstücksraum, Herr Schultheiß. Sie haben noch nichts gegessen. Ihre Tochter findet Sie dort auch.“

Zurück auf dem Parkplatz, öffnete Verena beide Türen ihres Käfers, um die Hitze entweichen zu lassen, die sich trotz der einen Spaltbreit geöffneten Fenster im Wageninneren angesammelt hatte. Ruben lag auf der Rückbank und schlief.

„Man kann diesen Einsatz auch als eine Art Abwechslung im Polizeialltag betrachten“, sagte Verena wenig später zu Willsch, als sie auf der Marktstraße stadteinwärts fuhren. ‚Und als Sprungfeder aus deiner Trägheit‘, ergänzte sie im Geiste, sprach es aber nicht aus.

„Ich habe fest vor, es genauso zu sehen, Chefin“, gab Willsch zurück.

Sie kamen nur im Schritttempo voran. Weiter vorne war das Blaulicht eines Polizeiwagens zu sehen.

„Da muss es gekracht haben“, sagte Willsch.

Verena nickte.

„Es würde mich interessieren, warum Sie Polizist geworden sind", sagte sie nach einer Weile. Ihr war klar, dass diese Frage – für sich betrachtet ohne besondere Brisanz – angesichts seiner körperlichen und geistigen Trägheit, die ihm selbst sicher auch bewusst war, eine indiskrete Frage war. Eine Frage, die geeignet war, mangelnden Respekt zu signalisieren. Und doch war es in diesem Moment pures Interesse, das Verena antrieb.

Sie drehte den Kopf zu ihm herüber und begegnete seinem Blick. In seinen buschigen Augenbrauen fanden sich erste Grautöne. Sein Haar, das kaum zwei Zentimeter lang war, hüllte seinen Kopf in einen goldgelben Schimmer. Über seiner Oberlippe glänzte ein Heer von Schweißperlen.

„Sie hätten mich vor 25 Jahren sehen sollen. Ich war schlank, drahtig. Auf Zack, wie man so schön sagt", gab er zurück und sah wieder auf die Straße, wo die Autofahrer begannen, sich in die rechte Spur einzufädeln, da weiter vorne ein Polizeiwagen die linke blockierte. Diejenigen, die mit sturem Blick die Einfädelversuche der Linksfahrenden vereitelten, wurden von jenen angehupt, die sich durch das Reißverschlusssystem nicht übervorteilt fühlten und den Nutzen aller längst erkannt hatten.

„Aber wenn Sie mich so direkt fragen ...", fuhr Willsch fort, nahm dabei ein Taschentuch aus der Hosentasche und fuhr sich über Stirn, Oberlippe und Kinn, „... ich bin in einem ‚Weiberhaushalt' groß geworden." Er lächelte. „Mutter. Tante. Drei Schwestern. Alles schön und gut. Ich will nicht klagen. Aber irgendwann braucht man den Gegenpart. Ob Sie's glauben, oder nicht. Ich habe mich nach einer Männerwelt gesehnt. Nach echten Kerlen." Er steckte das Taschentuch wieder in die Hosentasche und rückte den Sicherheitsgurt zurecht. „Meine Mutter hat mich umsorgt, behütet, war immer für mich da. Sie hat mich nie zu etwas gezwungen." Willsch schwieg für einen Moment, sprach dann weiter: „Ein bisschen mehr Nachdruck hier und da hätte mir bestimmt nicht geschadet. Beim Bund haben sie mich dann ausgemustert. Ich weiß nicht mehr, warum. Hab's wahrscheinlich verdrängt. Und so bin ich bei der Polizei gelandet."

Verena dachte an ihre eigenen Anfänge. Durch ihre stattliche Körpergröße, die wohl auf eine gewisse Wehrhaftigkeit schließen ließ, war sie zwar keinen größeren Repressalien ausgesetzt gewesen. Doch kannte sie auch Fälle, bei denen es Kolleginnen erheblich schwerer hatten, sich zurechtzufinden.

Willsch schüttelte den Kopf, als er weitersprach: „Und was soll ich sagen? Mit der Zeit gingen mir meine Geschlechtsgenossen gehörig auf die Nerven mit ihrem ständigen Kräftemessen, mit ihrem gockelhaften Benehmen, mit dem Was-mich-nicht-umbringt-macht-mich-härter-Gehabe. Ich fand das ziemlich armselig."

„Warum sind Sie geblieben?"

„Ich wollte mich durchbeißen. Wollte nicht aufgeben. Nicht so schnell jedenfalls. Ich hatte den Polizeiberuf zwar gründlich unterschätzt, zugegeben. Aber für einen Absprung fehlte mir dann doch der Mut. Und so bin ich geblieben. Und mittlerweile sind drei Jahrzehnte vergangen. Es sind ja auch immer mehr Frauen in die sogenannte Männerwelt vorgedrungen und haben uns ein wenig domestiziert."

Verena grinste, während sie den Blinker setzte, um in die rechte Fahrspur einzufädeln. Gerade hatte sich eine Lücke aufgetan.

„Und heutzutage hat so manch eine ihren männlichen Mitstreitern den Rang abgelaufen und ist ihnen zumindest in Sachen Strenge ebenbürtig", meinte Willsch und sah seine Chefin grinsend an.

Verena überging seine Anspielung und überlegte stattdessen, ob sie ihn auf seine Arbeitsleistung ansprechen sollte, auf seinen mangelnden Ehrgeiz, sein uninspiriertes Wesen. Doch sie ließ es. Besser, sie machte das später in einem offiziellen Mitarbeitergespräch. „Sie scheinen einiges aus sich herausgeholt zu haben", sagte sie nur. „Meinen Sie, es ist noch Luft nach oben?"

„*‚A bisserl was geht immer'*, pflegte der Monaco Franze zu sagen."

„Wer?"

„Der ewige Stenz. Kennen Sie den nicht? Eine tolle Serie in den 80ern. Mit Helmut Fischer."

Verena nickte. „A bisserl was geht immer."

Im Schritttempo näherten sie sich der Unfallstelle. Ein Fiat stand entgegen der Fahrtrichtung auf der Straße und wies im Heck einen gewaltigen Blechschaden auf. Lediglich durch eine Schramme am vorderen Stoßdämpfer als Kontrahent auszumachen, stand eine Limousine hinter dem Kleinwagen. Ein Uniformierter, der gerade dabei war, mit Kreide die Stellung der beiden Autos zueinander auf den Asphalt zu zeichnen, grüßte Verena, als er sie sah.

Zurück im Büro, wartete Benno bereits auf ihre Rückkehr. Er sagte, dass sie gleich einen Termin beim Chefredakteur der Lokalzeitung hätten. Bei einem gewissen Herrn Krautacker.

8

„Das ist sehr tragisch“, sagte der Mann und machte ein betrübtes Gesicht. „Klaas war auf einem guten Weg. Auf einem sehr guten. Und sein Stil ...“, hier streckte er einen Kugelschreiber in die Luft, der ansonsten zwischen seinen Fingern tanzte, „... tadellos. Und blitzgescheit war er, der Klaas. Ein Jammer.“

Verena und Benno saßen dem Chefredakteur in seinem geräumigen Büro am Schreibtisch gegenüber. Die Fenster waren geschlossen. Ein leises Surren ließ vermuten, dass die Klimaanlage eingeschaltet war. Es war angenehm kühl im Raum.

„Können Sie sich vorstellen, Herr ...“ Verena stockte. Obwohl sie vor fünf Minuten erst aus dem Munde des Mannes seinen Namen gehört hatte, war er ihr schon wieder entfallen. Kurze Haare, Stoppelfeld, Acker, Kohlkopf, Kraut.

„... Herr Krautacker, dass es in seinem Umfeld jemanden gegeben haben könnte, der nicht gut auf ihn zu sprechen war?“

„Da brauchen Sie nur mal seine letzten Kritiken zu lesen.“

Krautacker griff zum Telefon: „Bringen Sie mir bitte die Mappe mit Klaas' Kritiken der letzten drei Wochen.“ Ohne eine Antwort abzuwarten, legte er auf und fuhr fort: „Klaas war kein Teamplayer. Er schwänzte Besprechungen, wo er konnte. Er sprach sich nicht mit den Kollegen ab. Das hat ihm keine Sympathiepunkte eingebracht. Aber wir haben ihn so akzeptiert.“

Die Tür ging auf, und die Sekretärin brachte die gewünschte Mappe.

Krautacker entnahm ihr ein loses Blatt.

„Hier haben wir eine Theateraufführung in der *Tonne*. Samstag vor einer Woche. *Die Heirat* von Nikolaj Gogol.“

Krautacker begann zu lesen: *„Der Wille Gogols, sein Stück eben nicht als muntere Liebeskomödie mit dem üblichen Happy End anzulegen, wurde vom Regisseur in einer selbstherrlichen Allianz aus Ignoranz und Arroganz hintertrieben. Dem ideenlosen Aktionismus der Inszenierung entsprach die erbärmliche Leistung der Schauspieler. Markus Müllschön als Podkolessin verkörperte den ängstlichen, konfusen Charakter der Figur allzu authentisch. Sein Freund Kotschkarjow, gespielt von Arne Hauschka ...“*, Krautacker übersprang ein paar Zeilen, bis er zum letzten Absatz kam: „*Annika Hufschmidt als Heiratsvermittlerin Iwanowna vermittelte in erster Linie den Eindruck völliger Hilflosigkeit; ein Eindruck, an dem in lückenloser Homogenität das ganze Ensemble teilhatte.*"

Krautacker ließ das Blatt sinken und hob den Kopf.

„Er hat recht mit seiner Kritik", sagte Benno. „Ich war da. Es war gruselig. Ich habe Gogol nicht wiedererkannt."

Verena runzelte die Stirn. Hatte Benno das eben gesagt? Ihr Assistent? Zugegeben, sie hatte wenig Interesse am Theater. Ein Grund waren die Menschenansammlungen, die ein Theaterbesuch nun mal mit sich brachte. Sobald sich mehr als eine Handvoll Leute um sie herum scharte, und das über längere Zeit, bekam Verena klaustrophobische Zustände. Das Geschnatter, Geschnaufe und Gehüstel auf engstem Raum lösten einen Fluchtreflex in ihr aus.

„Trotzdem wäre es zumindest diplomatischer gewesen, Klaas hätte, sagen wir mal, wohlwollendere Formulierungen gefunden", entgegnete Krautacker.

Benno schüttelte den Kopf.

„Kritik muss ehrlich bleiben dürfen. Auch im Sinne Ihrer unabhängigen Zeitung, nicht?"

Noch bevor Krautacker antworten konnte, wurde es Verena zu viel.

„Sind die Schauspieler noch in der Stadt?", fragte sie.

„Abgereist. Sie sind auf Tournee und müssten inzwischen irgendwo in Nordrhein-Westfalen sein."

Krautacker nahm ein weiteres Blatt aus der Mappe.

„Hier habe ich noch eine Kostprobe. Ein Lyrikabend vor zwei Tagen. Ein, nun ja, etwas entrückter Gedichteschreiber. Er wohnt übrigens hier in der Stadt. Wiglaf Winter. Er hat aus seinem Lyrikband *Der bestellte Acker und wo zum Teufel bleibt Godot* gelesen. Passen Sie auf: *Ein Lyrikabend, auf den man sich beim besten Willen keinen Reim machen kann. Der Ort (die Aula im Spitalhof) war ein Missgriff, noch mehr der Dichter selbst (er mag seine lyrischen Ergüsse am wenigsten verstanden haben) samt seiner Schöpfung: Sinnloses, Unzusammenhängendes und gewollt Kryptisches, mäandernde Metaphern, belanglose, versandende Pointen, einfältig daherkommende Worthülsen, törichte Phrasen, gewaltsam aneinandergezwängt wie nicht passende Puzzleteile ...*"

„Wann ist die Kritik erschienen?", fragte Verena. Sie hatte genug gehört.

„Am Tag danach. Also gestern."

„Mit Ihrer Redaktion hat er übrigens als Letztes telefoniert. Abends um zehn nach halb elf", sagte Verena.

„Aha." Krautacker schien betroffen, ohne recht zu wissen, warum.

„Worum ging es in dem Telefonat?"

„Woher soll ich das wissen?", gab der Mann zurück. Doch er schien nachzudenken, während der Kugelschreiber zwischen seinen Fingern hin- und herwippte wie das Pendel eines Metronoms. „Ach ja, natürlich. Es ist Usus bei uns, dass Kritiken, die am nächsten Tag erscheinen sollen, am Abend vorher unserer Bereitschaft telefonisch durchgegeben werden. Das wird's wohl gewesen sein."

„Kennen Sie seine Frau?", fragte Benno.

„Klaas war verheiratet?" Krautacker war ehrlich erstaunt. Er griff zum Telefonhörer. „Bringen Sie mir Klaas' Personalakte." Augenblicke später hatte er die Akte auf seinem Tisch. Er schlug sie auf und las schweigend. „Weder im Bewerbungsschreiben noch im Lebenslauf steht etwas über eine Ehefrau", sagte er und lehnte sich zurück. „Aber das passt zu ihm. So wollte er nach außen wirken: ein einsamer Wolf!"

„Wann haben Sie ihn zuletzt gesehen?", wollte Verena wissen.

Krautacker überlegte, während er den Tischkalender durchblätterte, was ihm offenbar bei der Erinnerung an die letzte Begegnung mit seinem Redakteur auf die Sprünge half. „Klaas war nicht sehr oft in der Redaktion, müssen Sie wissen", sagte er. „Er war viel unterwegs. Oft hat er auch zu Hause gearbeitet. Und wie gesagt, an den Teambesprechungen hat er selten teilgenommen ... Ah ja, hier, ... genau. Es war vor fünf Tagen, da habe ich ihn auf dem Flur getroffen, als ich auf dem Weg zu einer Redaktionsleiterkonferenz war."

„Was hat er für einen Eindruck auf Sie gemacht?"

„Einen völlig normalen. Klaas war wortkarg wie immer. Ich habe ihn noch gefragt, ob alles in Ordnung ist, was er bejaht hat."

„Er wirkte also nicht irgendwie ... anders, ängstlicher vielleicht, oder unter Druck?"

„So gut kannte ich ihn noch nicht. Aber nach meinem Eindruck war er wie immer."

Mit einer Liste besagter Schauspieler verließen Verena und Benno wenig später Krautackers Büro.

„Zumindest müssen wir auch den Poeten befragen, schon um nichts zu übersehen", sagte Verena, als sie vor dem Gebäude der Lokalzeitung standen. Aus der gegenüberliegenden Bäckerei drangen der Duft von frisch gebackenen Laugenbrezeln und Wortfetzen freundlicher Verkäuferinnen zu ihnen herüber. Mit einem Telefonat hatte Benno die Adresse von Wiglaf Winter ermittelt. Aaraustraße. In der Nähe des Volksparks.

„Schnick, schnack, schnuck", Benno hob die Hand und schaute seine Chefin herausfordernd an.

„Komm! Die paar Schritte wirst du auch zu Fuß schaffen." Verena tat genervt.

„Aber die Hitze. Und Ruben. Der leidet sicher Höllenqualen in der Tasche."

Verena gab nach. „Schnick, schnack, schnuck." Sie hatte Papier, Benno Brunnen. Und so lenkten sie ihre Schritte in Richtung obere Wilhelmstraße – Verena darauf bedacht, mit ihren Schuhspitzen nicht die Ränder der Pflastersteine zu berühren, und Benno tapfer sein Los ertragend. Kurz vor dem Albtorplatz hielt Verena abrupt inne. „Leder oder Jos-Weiß?", fragte sie.

„Lederstraße geht schneller", gab Benno zurück.

„Jos-Weiß-Straße ist schöner. Schnick, schnack, schnuck?"

Verena hatte Schere, Benno Papier, und so wandten sie sich jetzt nach links und näherten sich der Jos-Weiß-Straße, einem Nebenarm der Wilhelmstraße. Hier ging man zwischen schmalen, niedrigen Häusern hindurch. Pflanzenkübel machten deutlich, dass Autos unerwünscht waren. Von den Fensterbänken ergoss sich ein Blumenmeer, auf dem Schmetterlinge von Blüte zu Blüte tanzten. Da wo die Stadtmauer in Teilen noch erhalten war, fügte sie sich nahtlos in das pittoreske Bild.

„Da oben müsste man ein Appartement haben", sagte Benno mit Blick auf die Holzaufbauten, die zwei unterschiedlich langen Abschnitten der Stadtmauer wohl nachträglich aufgesetzt worden waren.

Ruben bellte zweimal. Verena griff nach ihrem Handy, das in der Handtasche neben Ruben lag und auf Vibration gestellt war, um ihn nicht unnötig aufzuregen. Mit der Zeit hatte er sich angewöhnt, zweimal zu bellen, wenn er die Vibration auf seinem Körper spürte, sodass sein Bellen zum eigentlichen Klingelton geworden war.

Verena erkannte Schmalhans' Nummer auf dem Display.

„Der Doc erwartet uns in zwei Stunden zur Obduktion", sagte sie mit einem Seitenblick auf ihren Assistenten und steckte das Telefon vorsichtig in ihre Tasche zurück.

Bennos Gesichtsfarbe wurde um eine Nuance blasser.

9

Sie drückte auf REC.

„Wo bist du? Quäl mich nicht so lange. Ich muss dich sehen ... Ach, wie soll ich die Zeit überstehen, bis du wieder ... Ja, glaube es nur, bis du wieder ... bis wir wieder vereint sind. Du glaubst es nicht? Du wirst sehen."

Sie drückte auf STOP.

Sie zupfte die hartnäckig klebenden Zelltuchfasern von der Haut, die das Papiertaschentuch beim Abwischen des schweißnassen Gesichts hinterlassen hatte. Im Rückspiegel kontrollierte sie das Ergebnis.

Sie drückte auf REC.

„Welcher Teufel hat dich bloß geritten, in diese spießige Gegend zu ziehen? Wie ausgestorben. Totenstill. Du brauchst Inspiration, Liebster. Anregungen. Eine Umgebung, die deinem Genie entspricht ... Verdammte Brut!"

Sie drückte auf STOP.

Eben waren Schulkinder der nahe gelegenen Waldorfschule lärmend an ihrem Auto vorbeigerannt und hatten sich in die umliegenden Häuser verteilt. Von irgendwoher kam Schlagermusik. Ein Hund kläffte. Klara öffnete das Fenster der Beifahrertür in der Hoffnung auf einen Luftzug, doch die Hitze im Wageninneren stand heiß und flirrend.

Sie nahm ein Buch aus dem Handschuhfach und schlug es auf.

Sie drückte auf REC.

„‚Im Schimmer der Endlichkeit verlass ich dich nimmer, so brüchig die Zeit, oh Heiterkeit.' Meisterlich!"

Sie drückte auf STOP.

Sie griff hinter den Sitz, holte eine Sprudelflasche hervor und nahm einen kräftigen Schluck. Die Kohlensäure trieb ihr Tränen in die Augen. Ein leiser Rülpser entwich ihren Lippen.

Sie drückte auf REC.

„‚Das Zeitliche meint das Göttliche und weiß doch um die zerfallenden Früchte.' ... Wiglaf ..."

Sie drückte auf STOP.

Sie wischte mit dem Ärmel ihrer Bluse die Tränen ab, als sie eine Frau und einen Mann auf Wiglafs Haus zugehen sah. Die Frau war hochgewachsen und hatte strohblondes Haar. Aus ihrer Umhängetasche ragte ein Hund heraus. Der Mann, einen halben Kopf kleiner, in Hemd und Krawatte, sah aus wie aus dem Katalog. Er folgte der Frau durch Wiglafs Garten und sprach mit dem Hund in der Handtasche. An der Haustür angekommen, drückte die Frau auf den Klingelknopf, woraufhin Wiglaf die Haustür öffnete.

Sie drückte auf REC.

„Da bist du! Ich sehe dich. Sehe dich deutlich vor mir. Nur ein paar Schritte trennen uns, Wiglaf, die zu gehen weder dir noch mir schwerfallen würden. Und doch ... bist du so weit ... Jetzt bist du mit diesen Leuten im Haus verschwunden. Warum kann ich nicht durch Wände sehen? Du bist da, bist in meiner Nähe ... Ich spüre dich ..."

Sie drückte auf STOP.

Sie lehnte sich zurück und schloss die Augen.

Sie drückte auf REC.

„,Sind Sie auch Literatin?' Das waren deine ersten Worte, die du zu mir gesprochen hast, mit deiner einschmeichelnden und, jaa ... auch erwartungsvollen Stimme. Nach dieser Lesung vor genau vier Jahren, acht Monaten und neunzehn Tagen ... Als ob es gestern gewesen wäre. Der Schlussapplaus war gerade verebbt. Das Licht war angegangen. Meine Augen hatten sich noch nicht an die Helligkeit gewöhnt. Und ich blickte in ein hellblaues Augenpaar, ich sah dein Grübchen am Kinn, wie ich ein hinreißenderes noch nicht gesehen hatte. Und alles war verschwommen, bis auf deine Augen und dein Grübchen.

Unglaublich, Liebster! Da hast du die ganze Zeit neben mir gesessen und ich habe nichts gespürt. Kein Kribbeln. Keine sachten Stromstöße. Keinen Hauch von Ahnung, dass mein Leben gerade im Begriff war, sich von Grund auf zu verändern.

‚Nun. Ich selbst mache gerade meine ersten Gehversuche als Lyriker. Kleine Gedichte über das Leben. Über das Sein an sich. Nichts Besonderes ... eigentlich', hast du gesagt, und: ‚Aber ... auch nicht so schlecht.' – ‚Nein, ich mache nicht in Literatur', hab ich dir geantwortet, Wiglaf. Allmählich bekam die Umgebung wieder Konturen. Und deine Augen und dein Grübchen einen dazugehörigen Leib. Und ich schwöre dir, Wiglaf, es hat mir nichts ausgemacht, dass du eine winzige Idee kleiner warst als ich. Und dass du, sagen wir mal, etwas füllig warst ... Aber dann hast du dich verabschiedet. ‚Na dann, bis vielleicht irgendwann einmal', hast du gesagt. Was sollte das heißen? Ich hatte hinter dir hergerufen. ‚Warten Sie! Vielleicht könnten wir ... einen Kaffee trinken ... gehen?' Doch du hast dich nicht mehr umgedreht, hast abgewunken. – ‚Was machst du da? Läufst einem Wildfremden hinterher? Halb so alt und halb so groß wie du? Bist du noch bei Trost?' Ich schwöre dir, Wiglaf, als ich das gedacht

hatte, als du so ... entschlossen von mir weggingst ... Ich hab's nicht so gemeint, Liebster.

‚Ich bin sicher, Ihre Gedichte sind hinreißend und ... genial', hab ich dir auch hinterhergerufen ... Und dann, mein Leben, bist du stehen geblieben. Hast dich umgedreht. Hast mich angeschaut. Mit deinen wunderbaren Augen hast du mich angeschaut und gesagt: ‚Sie kennen mich doch gar nicht. Aber in der Tat – manchmal staune ich über mich selbst und kann kaum glauben, dass ich das geschrieben haben soll.' Ich weiß es noch wie heute. Und dann hast du noch gesagt: ‚Auf einen Kaffee?'"

Sie drückte auf STOP.

Und lächelte.

10

„Jetzt ist er aufgewacht. Wenn Sie auch so unrund gehen", sagte Benno vorwurfsvoll, während Ruben blinzelnd seinen Kopf aus der Tasche streckte.

„Keine Woche könnt ich hier wohnen. Da! Erst fünf Schritte, aber schon die achte Platte. Wie soll man da zurechtkommen?"

Verena hatte – mit verkürzter Schrittlänge – vor Benno die Haustür erreicht. *Agnes Eisele*, las sie auf dem unteren Klingelknopf, und auf dem darüberliegenden *Winter*. Hier klingelte sie.

„Es gibt halt keine Harmonie mehr auf dieser Welt, gell, Ruben", sagte Benno, während er den Kopf des Hundes streichelte, der, statt zu antworten, mit einem Satz aus der Tasche sprang und auf einen Wacholderbusch zulief.

Verena fiel zuerst die birnenförmige Körperform des Mannes auf, der jetzt in der offenen Haustür stand. Birnen – Herbst – Winter. Könnte funktionieren.

„Sie sind Herr Winter?", fragte sie.

Der Mann nickte.

„Kripo Reutlingen. Wir haben ein paar Fragen an Sie." Mit vorgehaltenem Ausweis trat Verena näher an ihn heran.

„Worum geht's?" Winter wich keinen Millimeter zur Seite.

„Wir ermitteln in einer Mordsache. Es sind nur ein paar Fragen."

„Eine Mordsache?" Winter zog die Augenbrauen hoch, nickte und bedeutete mit einer Kopfbewegung, ihm zu folgen. Er ging voran in die erste Etage, wo sich seine Wohnung befand. Das spärliche Mobiliar aus Chrom und Leder strahlte eine wohltuende Kühle aus. Den freien Blick auf kahle Wände störte lediglich ein Regal, das außer einer Handvoll Bücher nichts enthielt. Wiglaf ging zum Fenster, zog die Jalousien hoch und öffnete es. Er beugte sich hinaus und rief: „Wirst du wohl verschwinden!"

Verena schaute Benno vorwurfsvoll an.

„Total vergessen", murmelte der und lief hinaus.

„Ist Wiglaf Winter Ihr richtiger Name?", fragte Verena. Stabreime machen misstrauisch.

„Ein Pseudonym. Mein richtiger Name ist ... Detlef Wengerter. Aber wie klingt das im Zusammenhang mit sublimen Versen?"

Da Verena nicht annahm, dass Winter eine Antwort erwartete, hob sie lediglich die Augenbrauen.

Dann saßen sie sich auf der Couchgarnitur gegenüber. Verena spürte das kühle Leder durch den Stoff ihrer Hose.

Die Wohnung eines Schriftstellers hatte sie sich anders vorgestellt.

Schon eher hätte sie Hildebrandts Zeitschriften- und Bücherchaos erwartet. Dieser farblose, kühle Raum hier erinnerte an das Innere eines Iglus. Und Wiglaf Winter – hellhäutig, gut im Futter und tapsig – an einen Eisbären.

„Ich trenne Wohn- und Arbeitsbereich strikt", sagte Wiglaf, der Verenas Blick aufgefangen hatte.

„Verstehe", sagte Verena. „Können Sie von Ihrer Schreiberei leben?"

„Meine Karriere steckt in den Startlöchern und wartet nur auf den richtigen ... Impuls."

„Also nein."

„Es reicht, um die Miete zu bezahlen."

„Und wovon leben Sie, wenn ich fragen darf?"

„Sagten Sie nicht, es gehe um Mord?"

„Klaas Hildebrandt, Kulturredakteur bei der Lokalzeitung, wurde gestern Morgen tot aufgefunden."

Wiglaf nahm die Nachricht ungerührt auf. „Ich kann nicht sagen, dass ich besonders betrübt bin", sagte er. „Aber was hab ich mit der Sache zu tun?"

„Im Moment klopfen wir lediglich sein Umfeld ab. Reine Routine. Wie gut kannten Sie ihn?"

„Überhaupt nicht. Ich könnte nicht mal sagen, wie er aussieht ... oder besser: aussah. Bis auf diese unverschämten, ja fast schon rufschädigenden Kritiken hatten wir keinerlei Verbindung. Werden denn die Redakteure nicht auf ihre Tauglichkeit geprüft, bevor man sie ..."

„Hatten Sie nach Ihrer Lesung vorgestern Kontakt mit ihm?"

„Ich sag doch, dass ich ihn nicht kannte", gab Wiglaf unwirsch zurück. „Sein Glück, dass er sich mir nie vorgestellt hat, ich hätte sonst für nichts garantiert."

Wiglaf hatte die Fäuste geballt. Und in diesem Moment schien ihm ein Licht aufzugehen. „Sie glauben doch nicht im Ernst, ich hätte mit dieser Sache etwas zu tun? Schauen Sie ..." Er streckte seine Hände aus, die Finger waren unerwartet schlank. „Diese Finger können nichts als schreiben. Ja! Wenn Worte töten könnten, dann hätte ich es wohl getan."

„Sie haben mir noch nicht gesagt, wovon Sie leben, Herr Wengerter", sagte Verena unbeeindruckt.

Wiglaf ließ die Hände sinken und steckte sie in die Hosentaschen, als jemand mit dem Schlüssel die Wohnungstür öffnete. Eine junge Frau von auffallender Schönheit kam herein. Ihr Haar, weich und glänzend wie Chiffon, umrahmte in sanften Wellen ihr ebenmäßiges Gesicht, das aus Porzellan zu sein schien. Ruben, den sie auf dem Arm trug, ließ sie nicht aus den Augen. Hingebungsvoll schleckte er ihr Kinn.

„Guck mal, Schbatz, so einen möcht ich auch!", rief sie.

Benno, der hinter ihr die Wohnung betreten hatte, nahm ihr Ruben vom Arm und setzte ihn in die Tasche. Ruben knurrte leise.

„Darf ich vorstellen", sagte Wiglaf, „Beatrice Kracht, meine Lebensgefährtin. Wir wohnen hier zusammen, und ... sie unterstützt mich. Auch finanziell, um endlich Ihre Frage zu beantworten."

Jetzt saßen sie sich zu viert gegenüber.

„Was machen Sie beruflich, Frau Kracht?", fragte Verena.

„Die sind von der Polizei, Bea-Darling, die dürfen das fragen", sagte Wiglaf, der an ihrem Gesichtsausdruck abzulesen schien, dass sie gar nichts verstand.

„Ich arbeite im Spendhaus. Als Assistentin des Museumsleiters. Und zeitweise im Sekretariat. Na ja, und manchmal helf ich in der Verwaltung aus." Sie zuckte mit den Schultern. „Zu mehr hat's nicht gereicht nach dem abgebrochenen Musikstudium."

„Wo waren Sie in der Nacht von vorgestern auf gestern?", fragte Verena und sah abwechselnd Wiglaf und Beatrice an.

„Das war der Abend meiner Lesung", sagte Wiglaf, „die übrigens nicht so schlecht war, wie's die Mäkelschrift glauben machen möchte. Die Zuhörer waren ergriffen von der Atmosphäre, die meine Gedichte gezaubert hat. Es war totenstill, alle lauschten gebannt ..."

„Nach Ihrer Lesung?"

„Nach der Lesung sind wir in die Bier- und Weinakademie gegangen. Wir haben einen Schwarzwurstsalat mit Bauernbrot gegessen und ein Bier dazu getrunken."

„Wer ist wir?", fragte Benno.

„Frau Eisele hat Beatrice und mich begleitet. Sie ist meine Agentin. Ihr gehört auch das Haus. Sie hat ihre Wohnung und ihr Büro im Erdgeschoss. Über Hildebrandts Kritiken hat sie sich genauso geärgert. Von übelster Sorte und ..."

„Wie ging's dann weiter an dem Abend?" Verena sah Benno an, der nickte und die Wohnung verließ.

„Um drei viertel zwölf haben wir die Wirtschaft verlassen und sind zu Fuß nach Hause gelaufen. Es ist nicht bei einem Bier geblieben. Erfolg will gefeiert werden, versteht sich."

„Ja, versteht sich. Wie kommt's, dass Sie im Haus Ihrer Agentin wohnen?"

„Das hat sich so ergeben. Unsere damalige Wohnung in der Bahnhofstraße war zu klein, und diese hier wurde gerade frei, und so sind wir eingezogen. Natürlich zahlen wir Miete. Und wenn der Erfolg sich zuweilen nicht ... in barer Münze auszahlt, kommt Agnes uns ein bisschen entgegen."

„Wie ging der Abend weiter?"

„Kurz nach Mitternacht waren wir zu Hause, und jeder ist in seine Wohnung gegangen, Agnes in ihre und wir in unsere."

Wiglaf nickte seiner Freundin zu, die still neben ihm auf dem Sofa saß.

„Alles war so, wie du gesagt hast, Schbatz", sagte sie.

Ruben bellte zweimal.

„Entschuldigen Sie", sagte Verena und holte ihr Handy aus der Tasche.

„Wir kommen, Doc", sagte sie und steckte das Handy zurück.

Unten im Garten traf sie auf Benno, der inzwischen mit der Agentin gesprochen und den Ablauf des Abends mehr oder weniger identisch geschildert bekommen hatte.

„Könnte mir einen besseren Platz zum Lesen vorstellen als in einem Auto in praller Sonne", sagte Benno, als sie sich auf den Weg in das Pathologische Institut machten. Er wies mit dem Kinn auf den Kleinwagen, der mit geschlossenen Fenstern unweit am Straßenrand stand und in dem eine Frau in ihr Buch vertieft zu sein schien, das vor ihr auf dem Lenkrad lag. Ihren Kopf hatte sie auf beide Hände gestützt, das Gesicht war nicht zu sehen. Für einen Moment hob sie jetzt den Blick, um sofort wieder in ihr Buch zu versinken.

„Merkwürdig allemal. Vier Meter weiter hinten hätte sie Schatten", sagte Verena stirnrunzelnd.

Als sie den Wagen erreicht hatten, richtete die Fremde sich auf und sah Verena ins Gesicht. Mit Augen wie aus Porzellan: undurchdringlich, starr, ... entseelt.

Trotz der herrschenden Hitze fröstelte Verena plötzlich.

11

„Das Schicksal des Menschen ist der Mensch!", sagte Schmalhans, während er vorsichtig das Tuch zurückschlug, das Klaas Hildebrandts toten Körper bedeckte. Er tat dies mit einer Pietät, die Verena an jenen Mann erinnerte, den sie auf einem ihrer Flohmarktstreifzüge einmal dabei beobachtet hatte, wie er ein in Tuch eingeschlagenes Triptychon ausgewickelt hatte – sachte und voller Respekt.

„Er hatte keine Chance", fuhr Schmalhans fort. „Der Angriff muss ihn so unvermutet getroffen haben, dass er wahrscheinlich nicht einmal Zeit hatte zu überlegen, was da gerade mit ihm geschah."

Er zeigte mit einem Stift, den er immer in der Hand hielt, wenn nicht gerade ein Skalpell oder eine Pall Mall seine Finger beschäftigte, auf eine kleine Einstichstelle am Hals des Toten.

„Hier verläuft die Halsschlagader, die Teile des Halses und vor allem den Kopf, sprich das Gehirn versorgt. Die Injektion wurde platziert gesetzt. Ich bin mir sicher, hier war jemand am Werk, der etwas von Anatomie versteht."

Verena und Benno beugten ihre Köpfe über Hildebrandts Hals.

„Sieht ganz normal aus. Unspektakulär eigentlich", sagte Benno.

Verena sah ihren Assistenten prüfend an. Seit er bei einer Leichenschau kollabiert und vor aller Augen ohnmächtig zu Boden gesunken war, hatte er sich nie mehr diese Blöße gegeben. Einzig der blasse Zug um die Nase verriet seine Verfassung.

„Es gibt keine Abwehrverletzungen. Sie sehen einen äußerlich unversehrten Körper. Bis auf den Einstich. Vermutlich wurde ihm eine Substanz injiziert, die ihn sehr schnell außer Gefecht gesetzt hat."

„Wenn er nicht sofort tot war, hätte er flüchten oder nach Hilfe rufen oder sich gewehrt haben können?"

Aus den Augenwinkeln beobachtete Verena, wie Benno sich scheinbar unauffällig nach etwas umsah, worauf er sich setzen konnte.

„Die Analyse läuft noch. Gut möglich, dass es sich um einen Cocktail handelt aus einer schnell wirksamen Substanz und dem eigentlichen Gift. Die Untersuchung ist nicht einfach. Man kann nur finden, wonach man sucht. Das heißt, im Moment analysieren wir das Blut auf die gängigen Betäubungsmittel und Gifte, auf alles, was leicht zu beschaffen ist. Bei negativem Ergebnis weiten wir das Spektrum aus, bis wir fündig werden."

Verena nickte.

Sie besah sich Hildebrandts Köper genauer, seine filigranen Hände, die kaum schwere Arbeit verrichtet haben konnten, seine weiße Haut, die nicht einmal die typische T-Shirt-Bräune aufwies, so als habe er das Tageslicht gemieden. Gelbe Verfärbungen an Zeige- und Mittelfinger der rechten Hand verrieten seinen starken Zigarettenkonsum. Die schlaffe Körpermasse ließ darauf schließen, dass sich der Mann wenig bewegt hatte.

„Wann können wir frühestens mit einem Ergebnis rechnen?"

„Mit etwas Glück bald. Vielleicht aber auch erst in ein paar Monaten."

„Haben Sie Alkohol im Blut gefunden? Oder Drogen?", fragte Benno, der in lässiger Pose auf einem der breiten Fenstersimse saß. Das Fenster war gekippt.

„Nein."

„Wie zum Teufel ist es dann möglich, einem erwachsenen Mann eine Injektion zu verpassen, und zwar platziert, ohne dass der sich wehrt?" Verena hatte begonnen umherzugehen.

„Vielleicht war der Mörder dem Opfer im entscheidenden Moment so nah, ... körperlich meine ich, so nah, dass er ihm blitzschnell die Spritze verpassen konnte. Ein Überraschungsangriff", sagte Verena.

„Konservieren Sie Ihre Gedanken. Fangen wir lieber an!", sagte Schmalhans, zog einen Rollwagen zu sich heran, auf dem das Obduktionsbesteck lag, wählte ein Skalpell und nahm es in die Hand. „Ich werde den ersten Schnitt ... hier ansetzen."

Und während Verena jeder seiner Handbewegungen folgte, winkte sie Benno zu sich her.

12

„Bernadette und Klaas haben sich 1999 kennengelernt. Sie hat noch studiert. Deutsch, Mathe und Sport auf Lehramt an der PH Reutlingen. Und Klaas war freier Mitarbeiter beim *Tübinger Boten.*"

Die tief stehende Abendsonne sorgte trotz der Jalousien für annähernd 30 Grad im Besprechungsraum. Willsch nahm sein Taschentuch aus der Hosentasche und wischte sich über die schweißnasse Stirn. „Vor fünf Jahren haben sie beschlossen, Deutschland den Rücken zu kehren und nach Kolumbien auszuwandern", fuhr er fort, während er das Tuch in die Hosentasche zurückstopfte.

„Wo ist eigentlich Wagner?", fragte Verena und sah sich um, als ob Wagner sich irgendwo versteckt haben könnte.

„Dringende Termine. Mehr hat er nicht gesagt. Hab ihn selber den ganzen Tag nicht gesehen", antwortete Willsch.

Verena nickte.

„Wie gesagt, sie wollten nach Kolumbien auswandern. Doch aus heiterem Himmel hat Klaas es sich anders überlegt. Manche, die ich befragt habe, vermuten den Grund darin, dass Bernadette eine gut bezahlte Stelle in einer Privatschule bekommen hatte, Klaas aber noch keine Arbeit in Aussicht hatte. Vermutlich hätte er erst mal den Hausmann abgegeben. Bernadettes Mutter war der Meinung, dass es am labilen Charakter ihres Schwiegersohnes gelegen hat. Und so ist Bernadette mit dem einjährigen Sohn Gustavo allein nach Medellin geflogen. Sie hat darauf gehofft, für ihren Mann Arbeit zu finden, damit er nachkommen kann. Aber Klaas hat nach und nach den Kontakt abgebrochen, hat dann auch die finanzielle Unterstützung eingestellt, was erst recht zum Problem wurde, als Bernadette ihre Stelle an der Privatschule verlor. Dafür konnte sie aber nichts. Die Stelle ist wegrationalisiert worden. In dieser Notlage haben ihre Eltern sie unterstützt ..."

Ruben bellte zweimal. Verena holte ihr Handy aus der Tasche. Sie hörte eine Zeit lang zu, nickte und steckte es zurück.

„Die Technik. Sie haben das Passwort in Hildebrandts Computer geknackt. Das reinste Chaos. Ohne System. Jede Menge Texte, Berichte über Veranstaltungen, Zeitungsartikel und so weiter. Aber auch ein paar Bilder. Die schicken sie uns übers Intranet."

Sie sah zu Benno, der verstand und nickte.

„Wo ist Bernadette Hildebrandt zurzeit? In Kolumbien? Oder in Deutschland?"

„Den halben Tag hab ich damit zugebracht, sämtliche Passagierlisten aller Transatlantikflüge der letzten Wochen durchzugehen. Ich bin noch nicht ganz fertig damit. Es sind unheimlich viele Flüge. Wusste gar nicht, dass so viele Menschen ... fliegen." Willsch nahm sein Taschentuch und wischte sich über die Stirn, über Mund und Kinn und fuhr am Hals entlang in sein offen stehendes Hemd. „Aber ich bleib dran."

„Bernadette Hildebrandt war nicht unter den Schaulustigen", sagte Benno, der den Bildschirm so drehte, dass alle einen guten Blick hatten, ohne sich die Hälse verrenken zu müssen. Benno hatte zwei Fotos nebeneinander gestellt: auf dem einen eine junge, dunkelhaarige Frau mit offenem Blick. Sie saß auf einem Sofa und trug ein Baby auf dem Arm. Sie lachte in die Kamera. Das andere Bild zeigte die Schaulustigen, die Verena am Tatort fotografiert hatte. Keine Übereinstimmung.

„Woher wissen wir, dass die Frau auf dem Sofa Bernadette Hildebrandt ist?", fragte Willsch.

„Es steht darunter", gab Benno zurück.

Willsch nickte.

Frau Glöckle streckte ihren Kopf ins Zimmer und sagte: „Der Chef möcht Sie sehen, Frau Paul", um dann genauso unvermittelt wieder zu verschwinden, wie sie aufgetaucht war.

„Gut. Machen wir Feierabend", sagte Verena und stand auf.

Im Kielwasser ihres Aufbruchs erhob sich Willsch ebenfalls, rieb seine Handflächen an den Hosenbeinen trocken und zog den Hosenstoff aus der Pofalte, bevor er den Raum verließ.

Während Verena die Treppe emporstieg und über den Flur auf Meiningers Büro zuging, dachte sie über die Zeit nach, als ihr Chef noch ein umgänglicher Vorgesetzter war. Als man während der Besprechungspausen Pizza gegessen und gemeinsam über Strategien nachgedacht hatte. Vorbei! Würde er jemals wieder der Alte werden? Vielleicht wenn die Scheidungssache ausgestanden war? Verena klopfte an seine Tür. Und als sie sein „Ja" vernahm, trat sie ein. Sie ging über den weichen Teppichboden auf den auch heute wieder wie leer gefegten und blank polierten Schreibtisch zu.

„'n Abend, Frau Paul", sagte er und deutete auf einen der Besucherstühle. Verena setzte sich. Sie betrachtete ihn, während er die dünne Mappe, die gestern schon auf dem Schreibtisch gelegen hatte, aufschlug und ein leeres Blatt herausnahm. Er wirkte blass, seine Haut transparent, sein Haar grauer als sonst. Es war nachlässig frisiert.

„Was gibt es Neues?", begann er und legte seinen Füllfederhalter auf das leere Blatt.

„Wir haben ein Bild von Bernadette Hildebrandt. Der Frau des Journalisten. Das macht die Suche leichter."

„Noch keine Spur von ihr?"

„Nicht die geringste."

„Zur Todesursache?"

„Schmalhans ist sich sicher, dass der Mörder etwas von Anatomie versteht. Anders kann er sich die gezielte Injektion in die Halsschlagader nicht erklären."

„Und sonst?"

„Wir haben heute mit dem Chefredakteur der Lokalzeitung gesprochen. Er sagt, er hätte Klaas Hildebrandt nach der Probezeit übernommen. Also hätte ihm kein beruflicher Einbruch gedroht. Der Chefredakteur hat uns noch weitere Kritiken gezeigt, die Hildebrandt verfasst hat. Alle vernichtend. Ich frage mich langsam, ob Hildebrandt überhaupt irgendetwas gefallen hat. Ob er an irgendetwas Spaß gehabt hat. Er muss ein Misanthrop par excellence gewesen sein. Außerdem hat er seinem Vorgesetzten die Ehefrau verschwiegen. Wie er das mit der Lohnsteuerklasse gemacht hat, wissen wir noch nicht. Die Wirtschaft ist dran."

Es war eine Weile still zwischen ihnen.

Auf dem Ast draußen vor dem Fenster schienen die Amselmännchen einen neuen Grund für Streitereien gefunden zu haben. Oder die Kontroverse von gestern war noch nicht beigelegt. Zumindest flogen sie wieder in wildem Geschrei auf und schlugen ihre Körper aneinander. Keiner schien nachgeben zu wollen.

„Wir haben heute einen Zeugen befragt. Einen etwas überdrehten Lyriker. Detlef Wengerter. Nennt sich Wiglaf Winter. Er ist eines von Hildebrandts ‚Opfern'", fuhr Verena fort.

„Und was macht er für einen Eindruck auf Sie?"

„Er hat zugegeben, über den Tod des Journalisten nicht sonderlich erschüttert zu sein. Und er hat ein Alibi. Er war den ganzen Abend mit seiner Freundin und seiner Agentin zusammen. Er wirkt auf mich ziemlich weltfremd."

Meininger nickte.

„Gibt es noch weitere Zeugen? Sie sagten, dass fast alle seine Kritiken unerbittlich waren."

„In jüngster Zeit wäre noch eine Schauspieltruppe infrage gekommen, die allerdings bereits wieder abgereist ist. Wenn alle Stricke reißen, müssen wir sie ausfindig machen. Krautacker – das ist der Chefredakteur – meint, sie müssten mittlerweile irgendwo in Nordrhein-Westfalen spielen."

Meininger lehnte sich zurück und verschränkte die Arme vor der Brust.

„Wie weit sind Sie in der Altenheimsache?", fragte er.

„Willsch wird morgen früh um sieben seinen Dienst antreten. Wir haben das O. K. der Heimleitung."

„Gut, Frau Paul. Dann sehen wir uns morgen Abend um die gleiche Zeit!"

Reflexartig schaute Verena auf die Uhr. Es war kurz nach acht. Sollte das sein Ernst sein? Erwartete Meininger tatsächlich, dass sie ihm jeden Abend in einer Sondersitzung ihre Ermittlungsergebnisse präsentierte? Andererseits war es eine Gelegenheit, die Fakten und Indizien des Falls nochmals durchzugehen. Und die Gemütslage ihres Chefs im Auge zu behalten.

„In Ordnung", sagte sie, stand auf und verließ das Büro.

13

‚Man sollte aufpassen, dass einem gewisse Dinge nicht zur Routine werden', dachte Verena, als sie die Schwimmhalle betrat, mit 14 Schritten ihre Liege erreicht hatte, an ihr vorbeiging und auf einen der Plastikstühle zusteuerte, die vor dem kleinen Tresen herumstanden. Hier konnte man sich mit dem Nötigsten versorgen: Es gab Rot- und Weißwein, dazu Bier der ortsansässigen Brauerei, Salzstangen, ein überschaubares Angebot an Schokoriegeln – und wer noch keine Gelegenheit gehabt hatte zu vespern, war mit Saitenwürsten, Brot und Senf bestens bedient.

Es herrschte ein eigentümliches Zwielicht, das noch zu überlegen schien, in welche Richtung es gehen sollte. Und mit dem Grad der Dunkelheit draußen wurde es drinnen heller.

Dienstags war Warmbadetag. Und der lockte jene hervor, die alles verabscheuten, was unterhalb der eigenen Körpertemperatur lag. Verena gehörte zu ihnen. Zurückgelehnt und mit übereinandergeschlagenen Beinen beobachtete sie das Treiben im Wasser. Eine Schorle rot-sauer stand vor ihr auf dem Tisch.

Ein junges Paar, kaum über 20, tollte im Wasser herum. Mal sprang sie ihm auf den Rücken, mal tauchte er sie unter. Da fiel Verena ein, dass sie ja einen Auftrag hatte. Sie holte ihr Notizheft und einen Stift aus der Tasche.

Auch Frauen sind zu allem fähig. Die weibliche Gewalt
EMANZIPATION MIT DER BRATPFANNE
Männer als Täter? Frauen als Opfer? Über das Ende eines Klischees!
Es wäre allerdings falsch verstandene Solidarität, nun zu jubeln. Denn Gewalt bleibt Gewalt, egal aus welchem ... Schlammloch ...

Sie legte den Bleistift auf den Block und schloss die Augen. Anderes Wort für Schlammloch. Jauchegrube? Unmöglich. Auf einem Kriminologenkongress konnte sie unmöglich mit Jauchegrube daherkommen.

Gewalt bleibt Gewalt! Man muss alle Formen und Stufen von Gewalt berücksichtigen, nicht nur die körperliche. Psychische Gewalt, Einschüchterung und Mobbing ... Vom Kratzen und Schubsen bis zum Kapitalverbrechen ...

Verena ließ den Bleistift zwischen Zeige- und Mittelfinger tanzen.

Das junge Paar hatte sich an den Beckenrand zurückgezogen. Im Becken war es ruhig. Keine besonderen Vorkommnisse.

Frauengewalt tendiert dazu, expressiver zu sein, um Angst, Verletzung oder Verzweiflung zu äußern; Männergewalt ist eher instrumentell ... Männer wollen die Oberhand behalten ...

Verena nahm einen Schluck von ihrer Weinschorle. Hin und wieder kontrollierte sie mit einem kurzen Blick, wer durch die Tür der Männerkabinen hereinkam.

Gewalt durch Frauen: Brauchen wir Männerhäuser?

Verena grinste. Sie strich die Zeile durch und legte den Stift beiseite. Doch dann schrieb sie weiter:

Ein scheinbar abwegiges Thema. Und doch reden viele Männer vom Hausdrachen oder von der Xanthippe, die sie zu Hause haben. Also wissen sie, was gemeint ist. Wenn eine Frau wiederholt psychischen Druck ausübt, tobt, zetert, mit Gegenständen wirft oder zuschlägt, wie soll der Mann reagieren? Sie packen und vor die Türe stellen? Dann ist der Mann der Täter. Weglaufen? Unmöglich, wenn Kinder im Spiel sind. Ob Schläge wehtun oder nicht, ist unerheblich ...

Verena sah aus den Augenwinkeln, dass die Kabinentür erneut aufging. Sie hob den Kopf. Das Badetuch um die Hüften geschlungen, betrat er die Schwimmhalle, blieb nach wenigen Schritten stehen und schaute sich um. Als ihre Blicke sich trafen, schlenderte er gemächlich auf seine Liege zu, nahm das Badetuch ab, legte es auf die Liege und ging zum Beckenrand. Er ließ sich ins Wasser gleiten und begann mit kräftigen Zügen auf Verena zuzuschwimmen. Er behielt sie dabei fest im Blick. Etwas ungelenk vollführte er am Beckenrand seine erste Wende. Verena betrachtete jetzt seinen Rücken, das Muskelspiel bei jeder Bewegung. Zum ersten

Mal fiel ihr auf, dass er keinen Nacken hatte. Und dass auf seinen Schultern Haare wuchsen, die jetzt im Wellengang tanzten.

Verena lehnte sich zurück.

Vor wenigen Monaten waren sie einander aufgefallen, hier im *Uhlandbad*. Seither trafen sie sich – unregelmäßig und ohne Verabredung. Ein unausgesprochenes Abkommen bestand darin, keine Fragen zu stellen. Ein anderes, sich nicht zu verabreden. Das gehörte zum Spiel. Alles andere würde die Sache unnötig verkomplizieren, würde ihr die Leichtigkeit nehmen, würde Besitzansprüche entstehen lassen.

Unwichtig, ob der Mann die Frau körperlich besiegen könnte. Die Tatsache, dass Gewalt ausgeübt wird, ist das Problem ...

Unzählige Beziehungen hatte Verena im Laufe ihrer Dienstjahre schon miterlebt, die an ihrem Ende angekommen waren, an dem es nur noch Hass gab und Gewalt, Handgreiflichkeiten und gegenseitige Schuldzuweisung. Hatten sie nicht alle gleich begonnen? Mit Herzklopfen und Schmetterlingen im Bauch? Mit einem Glücksgefühl, sobald man nur an den anderen dachte? Mit dem Verlangen nach uneingeschränkter Nähe? Das Alarmsystem war außer Kraft gesetzt.

Liebe macht blind. Doch die Sehkraft kehrt im Laufe der Zeit zurück.

Verena packte Block und Stift in ihre Tasche, stand auf und ging zum Beckenrand. Er vollführte gerade seine zweite Wende und schwamm wieder auf sie zu. Verena setzte sich und ließ die Beine ins Wasser baumeln. Dann glitt sie langsam ins Wasser, um dem Mann ohne Nacken entgegenzuschwimmen.

14

„Heute kommt sie. Dann nimmt sie mich mit", sagte der gekrümmte Alte mit dem Kopfwackeltremor. Den Griff seines Koffers fest umschlossen, stand er an derselben Stelle am Treppengeländer und ließ den Eingang nicht aus den Augen. Willsch blieb stehen und sah auf den Mann herab. Er legte eine Hand auf seine Schulter. Durch den Mantelstoff konnte er deutlich seine Knochen spüren.

„Haben Sie schon gefrühstückt?", fragte Willsch, der sich im Gegensatz zu gestern verantwortlich fühlte.

Mit trübem Blick sah der Alte zu ihm herauf. Seine blutunterlaufenen Unterlider waren feucht. „Ich muss hier stehen bleiben. Damit sie mich sieht."

Da öffnete sich die Bürotür der Sekretärin. Zu den Sportschuhen trug sie heute einen knielangen Jeansrock und eine hellblaue, ärmellose Seidenbluse. Das Haar war wie gestern im Nacken zusammengebunden.

„So früh kommt Ihre Tochter bestimmt nicht, Herr Schultheiß", sagte sie, ging auf ihn zu, nahm ihn an den Schultern und führte ihn, so wie Kinder sich beim Blindekuh spielen umherschieben, in den Aufenthaltsraum, der vom Foyer durch eine Glaswand getrennt war. Sie setzte ihn an einen der vielen Tische, schaltete den Fernseher ein, sprach ein paar Worte zu ihm und kam zu Willsch zurück.

„Guten Morgen, Herr Willsch", sagte sie und streckte ihm die Hand entgegen. „Kommen Sie in mein Büro?" Sie ging voran. Willsch folgte ihr und setzte sich an ihren Schreibtisch auf einen der Besucherstühle. So wie Willsch heute früh den Alten am Treppengeländer scheinbar unverändert vorgefunden hatte, stand auch jetzt die rote Mohnblume an der Tastatur. Die Sekretärin öffnete eine Schublade, nahm verschiedene Dinge heraus und legte sie vor sich auf den Tisch.

„Ich finde es unheimlich spannend, was Sie machen. Am liebsten würde ich Ihnen assistieren", sagte sie, während sie ihm ein Namensschild zuschob. „Das stecken Sie sich nachher an Ihren Kittel."

„Damit würden Sie unter Umständen gegen Ihren eigenen Arbeitgeber ermitteln", entgegnete Willsch mit Blick auf die Tür, hinter der das Büro der Heimleiterin lag.

„Ich glaube nicht, dass mich das persönlich berühren würde", gab sie zurück und schob ihm zwei Schlüssel zu. „Der eine ist für das Stationszimmer. Der andere ist ein Generalschlüssel für alle Patientenzimmer auf Ihrer Station." Frau Mockenhaupt senkte ihre Stimme, als sie weitersprach: „Übrigens ist die Station 2A die Station, auf der die drei ... Sie wissen schon ... gelegen haben."

„Das will ich doch hoffen. Sonst hätte meine geheime Mission ja gar keinen Sinn", gab Willsch zurück und blinzelte ihr zu. Er fand es amüsant, wie sie sich ins Zeug legte. Ein bisschen fühlte er sich wie *James Bond*. *Miss Moneypenny* hielt ihm ein Handy entgegen. „Ein hauseigenes Telefon. Damit sind Sie immer und überall erreichbar. Reichweite circa 150 Meter. Die Nummer steht auf der Rückseite." Und wieder senkte sie ihre Stimme: „Und falls Sie einmal unauffällig Hilfe brauchen oder Informationen ... was auch immer, meine Telefonnummer habe ich daruntergeschrieben."

Sie nahm ein beschriebenes Blatt Papier, faltete es in ein handliches Format und reichte es ihm. „Würde es Ihnen etwas ausmachen, mich regelmäßig über Ihre Untersuchungsergebnisse zu informieren?"

„Ich fürchte, das geht nicht. Was ist das?"

Willsch nahm das zusammengefaltete Blatt Papier und wollte es gerade öffnen, als sie ihre Hand auf seine legte.

„Nicht. Tun Sie das, wenn Sie allein sind. Ungestört. Es sind Informationen, die für Sie wichtig sein könnten. Von mir haben Sie sie aber nicht!", sagte sie mit verschwörerischer Miene.

„Ist klar."

„Wissen Sie, ich habe schon länger den Eindruck, dass auf der 2A etwas nicht stimmt. Meine Alten erzählen mir so manches. Im Vertrauen natürlich. Vor anderen würden sie es sicher nicht wiederholen. Und schon gar nichts unterschreiben."

„Was denn?" Willsch hing an ihren Lippen.

Miss Moneypenny aber lehnte sich zurück, verschränkte die Arme vor der Brust und sagte: „Ich möchte Ihnen nicht vorgreifen, Herr Kommissar. Wir können ja bei Gelegenheit unsere Wissensstände abgleichen."

Damit überreichte sie ihm ein Gerät, das aussah wie ein Walkie-Talkie, nur erheblich kleiner. „Haben Sie Kinder, Herr Kommissar?"

„Ähm ... nein."

„Aber Sie kennen das Prinzip eines Babyfons."

„Ja."

„O. K. Alle Zimmer unserer Patienten sind mit einem Mikrofon ausgestattet. Und hiermit“, sie tippte auf das kleine Gerät, das Willsch jetzt in der Hand hielt, „können Sie jederzeit in jedes Zimmer hineinhorchen. Schauen Sie, hier vorne neben den Knöpfen stehen die Zimmernummern. Sie drücken den entsprechenden Knopf, und schon können Sie hören, was in dem Zimmer vor sich geht. Sie müssen sich nur merken, wer in welchem Zimmer wohnt. Aber das dürfte für Sie kein Problem sein.“

„Das ist ja die reinste Überwach...“

„Unsere Alten sind manchmal unberechenbar. Es ist leider notwendig, sie derart zu kontrollieren. Sie dürfen es nur nicht merken“, fiel sie ihm ins Wort.

„Klar.“ Willsch überlegte gerade, ob sein Arbeitskittel wohl genügend Taschen haben würde, um all diese Gerätschaften unterzubringen, als *Miss Moneypenny* ihm ein kleines, schwarzes Plastikkästchen über den Tisch schob, das ihn an seinen elektrischen Garagentüröffner erinnerte.

„Das tragen Sie am besten eng am Körper. In der Hosentasche zum Beispiel.“

„Was ist das?“ Willsch war auf alles gefasst. „Ein Fernzünder für die finale Sprengung?“, fragte er grinsend.

Die Sekretärin schaute ihn streng an. „Unser gesamter Außenbereich wird mit einem Bewegungsmelder überwacht. Sobald einer unserer Bewohner nach draußen geht und in den Bereich des Bewegungsmelders gerät, fängt es in Ihrer Hosentasche an zu vibrieren. Dafür haben wir in der Kleidung der Alten, in ihren Schuhen oder Rollatoren einen Sender untergebracht, der mit Ihrem Empfänger kommuniziert.“

„Und woher weiß ich, wo sich der Ausreißer befindet? Sie haben doch sicher mehrere Ausgänge.“

„Jedem Mitarbeiter ist ein Ausgang zugeteilt. Ich zum Beispiel muss den Haupteingang überwachen, was sicherlich die meiste Arbeit bedeutet, weil die meisten durch den Haupteingang das Haus verlassen wollen. Eigentlich naheliegend. Also: Sobald mein Empfänger vibriert, ist es meine Aufgabe, so schnell wie möglich zum Haupteingang zu rennen und nachzusehen. Welchen Ausgang Sie wann zugeteilt bekommen, wird Ihnen nachher Schwester Klara sagen.“

„Ist das nicht etwas ... übertrieben?“

„Die Chefin meint: nein. Seit vor eineinhalb Jahren eine Bewohnerin vorne an der Hauptstraße überfahren wurde, hält unsere Heimleitung diese Maßnahme für notwendig.“

„Und wenn jemand ... legal das Haus verlassen möchte?"

„Der braucht mir nur Bescheid zu sagen."

Willsch nickte. Er packte das Equipment in seine Jackentasche.

„Ich bringe Sie auf Ihre Station", sagte *Miss Moneypenny*, stand auf und kam hinter ihrem Schreibtisch hervor. „Und denken Sie daran", fuhr sie fort, als sie nebeneinanderstanden – sie reichte ihm gerade bis zur Schulter –, „Sie können auf meine Hilfe zählen, wann immer Sie mich brauchen."

Damit verließen sie ihr Büro und gingen zu den Aufzügen.

Der Alte im Wintermantel stand schon wieder am Treppengeländer.

„Wir gehen jetzt in den Frühstücksraum, Herr Schultheiß", sagte sie zu ihm und umfasste seine Schultern. Und zu Willsch: „Die 2A ist im zweiten Stock."

Willsch betrat den Aufzug. Mit sanftem Ruck setzte sich die Kabine in Bewegung und hielt kaum merklich, als sie im zweiten Stock angelangt war. Geräuschlos öffnete sich die Tür. Willsch verließ den Fahrstuhl und befand sich sofort in der Schaltzentrale der Station mit dem verglasten Schwesternzimmer und einem kleinen Aufenthaltsraum daneben, der ebenfalls durch eine große Glasscheibe einsehbar war. Hier saßen ein Mann und eine Frau am Tisch und sprachen miteinander. Links und rechts dieser Einheit gingen Flure ab, über die die Patientenzimmer zu erreichen waren. Fünf auf jeder Seite. An den Wänden hingen Drucke namhafter Impressionisten. Willsch klopfte an die Glastür und betrat das Schwesternzimmer. Ein Schreibtisch stand unterhalb der Glasscheibe, sodass die anwesende Pflegekraft zu jeder Zeit sehen konnte, wer die Station betrat oder verließ. Links und rechts des Schreibtisches befanden sich Schränke. Auf einer Arbeitsplatte lagen angebrochene Tablettenschachteln, daneben Dosierschalen. Hier war offensichtlich jemand beim Verteilen der Medikamente unterbrochen worden.

„Hallo!", rief Willsch, bis eine großgewachsene, in Weiß gekleidete Frau hinter einem Schrank hervorkam und auf ihn zuging. „Wir machen gerade Übergabe. Warten Sie noch einen Moment. Oder besser noch: Kommen Sie mit. Ich bin Schwester Klara." Sie reichte ihm die Hand. Sie war ausgesprochen schlank und hatte einen festen Händedruck. Sie verschwand wieder hinter dem Schrank, wo man durch eine Tür in den Aufenthaltsraum gelangte, den Willsch von draußen durch die Glasscheibe schon gesehen hatte. Am Tisch saß ein Pfleger, den Schwester Klara mit Christoph vorstellte. Der Mann, kaum jünger als Willsch selbst, war klein und untersetzt. Über seinem Doppelkinn wuchsen dichte, schwarze Koteletten fast vollständig unter der Mundpartie zusammen, was Willsch an Gregory Peck als *Kapitän Ahab* erinnerte. Fehlte nur noch das Holzbein, mit dem er nächtens über die Holzplanken seines Schiffes lief.

„Wir sind übrigens alle per Du und nennen uns beim Vornamen. Ich hatte Nachtdienst und bin gleich weg", sagte Schwester Klara. „Christoph hat Frühdienst. Um halb drei kommt Schwester Renate zum Spätdienst. Und ich hab dann wieder Nachtdienst. Die Dienste wechseln wöchentlich. Jeder examinierten Pflegekraft stehen zwei Altenpflegehelferinnen zur Seite. Du ... Reiner?" Willsch nickte. „Du machst den Frühdienst mit. Da fällt die meiste Arbeit an. Bis morgen."

Schwester Klara schob ihre knochige Gestalt durch die Tür hinaus auf den Flur und in den Aufzug, der sich lautlos hinter ihr schloss.

„Um acht kommen Ayse und Songül. Dann geht's durch die Zimmer. Wecken. Waschen. Anziehen. Medikamente verteilen, zum Frühstück bringen. Aber bis dahin haben wir noch 20 Minuten."

Christoph goss Kaffee in einen Becher.

„Was hast du ausgefressen?", fragte er unvermittelt und schaute Willsch direkt ins Gesicht. Willsch stand auf, nahm eine saubere Tasse, die auf der Spüle stand, und bediente sich am Kaffeeautomaten.

„Ich versuche gerade, meine Sünden zu vergessen", sagte er und setzte sich an den Tisch.

„Komm. Erzähl schon. Bleibt unter uns."

„Warum bist du schon so früh da, wenn die Arbeit erst um acht losgeht?", fragte Willsch stattdessen.

„Ich müsste eigentlich Schränke auffüllen, Toilettenpapier und Windeln aus dem Keller holen und solchen Kram. Aber das können Ayse und Songül nachher machen. Die beiden sind echt fix. Die schaffen das."

Christoph warf Willsch einen verschwörerischen Blick zu. Willsch ahnte, dass ihm der Dienst mit *Kapitän Ahab* die meisten Freiheiten verschaffen würde.

„Was hast du angestellt? Erzähl schon."

„Du könntest mir meine Dienstkleidung geben und mir zeigen, wo ich mich umziehen kann!"

„Klar, sturer Hund." Christoph holte einen Kittel und eine Hose aus dem Schrank und legte die Sachen vor Willsch auf den Tisch. „Umgezogen wird hier. Im Keller gibt es zwar eine Wäschekammer, wo man sich umziehen kann. Aber das macht keiner. Zu unpraktisch."

Zähneknirschend zog Willsch, der sich ungern vor anderen entblößte, Jackett, T-Shirt und Jeans aus und Kittel und weiße Hose an. Er steckte das Telefon in die linke Brusttasche. Den Schlüsselbund ließ er in die rechte Kitteltasche, das Babyfon in die linke fallen. Den Bewegungsmelder versenkte er in der rechten Hosentasche. Dann setzte er sich wieder.

„Hier und da ein paar Betrügereien. Nichts Großartiges", sagte er. Er wollte Christophs Vertrauen gewinnen. Ihn nicht am ersten Tag schon vor den Kopf stoßen.

„Hat immerhin gereicht für eine Verurteilung. Wie lange bleibst du?"

„Weiß nicht genau. Ich müsste meinen Bewährungshelfer noch mal fragen." Willsch wollte das Thema wechseln. Er nahm einen Schluck Kaffee und verzog das Gesicht.

„Ist noch vom Nachtdienst. Klara trinkt ihn immer so stark. Ich frage mich, wie sie damit nachher zur Ruhe kommen will."

Als Willsch durch die Glasscheibe eine Bewegung im Flur wahrnahm, drehte er den Kopf und sah, wie sich die Aufzugtür öffnete und zwei junge Frauen in weißer Kluft heraustraten. Ihre Haare waren von weißen Kopftüchern komplett verdeckt.

Christoph schaute auf die Uhr. „Drei nach. Tz tz tz." Er schüttelte den Kopf. „Das macht zwei fünfzig", sagte er, als die beiden Frauen den Aufenthaltsraum betraten.

„Mach mal halblang. Es sind nur drei Minuten", sagte die eine, deren mit schwarzem Kajal nachgezogene Augenbrauen im Kontrast zu dem weißen Kopftuch unnatürlich wirkten. Eine Erhebung am Hinterkopf ließ die zu einem Zopf zusammengebundenen Haare vermuten.

„Ich bin knapp diesen Monat", sagte die andere, die etwas älter wirkte und ungeschminkt war. Unter ihrem Kopftuch saß die Erhebung höher und zeigte die Umrisse eines Dutts. „Setz es auf meinen Deckel."

Sie gab Willsch die Hand und stellte sich als Songül vor. Ayse gab ihm ebenfalls die Hand, nannte ihren Namen und sagte: „Nimm dich vor dem in Acht." Mit dem Kinn zeigte sie auf Christoph, der entrüstet tat, ansonsten aber nicht weiter auf ihre Bemerkung einging.

„Ich würde sagen, Songül fängt heute links an und Reiner geht mit Ayse über den rechten Gang." Christoph war aufgestanden und hatte die Handinnenflächen aneinandergerieben, während er gesprochen hatte. Dann ging er nach nebenan, setzte sich an den Schreibtisch und begann zu telefonieren. Willsch folgte Ayse auf den Flur bis zum ersten Patientenzimmer. Ayse klopfte an und öffnete sogleich die Tür, ohne auf eine Antwort zu warten. Mit einem laut vernehmlichen „Morgen, Frau

Witschorke“ durchquerte sie den Raum, zog geräuschvoll den Rollladen hoch und öffnete das Fenster. „Hier ist wieder eine Luft!“, rief sie und ging auf das Bett zu, in dem unter der Bettdecke ein grauer Haarschopf hervorragte. „Haben wir gut geschlafen?“, fragte sie und zog die Bettdecke beiseite. Zum Vorschein kam eine alte Frau, deren Nachthemd ihren mageren Körper nur notdürftig bedeckte. Verschlafen blinzelte sie gegen das Tageslicht an und versuchte mit zittrigen Händen, die Bettdecke über ihren Körper zu ziehen, was misslang. Während Ayse kurz im Bad verschwand, hatte Frau Witschorke Willsch entdeckt und erschrocken die Hände vor das Gesicht geschlagen. Sie zog die Knie an und drehte sich auf die Seite. „Wer sind Sie, wer sind Sie?“, rief sie.

„Mein Name ist Reiner. Ich bin der neue Pflegehelfer.“ Willsch ging auf die Frau zu und legte behutsam die Bettdecke über ihren Körper.

„Sie ist der Teufel, haben Sie ihre Augen gesehen?“, sagte die Frau leise und nahm die Hände vom Gesicht. „Bringen Sie sie zur Strecke. Sie muss zurück in die Hölle.“

„Ich kann es ...“

„Hat sie dir gesagt, dass ich der Teufel bin?“ Ayse kam aus dem Badezimmer und schlug die Bettdecke erneut zurück. „Das erzählt sie allen. Sie ist dement. Nicht, Frau Witschorke? Der Christoph bringt Ihnen nachher Ihre Tabletten.“

Damit begann sie, die Frau mit einem Waschlappen abzureiben. Das Nachthemd hatte sie vorher bis unter die Schultern hochgeschoben und somit den Unterleib der Frau entblößt. Weiße, faltige Haut und ein Dreieck aus lichtem, grauem Schamhaar kam zum Vorschein. Willsch war überrascht. Warum war er immer der Annahme gewesen, alte Menschen hätten keine Schamhaare mehr?

Ayse verrichtete ihre Arbeit schnell und routiniert. Ihre Bewegungen waren derart mechanisch, dass Willsch an Blacky denken musste. Ein Hund, den er als Kind besessen hatte. Blacky hatte sich jedes Mal vor dem Niederlegen einmal um seine eigene Achse gedreht. Willsch hatte sich oft über diese augenscheinlich überflüssige Bewegung gewundert, bis er nachgelesen hatte, dass Wölfe früher mit dieser Drehung das hohe Gras niederdrückten, um sich in die so geschaffene Mulde zu legen. Blacky hatte also dieses Bewegungsmuster in den Genen, denn auf seiner Hundedecke gab es kein hohes Gras niederzudrücken.

Würde Ayse die Waschbewegungen mit dem Arm ungerührt fortführen, während Willsch ihr die Frau unter den Händen wegzog? Willsch grinste bei der Vorstellung.

„Zeit für fröhliche Gedanken?", fragte Ayse keuchend. „Du könntest schon mal im Bad anfangen. Klo. Waschbecken. Mülleimer. Putzmittel und Handschuhe sind im Putzwagen vor der Tür."

Nach sechs Minuten saß Frau Witschorke gewaschen, angezogen und frisiert in ihrem Rollstuhl. Christoph kam herein, in der Hand eine Dosierschale mit verschiedenen Medikamenten, die er der Frau nach und nach verabreichte. Mühsam würgte sie die Tabletten hinunter. „Zu trinken gibt's gleich im Frühstücksraum", sagte er ungerührt und ging wieder hinaus.

„Du bringst sie zum Frühstück, und ich fange mit dem nächsten Zimmer an. Aber beeil dich." Ayse hastete zur nächsten Tür, klopfte und trat ein.

„Morgen, Herr Wendt", hörte Willsch sie rufen, während er den Rollstuhl von Frau Witschorke zum Fahrstuhl schob. „Haben wir gut geschlafen?" Das Rattern des Rollladens war das Letzte, was Willsch vernahm, bevor sich die Aufzugtür hinter ihm und Frau Witschorke schloss.

15

„Ich bin völlig Ihrer Meinung, Herr Gutbrod." – „Ein ungehobelter Lümmel …" – „Das … hat er gewiss nicht so gemeint, Herr Gutbrod."

Agnes Eisele sank in ihrem Stuhl zusammen wie ein Ballon, aus dem langsam die Luft entwich. „Einwirken, gewiss, Herr Gutbrod. Ich werde versuchen … auf ihn …" – „Noch mal, das war bestimmt nicht sein …" – „Nein, niemand darf Sie so nennen, schon gar kein dahergelaufener … dahergelaufen ist jetzt aber doch etwas …" – „Ja, noch zu milde ausgedrückt … Herr Gutbrod, lassen Sie mich …" – „Gut, ich bin in einer Stunde bei Ihnen, ade."

Unzufrieden mit dem Verlauf des Telefonates, legte Agnes den Hörer auf die Gabel, ließ ihre Hand an Ort und Stelle liegen und erfasste Wiglaf, dessen Miene besagte, dass er keinen Millimeter von seiner Meinung abrücken würde, mit eisigem Blick. Kerzengerade saß er ihr an ihrem Schreibtisch gegenüber.

„Eitler Popanz!" Ihre Augen verengten sich.

„Soll ich dir sagen, was er über meinen Lyrikband gesagt hat? Er hat …"

„Ich möchte es nicht wissen!"

Mit leiser Stimme und glasklar artikulierend, sprach sie zu ihm wie zu einem Fünfjährigen. „Aber ich möchte dir klarmachen, wer Konrad Gutbrod ist. Konrad Gutbrod ist der stellvertretende Cheflektor des sechstgrößten Verlages in Baden-Württemberg."

Sie atmete ein paar Mal tief durch.

„Er hat sich die Zeit genommen, deinen Text zu lesen, Wiglaf. Er hat ihn gelesen. Und er hat ihn nicht sofort auf den Haufen ‚Dilettantisch' geworfen. Nein, hat er nicht. Er hat sogar Verbesserungsvorschläge gemacht."

„Ja, und genau das …"

„Und du nennst diesen Mann einen eitlen Popanz!" Mit der flachen Hand schlug sie auf die Schreibtischplatte. „Bist du noch bei Trost? Warum telefonierst du überhaupt mit ihm? Und warum telefonierst du überhaupt? Was ist deine Aufgabe? Hm? Deine Aufgabe ist das Schreiben. Und *meine* Aufgabe das Telefonieren."

„Wenn ich meinen Text nach dem Lektorat nicht mehr erkenne, ist es nicht mehr mein Text. Stellvertretender hin oder her."

„Ich will nichts mehr hören!"

Sie lehnte sich zurück. Ihre Hand schmerzte. Sie ließ sie herabhängen und schüttelte sie.

„Es muss langsam Geld in die Kasse kommen. So geht das nicht weiter. Wenn du nicht zu Kompromissen fähig bist, müssen wir ernsthaft über unsere weitere Zusammenarbeit nachdenken." Sie stand auf. „Und jetzt muss ich nach Canossa."

Sie nahm ihre Handtasche und verließ ihr Büro. Wiglaf folgte ihr.

„Lass mich mitkommen. Es ist immerhin meine Arbeit. Ich hab ein Recht darauf."

„Auf keinen Fall. Dann können wir's gleich bleiben lassen."

Sie hatte mittlerweile die Haustüre erreicht und ging mit schnellen Schritten auf die Garage zu.

„Prostitution ist das!", rief er hinter ihr her.

„Geschäft nenne ich es. Und Schluss jetzt. Ich biege das wieder gerade, dann komme ich zurück, und dann reden wir weiter."

Ohne eine Antwort abzuwarten, stieg sie in ihr Auto.

16

Klara Pfaff ließ das Haus nicht aus den Augen. Trotz der jetzt schon herrschenden Hitze hatte sie die Fenster nur einen Spaltbreit geöffnet. Sie wollte nichts riskieren. Wiglaf war noch nicht herausgekommen. Ganz im Gegensatz zu Beatrice, die wie jeden Morgen um drei viertel acht das Haus verlassen hatte.

Sie drückte auf REC.

„Zugegeben, Bitch! Du bist hübsch anzuschauen. Wie du durch den Garten auf die Straße läufst, ach was, schwebst, federleicht, schwerelos, wie ein Schmetterling, der über eine Blumenwiese flattert. Verdammte Braut!"

Sie drückte auf STOP.

Sie klappte die Sonnenblende herunter und betrachtete sich im Spiegel. Sie strich die steile Falte zwischen ihren Augenbrauen glatt, die Sekunden später wieder sichtbar war.

Sie drückte auf REC.

„‚Auf einen Kaffee.' – Ja! Jetzt hatte ich dich. Fast wärst du mir entglitten – ‚Dann haben Sie also schon etwas von mir gelesen?', hast du mich wie beiläufig gefragt. So als ob die Frage nicht sonderlich wichtig wäre, als ob du mit ihr eine peinliche Pause überbrücken wolltest, die zwischen uns entstanden war. Aber dein Blick, liebster Wiglaf, dein Blick hat eine andere Sprache gesprochen. Und ich habe sie verstanden. ‚Gelesen?', hab ich gesagt. ‚Geradezu verschlungen. Ich war fasziniert.' – Mein Guter! Du warst so leicht zu durchschauen. Wie ein offenes Buch. Seite um Seite habe ich in dir geblättert. Und du warst so unheimlich ... liebenswert dabei. So unwiderstehlich. Wiglaf, Liebster! Ich habe das Bild noch deutlich vor Augen, wie wir an diesem winzigen Tisch im Café gegenüber der Buchhandlung gesessen haben. Zwei Espressotassen standen vor uns. – ‚Ich schreibe, seit ich schreiben kann', hast du gesagt. Ich glaube, du warst davon überzeugt, gerade etwas Geistreiches von dir gegeben zu haben. – ‚Es muss Ihnen im Blut liegen. In den Genen. Und das Wunderbarste daran ist, Sie können es auch noch', hab ich dir geantwortet. Haha, mein kleiner Teddy. Diese Falle hättest du vermieden, indem du einfach geschwiegen hättest. Aber deine Reaktion war eindeutig: Deine Ohrläppchen glühten, deine Augen strahlten und dein Mund sprach Worte wie ‚Meinen Sie wirklich?' und ‚Ich hab es ja auch immer schon in mir gespürt'. – ‚Die Verlage müssen Ihnen das

Manuskript förmlich aus den Händen gerissen haben.' Jetzt musstest du Farbe bekennen. Und, was soll ich sagen, du hast Farbe bekannt. Ich war beeindruckt. ,Nun ja, nicht ganz ...', hast du gesagt, und immerhin wurdest du verlegen. ,Um das Risiko nicht allein tragen zu müssen, hat der Verlag einen kleinen Zuschuss ... von mir bekommen.' Dein Espresso wäre fast übergeschwappt, so heftig hast du in deiner Tasse gerührt, Liebster. ,Ist nur fair', hast du gesagt.

Für meinen Geschmack etwas zu ausschweifend hast du erzählt, wie schwierig es gewesen war, einen Verlag zu finden, und mit welcher Raffinesse du den Druckkostenzuschuss von 60 auf 45 Prozent heruntergehandelt hast. Ja, ja, mein kleines, gerissenes Verhandlungsgenie! ... Und ab da, Wiglaf, haben wir uns regelmäßig getroffen und ... wurden schließlich ... ein Paar. Wie habe ich die Zeit genossen. Deine Zuwendung. Deine ... na ja, Wiglaf, Liebe war es wohl nicht. Von deiner Seite wenigstens nicht. Da mache ich mir nichts vor. Du wirst es nicht glauben, aber ich habe es immer gewusst. Was soll ich sagen ... mit so einem kantigen Leib, ohne Anmut und Eleganz, kann ich mich im Spiegel ja kaum selbst ertragen. Wie sollte es da einem Mann ergehen, der von einer Frau Sex-Appeal erwartete. Aber du hast mir deine Zeit geschenkt ... und deine Aufmerksamkeit. Keine Sekunde habe ich gezögert, mein Leben, dich in meinem Haus aufzunehmen ... Moment mal! Was ist denn da los?"

Sie drückte auf STOP.

Die Falte zwischen ihren Augenbrauen wurde steiler.

Gerade kam Wiglafs Agentin aus dem Haus gelaufen. Und Wiglaf folgte ihr. Er rief ihr etwas hinterher. Hatte sie sich da verhört, oder war wirklich das Wort *Prostitution* gefallen? Und warum ließ diese unverschämte Person ihren Wiglaf einfach stehen? Wie einen dummen Schuljungen!

Klara widerstand dem Impuls, zu ihm zu laufen und ihn schützend in die Arme zu nehmen. Und dieser Stümperin den Hals umzudrehen.

17

Verena war kein Mensch, der zu Sentimentalitäten neigte. Weder im täglichen Umgang mit ihren Kriminellen noch bei der unvermeidlichen Konfrontation mit dem Leid der Opfer entglitten ihr die Emotionen, ganz zu schweigen von den Problemen, mit denen sich andere Kollegen herumschlugen, wie Alkoholismus oder Burn-out.

Ob dieser Wesenszug Folge ihrer Arbeit war oder ob sie damit überhaupt erst hatte Polizistin werden können, konnte Verena freilich nicht mehr sagen. Zuletzt hatte die Geschichte mit ihrer Zwillingsschwester* gewaltig an ihrer Verankerung gerüttelt.

Bei Tieren verhielt sich das anders. Unvergessen die Trauer, die sie als Kind empfunden hatte, als Susi, Daphne, Pavel, Nick und Wolle und all die anderen Kaninchen als Sonntagsbraten auf ihrem Teller gelegen hatten. Vom Vater geschlachtet, gehäutet, ausgenommen, zerstückelt, von der Mutter mariniert, gegart, drapiert, hübsch fein zurechtgemacht.

Unvergessen der Ekel, der sie überkam, als sie das weiche Muskelfleisch zwischen ihren Zähnen hatte.

Und dann war Ruben in ihr Leben getreten. Verwahrlost und frierend hatte sie ihn in einem mit zerknülltem Zeitungspapier ausgelegten Pappkarton unter einem Tapeziertisch entdeckt. Alles andere als ein geeigneter Ort, einen mexikanischen Nackthund, dessen einzige Behaarung in einem ausgefransten Stirnbüschel bestand, im mitteleuropäischen Winter warm zu halten. Der Tapeziertisch gehörte der dicken Bertha, die an allen Flohmärkten teilnahm, die sie zu Fuß erreichen konnte, um alles, was ihr von ihrem verstorbenen Mann geblieben war und das er nicht versoffen hatte, zu Geld zu machen. Ihr Sohn, der als Karussellbremser arbeitete, begleitete sie manchmal.

Ruben also hatte in diesem Karton unter dem Tapeziertisch gekauert und sie mit seinen großen, traurigen Augen angesehen. Verena war noch eine Weile um den Stand herumgeschlichen. Als die dicke Frau wieder einmal mit dem Fuß gegen den Karton getreten hatte, hatte Verena genug gesehen. Es waren harte Verhandlungen gewesen. Und letztendlich

* Unter Strom

hatte Bertha ihr den Hund für 150 Euro und mit dem Rat, ihm bloß nicht alles durchgehen zu lassen, sonst werde sie schon sehen, auf den Arm gesetzt. Das war vor einem halben Jahr gewesen. Und jetzt saß Ruben in Verenas Handtasche und genoss den Rhythmus ihrer Schritte. Und ahnte nicht, was ihm bevorstand.

„Wie weit ist es noch bis zur Praxis?", frage Benno, der mitgekommen war, um Ruben beizustehen. Als Mann.

„Wir sind gleich da. Du hättest nicht mitmüssen", antwortete Verena.

Sie gingen gerade unter dem Gartentor hindurch, überquerten die Gartenstraße und bogen in die Kaiserpassage ein.

„Ein Mann muss tun, was ein Mann tun muss. Gell, Ruben", sagte sie und kraulte sein Stirnbüschel.

„Ich bin sicher, wir suchen eine Frau", sagte Benno. „Wenn Frauen morden, dann tun sie es in 90 Prozent der Fälle mit Gift."

„Was aber nicht heißt, dass 90 Prozent aller Giftmorde durch Frauen verübt werden", entgegnete Verena. „Aber du hast recht. Frauen bevorzugen durch ihre körperliche Unterlegenheit die indirekte Tat. Sie scheuen offene Gewalt."

„Die weibliche Neigung zu List und Tücke."

„Das blinde Draufhauen ist halt unsere Sache nicht."

Verena überlegte. „Bernadette Hildebrandt hat immerhin ein Motiv. Gut vorstellbar, dass es sich für sie wie ein riesengroßer Verrat angefühlt hat, als ihr Mann so kurz vor der Erfüllung ihres Lebenstraums quasi den Schwanz eingezogen hat. Vielleicht weil ihm in der neuen Heimat neben seiner Frau, die schon eine Stelle als Lehrerin hatte, ein Hausfrauendasein bevorstand? Ob er das als Kränkung empfunden hat? Als Herabwürdigung?"

Sie waren mittlerweile an der *Planie* angelangt. Verena blieb vor dem *Hermann-Kurz-Denkmal* stehen. Sie betrachtete die Büste aus Stein, die auf einem hohen, schlanken Sockel stand, das Gesicht mit Vollbart und strengem Blick. Ihr fiel eine Stelle aus einem Text ein, der von Kurz' Tochter Isolde stammte und den Verena sich gemerkt hatte:

„Die Welt gehört dem Mann. Wo die Frau eintreten will, muß sie Torgeld bezahlen ..., und jeder will von ihr, was sie allein geben kann ... Ihrem Geschlecht bleibt gar nichts übrig, als sich zu verkaufen, immer und überall."

Während Isoldes Vater sich 1848 für Demokratie und Freiheit eingesetzt und für seine Ideale sowie wegen „freisinniger Veröffentlichungen" sogar eine dreiwöchige Gefängnisstrafe verbüßt hatte, hatte seine Tochter Isolde ein Leben geführt, das unfreier kaum hätte sein können. Als Frau – wohlgemerkt.

Und was war mit Klaas Hildebrandt? War er sich zu schade gewesen, hinter seine Frau zurückzutreten, sie zu unterstützen und für die gemeinsame Sache einzutreten? Bedeutete es für ihn den einfacheren Weg, feige davonzulaufen und sie und den gemeinsamen Sohn im Stich zu lassen?

„Wenn wir sie nicht bald finden, müssen wir sie zur Fahndung rausgeben", sagte Verena.

Die Tierarztpraxis war in einem der Gründerzeithäuser in der *Planie* untergebracht.

„Grüß Gott, Frau Paul", begrüßte sie die Praxisassistentin, und zu Ruben sagte sie: „Und du kommscht heut' zur Schderi, gell."

Sie kraulte sein Stirnbüschel. Ruben ließ es geschehen.

18

„Wenn sein Knurren gleich drei Oktaven höher klingt, wissen wir, der Eingriff ist geglückt“, frotzelte Wagner.

„Vielleicht hat ihm die Chefin endlich ein schickes Damentäschchen besorgt. In Rosa vielleicht“, entgegnete Frau Glöckle kichernd, die gerade auf Meiningers Bitte den Kühlschrank mit Sprudelflaschen füllte.

„Helle Geister kennen den Unterschied zwischen Kastration und Vasoresektion. Nur tumbe Gemüter glauben, mit der Durchtrennung der Ductus deferentes hätte man auch die Männlichkeit gekappt. Grüß Gott, zusammen“, sagte Verena, als sie das Besprechungszimmer betrat. Sie sah in zwei betretene Gesichter, beachtete sie nicht weiter und ging an ihren Platz. Vorsichtig stellte sie Ruben neben ihrem Stuhl ab. Noch unter dem Einfluss der Narkose schlief er tief und fest. „Und sprechen Sie leise. Er braucht Ruhe!“

„Klar“, murmelten die beiden.

Meininger kam herein. Er betrat ohne seine für ihn typische Gepflogenheit, zuerst den Kopf durch die Tür zu stecken, um zu sehen, wer da war, den Besprechungsraum. Mit zwölf Schritten war er an seinem Platz. Normalerweise waren es acht.

So wie die Dinge standen, konnte sein Erscheinen in der abendlichen Besprechung nur zweierlei bedeuten: Er hatte sich mit seiner Frau geeinigt, das Kriegsbeil begraben, Haus und Kinder aufgeteilt, und er konnte sich endlich wieder auf das konzentrieren, wofür er bezahlt wurde. Oder *Yeti* brauchte menschliche Gesellschaft, weil er in der Abgeschiedenheit des Tibetischen Hochlands kurz davor war, stumpfsinnig zu werden.

„Wo ist Willsch?“, fragte Meininger, nachdem er sich mit einem vollen Sprudelglas in der Hand an seinen Platz gesetzt hatte.

„Er hat Dienst im Altenheim. Er wird später kommen“, antwortete Verena. „Wir fangen schon mal an. Wir wissen also: Klaas Hildebrandt ist vermutlich durch ein Gift gestorben. Irgendeine Substanz, die Schmalhans herauszufinden versucht. Wahrscheinlich gelangte das Gift als Injektion in die Halsschlagader. Dort findet sich zumindest die einzige äußere Verletzung. Wie es zu der Injektion kam, darüber kann nur spekuliert werden. Aus nächster Nähe? Würde zumindest vermuten lassen, dass Täter und Opfer sich gekannt haben. Wer lässt schon freiwillig jemanden so nah an sich ran?"

„Große oder gefährliche Tiere werden mit einer Pistole betäubt. Wie zum Beispiel Tierärzte in Zoos das machen", warf Benno ein.

Aus Verenas Tasche kam ein mattes Fiepen.

„Ja, da kannst du jetzt mitreden, gell?" Verena kraulte Rubens Haarbüschel, und schon war er wieder eingeschlafen. Vorsichtshalber kontrollierte sie ihr Handy. Kein Anruf.

„Oder mit einem Blasrohr. Wer da geschickt ist und das gut kann ..." Wagner schaute in die Runde.

„Hier in Mitteleuropa? Kaum vorstellbar", sagte Meininger.

„Was wir noch wissen", fuhr Verena fort, „seine Frau, Bernadette Hildebrandt, war nicht gut auf ihn zu sprechen. Und er hat ihr eine Menge Geld geschuldet. In ihrem letzten Brief stellt sie ihm ein Ultimatum, das er verstreichen ließ. Was wir nicht wissen: Wo hält sie sich im Moment auf?"

Verena schaute Wagner fragend an, der Willschs Aufgaben übernommen hatte.

„Ich war heute erfolgreich", sagte Wagner. „Zum Teil wenigstens."

Er strich sich über seinen heute etwas zu dünn ausrasierten Oberlippenbart. „Die Suche in den Passagierlisten hat sich gelohnt: Die Hildebrandt ist sechs Tage vor dem Mord von Medellin nach Madrid geflogen und von da nach Frankfurt. In Frankfurt muss sie den ICE nach Stuttgart genommen haben und von Stuttgart nach Reutlingen eine schnelle Zugverbindung. Das Zeitfenster lässt keinen anderen Schluss zu. In Reutlingen hat sie ein Taxi genommen – ich hab den Fahrer ausfindig gemacht. Er hat sie am Ortseingang Ringelbach vor dem Freibad abgesetzt. Da verliert sich ihre Spur. Ich hab sämtliche Hotels im Umkreis geprüft. Nirgends ist sie abgestiegen."

Verena nickte.

„Was konnten Sie über Klaas Hildebrandt noch herausfinden?"

„Über seine finanzielle Situation hab ich vorgestern schon alles gesagt", fuhr Wagner fort. „Schulden, Dispo überzogen. Bis vor einem halben Jahr keine regelmäßigen Einkünfte, sein ..."

„Das wissen wir doch schon", sagte Verena ungeduldig. „Was ist mit Vorstrafen?"

„So sauber wie ein frisch gepuderter Babypopo." Wagner fuhr sich mit dem Bleistift durch die Haare. „Familie scheint er nicht zu haben ..."

„Jeder hat Familie. Man fällt nicht vom Himmel wie Fallobst", sagte Benno.

„Auch Fallobst hängt vorher am Baum", entgegnete Wagner.

„Kinder, das führt zu nichts!" Meininger zeigte mit der Hand auf Wagner – als Zeichen, dass der weitersprechen sollte.

„Wie gesagt, Familie scheint er nicht zu haben. Seine Eltern habe ich noch nicht ausfindig gemacht. Aber eine Tante. Sie lebt in Orschel-Hagen. In einem Altenheim."

„Haben Sie schon mit ihr gesprochen?"

„Noch nicht. Aber mit der Heimleitung. Die Tante leidet an Alzheimer."

„Fahren Sie morgen hin und machen Sie sich selbst ein Bild."

Wagner nickte.

Die Tür ging auf und Willsch kam herein. Mit einem „So kaputt war ich schon lange nicht mehr" ließ er sich auf seinen Stuhl fallen.

„Haben Sie bis jetzt gearbeitet?", fragte Verena ungläubig.

„Die Frühschicht geht bis halb drei. Um aber an die Spätschicht ranzukommen, bin ich länger geblieben."

Er stand auf, ging zum Kühlschrank und goss Sprudel in ein Glas. Er trank es in einem Zug leer. Das zweite Glas nahm er mit zum Tisch. „Es gibt drei Schichten. Früh. Spät. Nacht", fuhr er fort, als er wieder auf seinem Stuhl saß. „In jeder Schicht arbeitet eine examinierte Pflegekraft mit zwei Pflegehelferinnen. Frühschicht hat diese Woche Pfleger Christoph. Ein korrupter Zeitgenosse, der Arbeit gerne auf andere abwälzt und ganz offen und ohne Skrupel ihm unterstellte Helferinnen abzockt. Er lässt sich für sein Schweigen bezahlen, wenn irgendwo die Arbeit nicht korrekt erledigt wurde oder jemand zu spät zum Dienst kommt. Sein System funktioniert deshalb, weil alle die Heimleiterin fürchten, Frau Irmscher. Sie scheint ein strenges Regime zu führen. Nach ihrer Anweisung wird alles hundertprozentig nach der Uhr erledigt. Wecken. Aufstehen. Frühstücken. Freizeit. Essen. Trinken. Grauenvoll. Um keinen Millimeter lockert sie die Regeln." Willsch schüttelte den Kopf.

„Das ist ganz sicher ein Problem. Aber hier und heute nicht unseres. Wir haben Sie aus anderen Gründen dort hingeschickt", sagte Meininger ungeduldig. „Dieser Pfleger Christoph. Wie schätzen Sie ihn ein?"

„Wie gesagt. Ein mieser Charakter. Und skrupellos. Ihm dürfte aber am wenigsten daran gelegen sein, dass sich etwas ändert. Er hat sich eingerichtet und lebt wie die Made im Speck. Lässt andere für sich arbeiten, kassiert Kohle für sein Schweigen. Die Heimbewohner sind ihm egal. Und leider nicht nur ihm."

„Konnten Sie die Akten einsehen?", fragte Verena.

„Das wurde mir für morgen versprochen. Die Sekretärin ...", ein Lächeln stahl sich auf seine Lippen, „... eine sehr engagierte Person. Sie wird mir morgen nach Feierabend ihr Büro zur Verfügung stellen."

„Vorsicht, Willsch, Sie wissen ..."

„Ist mir klar", unterbrach Willsch seine Chefin. „Keine Sorge. Aber Frau Mockenhaupt wäre eine super Sekretärin für unsere Abteilung."

„Personell sind wir gut aufgestellt", sagte Meininger und machte eine abwehrende Handbewegung. „Gibt es sonst noch irgendetwas Wichtiges?" Er schaute auf seine Uhr.

„Bei der Spätschicht hab ich Schwester Renate kennengelernt. Eine nette Frau. Ende 50. Pflichtbewusst. Hilfsbereit. Fleißig. Macht kein großes Aufsehen. Weil viel zu tun war, hatten wir wenig Gelegenheit zum Reden. Wir hatten immerhin einen Neuzugang und drei Ausreißer." Willsch nahm einen großen Schluck aus seinem Sprudelglas und fuhr dann fort: „Miss Moneypenny, ... ich meine, Frau Mockenhaupt, die Sekretärin, hat ein Dossier über die drei examinierten Pflegekräfte auf meiner Station angefertigt. Ich habe es überflogen, aber nicht genau durchgelesen. Ich will mir selbst ein Bild machen. Ich kenne Schwester Klara noch zu wenig. Hab sie erst einmal kurz gesehen. Auf den ersten Blick wirkt sie reserviert. Sie ist die Stationsleitung und hat einen ziemlichen Befehlston am Leib. Und eine Ausstrahlung wie ein Kühlschrank." Willsch legte das entfaltete Blatt Papier auf den Tisch und schob es Verena zu. „Wenn ich die drei besser kenne, werde ich auch das Dossier gründlich lesen."

„Sehr vernünftig, Willsch", sagte Meininger, stand auf und ging zur Tür. Er drehte sich noch einmal um und sagte zu Verena: „Die Verabredung nachher bei mir erübrigt sich heut natürlich", bevor er die Tür hinter sich schloss.

Eine Zeit lang sprach keiner, bis Verena das Schweigen brach:

„Im Moment können wir nichts weiter tun, als die Aufgaben für morgen festzulegen. Wagner, Sie bleiben an Klaas Hildebrandt dran. Graben Sie, so tief Sie können. Alles kann wichtig sein. Und wir", sie schaute zu Benno, „wir müssen notfalls die Schauspieltruppe ausfindig machen, über die Hildebrandt kürzlich eine Kritik geschrieben hat. Unwahrscheinlich, dass sich jemand von denen dafür gerächt hat, ich weiß. Aber bevor wir gar nichts tun ..."

Alle nickten.

Verena fasste in ihre Tasche. Ruben schlief. Benno tippte etwas auf die Tastatur. „Wie war das vorhin?", sagte er zu Willsch. „Ein Neuzugang und drei Ausreißer? Sind Sie sicher, dass Sie nicht aus Versehen nach Rottenburg in die JVA gefahren sind?“

Alle brachen in Gelächter aus.

„Jetzt werde ich meine müden Knochen ins Bett bringen“, sagte Willsch, nachdem er sich die Lachtränen aus den Augen gewischt hatte. „Morgen früh um sieben ist wieder Schicht.“ Er erhob sich schwerfällig und ging mit hüftsteifen Schritten, als ob er sich mit seinen Alten solidarisiert hätte, aus dem Zimmer.

19

Schnell setzte sie einen Fuß vor den anderen. Es regnete. Es war ein erfrischender Regen nach der Hitze des Tages, dennoch kannte Agnes Eisele die fatalen Folgen für ihre Frisur. Da brauchte es keinen direkten Kontakt der Tropfen mit den Haaren, es genügte die bloße Luftfeuchtigkeit, um ihre Löwenmähne wieder in den verhassten Krauskopf zu verwandeln. Obwohl es bereits dämmerte, hatte sie sich für den Weg durch den Volkspark entschieden. Sie war spät dran.

'Eitler Popanz. Ha, was händ se do für an domma Dengr ondr Vertrag?'

Sie schauderte bei der Erinnerung an das Gespräch mit dem beleidigten Lektor.

An der Frauenstraße wandte sie sich nach rechts. In abendliches Zwielicht getaucht, lag der Volkspark vor ihr: still, düster, menschenleer. Links und rechts des Wegs ragten hohe Bäume in den Himmel. Agnes Eisele stockte einen Moment. Nach kurzem Blick auf die Armbanduhr ging sie entschlossen weiter. Normalerweise war sie alles andere als ängstlich. Doch der Mord vor drei Tagen an dem Journalisten hatte sie vorsichtig werden lassen. Andererseits ... Es würde ja nicht gerade hier und heute ... Sie schüttelte den Gedanken ab.

„Ha, des hot glei gar koin Wert."

Mit diesen Worten hatte Konrad Gutbrod ihre Zusammenarbeit beendet, noch bevor sie begonnen hatte. Hatte sie abgewiesen wie eine Bittstellerin.

Agnes hatte eine Entscheidung getroffen. So wie die Dinge standen, war eine weitere Zusammenarbeit mit Wiglaf unmöglich. Die Sache mit Gutbrod war innerhalb weniger Wochen der zweite gescheiterte Versuch, seinen neuen Gedichtband unter die Leute zu bringen. Gescheitert an Wiglafs Selbstüberschätzung und seiner Unfähigkeit zu Kompromissen. Nicht dass Agnes übertrieben zimperlich gewesen wäre, was das Hinnehmen von Rückschlägen betraf. Doch langsam gingen ihr Geduld und vor allem Geld aus. Mittlerweile waren es zwei Monatsmieten, die er ihr schuldete. Von den Kosten für ihre Arbeit ganz zu schweigen. Weiß der Teufel, warum sie ihn und Beatrice bei sich hatte einziehen lassen.

Helfersyndrom wahrscheinlich. Morgen würde sie ihn vor vollendete Tatsachen stellen. Vier Wochen mussten reichen, eine neue Wohnung zu finden. Mit einem neuen Agenten würde es schon schwieriger werden.

Plötzlich hielt sie inne. Lauschte in die Stille. Sie hatte das unbestimmte Gefühl, beobachtet zu werden. Sie drehte sich um. Doch da war nichts als die scherenschnittartigen Silhouetten der Bäume im matten Licht der Laternen. In beschleunigter Gangart setzte sie ihren Weg fort. Sie versuchte sich abzulenken. Sie dachte an Dominik und das bevorstehende Rendezvous. Drei Stunden hatte er ihr heute versprochen. Ein Glücksfall. Seine Frau sei mit ihren Bridge-Damen unterwegs. So genau hatte es Agnes gar nicht wissen wollen. Sie legte keinen Wert auf derartige Informationen. Die Treffen mit Dominik waren selten und kostbar. Agnes freute sich auf sie wie ein Teenager auf die erste Verabredung. Dominik hatte das Wort Scheidung bisher noch nicht ausgesprochen. Agnes war sich auch nicht sicher, ob sie das überhaupt wollte. Bestand nicht die Gefahr, dass Dominik, wenn erst der graue Alltag in ihr Leben getreten sein würde, auf neue Abenteuer aus war? Sie dachte über seinen Anruf nach, den er mit dem Satz *„Es gibt etwas zu besprechen, ma chère"* beendet hatte. Sie war auf alles gefasst. Auch darauf, aufkeimenden Hochzeitswünschen einen Riegel vorzuschieben. Diplomatisch. Möglichst, ohne ihn zu verletzen. Zumindest nicht zu sehr.

Ein Knacken riss sie aus ihren Gedanken. Wieder drehte sie sich um. Es bewegte sich nichts – lediglich der Nieselregen sank lautlos zu Boden. Und doch – war da nicht ein Schatten zwischen den Bäumen? Hastig wandte sie den Blick wieder nach vorne. Sie hörte ihren eigenen Atem, spürte den Pulsschlag am Hals. Mit der einen Hand umklammerte sie ihre Handtasche, die ihr von der Schulter gerutscht war, mit der anderen hielt sie mühsam den Schirm über ihrem Kopf, während sie ihren Weg fortsetzte. Es war nicht mehr weit bis zur nächsten größeren Straße. Dort würde sie hoffentlich auf Menschen treffen. Jetzt brach ein Absatz. Agnes knickte ein. Fast wäre sie gestürzt. Sie nahm den Schuh vom Fuß und betrachtete den Schaden. Dann schaute sie sich um, entdeckte den Absatz einen halben Meter weiter hinten, hob ihn auf und steckte ihn in die Manteltasche. Leise fluchend humpelte sie weiter. Heute ging auch alles schief. Erst die Sache mit dem Verlag, dann der Streit mit Wiglaf. Und jetzt das hier. Normalerweise waren die Spaziergänge durch den Park erholsam. Eine Verschnaufpause vom Alltag. Noch nie hatte sie Angst gehabt. Auch spät abends nicht.

Dann vernahm sie Schritte. Ganz deutlich. In unmittelbarer Nähe. Weiche Schritte. Wie auf Gras. Sie drehte sich um. Was zum Teufel ging hier vor? Ihr Herz klopfte bis zum Hals. Sie begann zu laufen, den Schirm notdürftig über dem Kopf haltend, denn da war noch eine letzte irrationale Sorge um die Frisur.

20

Verena betrat das *Flädle & Polenta*. Mimo stand am hinteren Teil des Tresens, dort wo s'Leole und dr Stufz ihre Stammplätze hatten, und sah den beiden zu, wie sie vorsichtig ihre Gnocchi in die Münder schoben, als wären sie aus hauchdünnem Glas. Sicher waren sie auch heute wieder bei dem Versuch gescheitert, einen Schwarzwurstsalat und ein Krügle Most zu bekommen. Stattdessen hatte Mimo sie überredet, etwas vom italienischen Teil seiner Speisekarte zu probieren.

„Ha, des isch bessr wia ebbes, des net so guat isch", sagte s'Leole.

„Jo, schlecht ischs net, aber z'wenig", sagte dr Stufz.

Zufrieden drehte Mimo sich um und begrüßte Verena.

„Buona sera, commissaria. Come stai?"

Er breitete die Arme aus.

„Bene, Mimo. Heute nur ein Absacker."

Verena setzte sich an ihren Platz und sah den Alten, die sich hin und wieder zunickten, beim Essen zu. Mimo brachte ihr einen Marsala.

Er hatte viel zu tun. Alle vier Tische waren besetzt. Verena zählte zwölf Gäste. Das machte im Durchschnitt drei pro Tisch. An Tisch zwo saßen vier Leute und an Tisch drei und vier jeweils drei. An Tisch eins saß ein Paar, das, seit Verena hier war, noch kein Wort miteinander gesprochen hatte.

Als Verena wenig später auf dem Weg zu ihrem Appartement im Treppenhaus einer Frau begegnete, die auf einer Stufe sitzend ihren Kopf in beide Hände gestützt hatte und „Sauhond bleedr'" vor sich hin murmelte, ahnte sie, dass ihr warmes Bett noch eine Weile auf sie warten musste.

Verena blieb stehen.

„Alles in Ordnung?", fragte sie.

„Wie man's nimmt."

Die Frau hob den Kopf. Verena sah in ihr Gesicht und stockte für einen Moment. Das linke Auge war zur Gänze von einem Brillenhämatom umschlossen. Den Ausdruck kannte sie von Schmalhans. Ihr gefiel das Wort. Mit ihm war alles gesagt. Unter Brillenhämatom konnte sich sogar der Dümmste etwas vorstellen, sofern er wusste, was ein Hämatom ist.

Verena sah sich die Frau genauer an: Ihre kurzen, schwarzen, an der Seite streng gescheitelten Haare umrahmten ein Gesicht, das mit quadratisch hinlänglich beschrieben war. Die Himmelfahrtsnase verlieh ihm etwas Weltabgewandtes.

„Vom Sauhond?", fragte Verena und zeigte auf das Veilchen.

Die Frau nickte. Sie erhob sich und stand Verena jetzt auf Augenhöhe gegenüber.

„Was ist passiert?", fragte Verena.

„Der Lump hat mich ausgesperrt."

Mit dem Kopf deutete die Frau auf die Wohnungstür hinter sich. Es war die Wohnung direkt unter Verenas Appartement. Verena überlegte. In ihre Wohnung wollte sie die Frau nicht mitnehmen. Nachher kam der Sauhond und randalierte womöglich noch. Dann fiel ihr Mimo ein.

„Geh'n wir runter, was trinken?", schlug sie vor. Sie schaute auf die Uhr. Zehn vor zehn. Es war noch nicht zu spät. „Es ist kaum mehr jemand da. Keine Sorge", sagte sie mit Blick auf das Veilchen.

„Einverstanden. Ich bin die Lisbeth." Lisbeth reichte ihr die Hand.

„Verena", gab Verena zurück. Lisbeths Händedruck war kräftig.

„Hab dich hier noch nie gesehen", sagte Verena, als sie wenig später am Tresen saßen.

„Siggi und ich sind letzte Woche hier eingezogen."

Als Mimo kam, bestellte Verena ein Glas Wasser, Lisbeth wollte einen doppelten Grappa. Mimos fragenden Blick parierte Verena mit einer Geste, die besagte, dass sie ihm beizeiten erklären würde, warum sie mit einer wildfremden Frau, die ein blaues Auge hatte, noch mal zurückgekommen war.

„Wie ist das passiert?" Verena zeigte auf das Auge.

„Da braucht's manchmal nicht viel."

Das wurde ja immer schöner. Sollte Siggi es sich zur Gewohnheit gemacht haben, Lisbeth solche Dinger zu verpassen, würde Verena das künftig live mitbekommen. Das Haus, ein ehemaliges Hotel, war hellhörig. Einem Termitenbau gleich, war es von unzähligen Lüftungsschächten durchzogen, die dafür sorgten, dass die Appartements nicht nur mit Frischluft, sondern ihre Bewohner auch mit Informationen aller Art versorgt wurden. Es kam vor, dass abends, wenn Verena im Bett lag, Aurelias Rufe durch das Röhrensystem krochen wie fleißige Insekten auf dem Weg zu ihrer Brut.

„Er geht in die Wirtschaft. Säuft. Kommt spät nach Hause. Und dann reicht ein falsches Wort. Oder ein falscher Blick", fuhr Lisbeth fort.

„Hm."

„Gestern war's ein Telefonanruf. Ein Kollege. Hatte 'ne wichtige Information für mich. Der Siggi wurde gleich wieder argwöhnisch. Hat gemeint, ich würd ihn hintergehen."

„Und dann?"

„Dann hat er wieder hing'langt."

„Warum lässt du dir das gefallen?"

Lisbeth zuckte mit den Schultern. Sie leerte ihr Glas in einem Zug. „Ich geh dann mal. Vielleicht macht er jetzt auf", sagte sie. Und mit einer Geste Richtung Grappaglas: „Das Geld kriegste wieder." Damit glitt sie vom Hocker und verließ das Lokal. Verena nickte. Einen Gruß andeutend, hob sie die Hand. Es fiel ihr nichts ein, was sie Lisbeth hätte sagen können.

„Ha, so a nett's Mädle. Dem Schbitzbua däd i d'Nas rumdreha, dass neiregnet", sagte s'Leole.

„Ha, wenn der sich hertraut, den schlag i oagschbitzt en Boda nei", sagte dr Stufz.

21

Die Luft war frisch und gereinigt durch den Regen der vergangenen Nacht, und doch ließ sie die Hitze des nahenden Tages bereits ahnen. Verena atmete tief durch. Sie sah zum Himmel. Kein Wölkchen weit und breit. Die Sonne stand noch tief hinter den Bäumen des Volksparks. Eine Weide hatte ihre ausladenden Äste wie einen Schleier über dem toten Körper ausgebreitet. Einer von Schmalhans' Assistenten schnitt gerade ein paar Zweige ab und ließ sie in einen Plastiksack fallen.

„Vielleicht finden sich Spuren im Blätterwerk oder an der Rinde. Der Mörder könnte sich mit den Haaren darin verfangen haben. Oder wir finden andere Körperspuren, die uns zu ihm führen", erklärte Schmalhans, der Verenas fragenden Blick aufgefangen hatte.

„Eine schöne Frau", sagte Verena.

„Ich kenne sie. Ich habe vor zwei Tagen mit ihr gesprochen. Dieser Dichter wohnt im selben Haus", sagte Benno, als er näher trat und neben der Toten in die Knie ging. „In der Aaraustraße."

„Dieselbe Einstichstelle am Hals wie bei Hildebrandt. Darüber hinaus keine sichtbaren Verletzungszeichen."

Schmalhans hatte seine Arbeit beendet und wandte sich zum Gehen.

„Vor sechs bis acht Stunden hat sie ihr Leben gelassen. Ade, mit'nander."

„Hat sie ihr Leben gelassen", sagte Benno, als Schmalhans außer Sichtweite war. *„Was soll ich viel lieben, was soll ich viel hassen? Man lebt doch nur vom leben lassen.* Ist von Goethe. Nicht von mir."

„Damit ist ja wohl ein anderes ‚leben lassen' gemeint."

„Vielleicht. Man verbringt sein Leben in der Gewissheit des Lebenlassens. Es läuft alles darauf hinaus, dass man eines Tages tot ist."

„Ach nee", sagte Verena grinsend. Sie öffnete die Handtasche der Toten, die Schmalhans ihr gegeben hatte, bevor er gegangen war.

„Ich meine ja auch nur, dass es besser ist, den eigenen Tod nicht aus den Augen zu verlieren", sagte Benno und nahm die Brieftasche, die Verena ihm entgegenstreckte. Er öffnete sie und durchsuchte alle Fächer.

„Der Mörder hat sich nicht mal die Mühe gemacht, es wie einen Raubmord aussehen zu lassen. Es ist alles da. Kreditkarten. EC-Karte. 53 Euro in bar. Ausweis." Benno nahm den Pass heraus. „Jetzt erinnere ich mich auch wieder an ihren Namen, wo ich ihn lese. Agnes Eisele. Sie war die Agentin von Wiglaf Winter."

„Zwischen sechs und acht Stunden. Das heißt, sie ist gestern Abend zwischen neun und elf hier auf ihren Mörder gestoßen." Verena schaute auf die Tote herab. „Sie liegt da wie hingeworfen. Entsorgt wie ein Müllsack."

Benno nickte. Er drehte sich um und besah sich die Wiese zwischen der Toten und dem asphaltierten Weg genauer. Dann ging er die Strecke ein paarmal hin und her, ging in die Hocke, legte sich fast ins Gras.

„Keinerlei Fußabdrücke", sagte er. „Aber man kann eine Schleifspur erahnen. Und zwar von hier ...", er zeigte auf eine Stelle des Weges, „... bis da, wo sie liegt. Und noch was spricht dafür, dass der Mörder die Frau unter die Weide geschleift hat." Wie von einer Ahnung getrieben, zog Benno der Toten die Schuhe von den Füßen, hielt kurz inne, als er das Fehlen des Absatzes bemerkte, besah sich Agnes' Füße und bedeutete Verena, sich zu bücken und sie ebenfalls näher zu betrachten. „Sie hat Grasflecken an den Fersen", sagte er.

„Dann hat der Mörder ihr hier am Fundort die Schuhe wieder angezogen?" Verena überlegte. „Die Sandalen des toten Journalisten hingen auch an seinen Füßen, als wären sie nachträglich aufgesteckt worden. Ein Fetisch?"

Benno schüttelte den Kopf. „Ich glaube nicht. Der Mörder hat Eisele irgendwo auf ihrem Weg durch den Park umgebracht. Wahrscheinlich an der Stelle des Weges, wo die Schleifspur auf der Wiese beginnt. Dann hat er sie mit einem Griff von hinten unter die Achseln unter die Weide geschleift."

„Könnte so gewesen sein."

„Der Mörder ist eine Frau!"

Benno schaute seine Chefin herausfordernd an: „Ein Mann hätte Eisele die paar Meter getragen. Sie ist nicht besonders groß und wiegt kaum mehr als einen Zentner. Tragen geht meines Erachtens einfacher als schleifen oder ziehen. Und durch das doppelte Gewicht hätte es wahrscheinlich sogar Fußspuren gegeben."

Verena pfiff durch die Zähne.

„Doch zuvor muss sie versucht haben, zu fliehen." Benno hielt den Schuh mit dem fehlenden Absatz in die Höhe. „Haben Sie einen Schuhabsatz gefunden?", rief er einem Uniformierten zu, der ganz in der Nähe ein Absperrband aufwickelte.

„Nein!“, rief der Mann zurück, drehte sich aber um und fragte seinen Kollegen, der damit beschäftigt war, die Schaulustigen auf Abstand zu halten. Einem jungen Mann hatte er gerade den Fotoapparat abgenommen und sich so dessen Zorn zugezogen. Der Kollege schüttelte den Kopf.

„Wenn ich einen Absatz verliere, hebe ich ihn auf und stecke ihn ein. In der Handtasche war er nicht, also ...“ Verena durchsuchte die Manteltaschen der Toten. „Hier ist er!“ Sie betrachtete den Absatz von allen Seiten. Er wies deutliche Abnutzungsspuren auf. Die Sohle war einseitig abgelaufen. An der Außenseite des Absatzes zeigten sich Kratzspuren.

„Sie geht also durch den Park. Bemerkt, dass sie verfolgt wird, fängt an zu laufen, gerät vielleicht in Panik, knickt um, verliert einen Absatz.“ Verena stockte. „Doch die Angst kann nicht sehr groß gewesen sein. Sonst hätte sie auf den Absatz gepfiffen und wäre um ihr Leben gelaufen. Sie aber hat ihn aufgehoben und in die Manteltasche gesteckt.“

„Das heißt, sie hat den Absatz verloren, bevor sie die Gefahr bemerkt hat.“

„Oder sie hat die Gefahr unterschätzt. Hat geglaubt, sie schafft es noch. Die Alteburgstraße ist nicht mehr weit. Sie hat gehofft, dort auf Menschen zu treffen, die ihr vielleicht helfen.“

Verena ließ den Absatz in einen Plastikbeutel fallen. Sie wandte den Kopf, als sie Motorengeräusche vernahm. Ein Leichenwagen näherte sich im Schritttempo.

„Ruf den Poeten an, sag ihm, dass wir gleich bei ihm sind. Wir müssen mit ihm sprechen“, sagte sie, während sie sich erhob. Benno nickte. Er nahm sein Handy aus der Tasche und schüttelte wenig später den Kopf, als er es wieder zurücksteckte.

22

Willsch hatte sich gerade in Hose und Kittel gezwängt und seine elektronische Ausrüstung in den Taschen verteilt, als Schwester Klara mit einem knappen „Morgen, Reiner" die Küche betrat. „Ich hab mit Christoph den Dienst getauscht. Er hat die Nacht gemacht. Aber ich muss in zwei Stunden wieder weg. Renate kommt dafür früher."

Willsch nickte. Sie war die Stationsleitung. Was sollte er da sagen?

Klara schloss ihre Handtasche in einen Spind und holte ihre Arbeitskleidung aus einem anderen Schrank. Willsch ging nach nebenan ins Schwesternzimmer. Er hatte sich schon darüber gewundert, dass er seit fünf Minuten allein auf der Station war. Keine Spur vom Nachtdienst oder von der Ablösung. Christoph muss vor der Übergabe nach Hause gegangen sein. Das passte zu ihm. Als Klara in weißer Kluft zu Willsch herauskam, klingelte das Telefon. Sie nahm ab, nickte ein paarmal und legte mit einem knappen „Gute Besserung" wieder auf.

„Ayse ist krank. Du musst den Flügel alleine machen", sagte sie.

Willsch erschrak.

„Wenn du noch unsicher bist, machen wir heute noch mal zusammen, Songül macht den anderen Flügel. Und wenn Ayse morgen immer noch krank ist, wirst du es ja wohl alleine schaffen."

Willsch nickte.

Er hatte einen Kloß im Hals. Vom ersten Augenblick an spürte er in Schwester Klaras Gegenwart eine Beklommenheit, die er sich nicht erklären konnte. Er fühlte sich in seine Schulzeit zurückversetzt, als seine strenge Lateinlehrerin ihm Vokabeln abverlangt hatte, die seinen zugeschnürten Hals partout nicht hatten verlassen wollen.

Während Klara sprach, hatte sie direkten Blickkontakt vermieden, nur flüchtig hatte sie ihn angesehen. Sie nahm einen Schlüssel aus der Schreibtischschublade, steckte ihn in die Kitteltasche und nahm ihr Handy aus der Ladestation, um es in eine andere Tasche fallen zu lassen. Ihre Bewegungen waren schnell, wirkten kontrolliert, ihr Gesichtsausdruck zeigte keine Regung.

„Geh'n wir in den Keller! Christoph hat dir sicher schon gezeigt, was da zu tun ist."

„Eigentlich ... noch nicht", sagte Willsch. Er wollte *Kapitän Ahab*, der diese wie so viele andere Arbeiten auf seine Hilfskräfte abwälzte, nicht verraten. „Wir haben gestern mit etwas anderem angefangen."

Klara runzelte die Stirn, sagte aber nichts. Sie ging zum Aufzug. Willsch folgte ihr. Gemeinsam betraten sie die Kabine, die gerade groß genug war für einen Rollstuhl und eine weitere Person, die aber besser den Bauch einzog. Klara drückte auf *U* und der Aufzug setzte sich in Bewegung. Sie war einen halben Kopf kleiner als Willsch, doch ihre schlanke Gestalt ließ sie erheblich größer wirken. Ihr dichtes, schulterlanges Haar hatte sie im Nacken zu einem Zopf zusammengebunden. Vom grellen Neonlicht in der Aufzugkabine angestrahlt, stach die Zornesfalte zwischen ihren Augenbrauen deutlich hervor. Um Augen und Mund hatten sich tiefe Falten gebildet. Willsch, der sich mit Frauen nicht so gut auskannte, schätzte sie mit viel Wohlwollen auf Mitte 40. In ihren Augen lag weder Güte noch Zorn, weder Sympathie noch Antipathie. Es waren ... tote Augen. Puppenaugen.

„Mich interessiert nicht, weshalb man dich verurteilt hat. Nur eins: Arbeite gut und gründlich, und du bekommst keine Probleme", sagte Klara, als sie Willschs Blick auffing. Dann nahm sie ihr Handy aus der Tasche, drückte einige Tasten und steckte es wieder weg.

Ein plötzlicher Gedanke schoss Willsch durch den Kopf und ließ ihn erschauern: Was, wenn wir jetzt stecken bleiben? Wenn er mit diesem Frostweib auf engstem Raum eingepfercht auf Hilfe warten musste, womöglich über Stunden, während Sekunden sich zu einer Ewigkeit vervielfachten? Willsch sah an die Kabinendecke und erkannte die Umrisse einer Luke. Doch was sollte er im Notfall da oben? Was konnte er dort ausrichten? Etwa an den Zugseilen bis zur nächsten Aufzugtür hinaufklettern? Dafür war sein Körper nicht geschaffen. Er stellte sich gerade vor, wie der Fahrstuhl sich plötzlich in Bewegung setzte und in rasender Geschwindigkeit auf ihn zukam, während er sich mühsam an den Zugseilen emporhangelte, als ein sanfter Ruck ihn in die Wirklichkeit zurückholte. Der Aufzug hielt. Die Tür öffnete sich. Willsch atmete auf. Mit schnellen Schritten verließ Schwester Klara die Kabine und steuerte auf eine Tür am Ende des Ganges zu, auf der *Warenlager* stand. Sie schloss auf, holte einen Rollwagen aus einer Ecke hervor und begann, Windel- und Toilettenpapierpakete darauf zu stapeln.

„Bring den Wagen schon mal hoch. Ich hab hier noch zu tun", sagte sie und schob ihm den Karren zu. Willsch nickte erleichtert. So bekam er jetzt eine Gelegenheit, sich ungestört umsehen zu können.

Oben angekommen, ließ er den Wagen im Flur stehen, ging ins Schwesternzimmer, vergewisserte sich mit einem raschen Blick in die Küche, dass er allein war, überlegte kurz, wo er anfangen sollte, und entschied sich für die Spinde in der Küche. Natürlich waren sie abgeschlossen. Er inspizierte die Schlösser, die von einfachster Machart waren. Mit einem Dietrich dürfte das kein Problem sein. Morgen würde er einen mitbringen. Dann ging er ins Schwesternzimmer, setzte sich an den Schreibtisch und öffnete eine Schublade nach der anderen. Er hob Gegenstände an, schaute darunter, tastete mit der Hand das hintere Ende der Schubladen ab, holte Undefinierbares hervor, um es wieder zurückzuschieben, und überflog in einem Adressbuch die Eintragungen, ausnahmslos Adressen und Telefonnummern von Arztpraxen und Krankenhäusern.

„Kann ich helfen?"

Erschrocken fuhr er hoch.

Mit vor der Brust verschränkten Armen stand Songül in der Tür und sah ihn an. Die Erhebung unter ihrem Kopftuch saß heute tiefer und ließ auf einen Dutt im Nackenbereich schließen. Ihr bleiches, ungeschminktes Gesicht hob sich von ihrem weißen Kopftuch kaum ab, die dichten, schwarzen Augenbrauen dafür umso mehr.

„Ich hab nur nachgesehen, wo ich den Kellerschlüssel nachher wieder hinlegen soll", sagte er schnell. „Übrigens weiß ich auch noch nicht, wo die Windelpakete hingehören." Willsch stand auf und ging an Songül vorbei auf den Flur.

„Ein Teil wird in den Zimmern verteilt", gab Songül zurück und folgte ihm. „Der Rest kommt im Schwesternzimmer in den Hängeschrank links vom Fenster." Sie lächelte ihm zu. Erleichtert registrierte Willsch, dass sie keinen Verdacht geschöpft hatte. Er beschloss, einen ersten Versuchsballon zu starten: „Ihr habt ziemlich viel zu tun", sagte er, während er die Windelpakete annahm, die Songül ihm reichte, um sie im Schrank zu verstauen. „Stress pur, würd ich sagen. Wie schafft man das Tag für Tag?" Er beobachtete ihre Reaktion, während sie, ohne zu überlegen oder ihre Tätigkeit zu unterbrechen, antwortete: „Dafür werden wir bezahlt. Und ganz so schlimm ist es nicht. Das kommt einem am Anfang nur so vor."

„Ich weiß ja nicht, wie es den anderen geht. Aber ich habe den Eindruck, die Alten lassen einem kaum Zeit zum Atemholen. Füttern, waschen, anziehen, Zimmer putzen und so weiter. Könnte man sie nicht zuweilen auf den Mond ..." Willsch hielt inne. Obwohl er es nicht so meinte, schien es ihm pietätlos, den Satz zu vollenden.

Songül lachte. „Wir werden alle mal alt. Und dann sind wir froh, wenn wir an Pflegepersonal geraten, das nicht so denkt. Aber mach dir nichts draus. Die Phase hatten wir alle am Anfang."

Willsch drehte den Kopf, als er das Geräusch der sich öffnenden Aufzugtür wahrnahm. Klara kam mit schnellen Schritten heraus.

„Morgen, Songül. Bringst du den Wagen gleich in den Keller? Reiner und ich fangen mit dem rechten Flügel an", sagte sie, als sie im Schwesternzimmer angelangt war.

Wenig später stand Willsch mit Klara vor Frau Witschorkes Zimmertür. Klara zog Einmalhandschuhe über und reichte Willsch ebenfalls ein Paar.

„Das Putzen übernimmt Ayse sonst. Heute müssen wir es selber machen. Ich wasche die Frau, und du putzt schon mal das Bad." Damit öffnete sie geräuschvoll die Tür und rief: „Guten Morgen, Frau Witschorke. Zeit zum Aufstehen." Sie ging zum Fenster, zog die Vorhänge beiseite, öffnete Rollladen und Fenster und trat an das Bett heran. Frau Witschorke hatte wie gestern ihre Bettdecke bis zum Kinn hochgezogen und hielt sie eisern fest. Ihre angstvollen Augen verfolgten jede von Klaras Bewegungen. Mit einem Ruck hatte Klara die Bettdecke aus Frau Witschorkes Klammergriff befreit. „Wie soll ich Sie waschen, wenn Sie sich so anstellen?", sagte sie, ohne die Frau dabei anzusehen.

„Das ist Luzifer. Die Schwester vom Teufel", flüsterte Frau Witschorke und sah Willsch mit großen Augen an, während Klara ins Bad gegangen war, um Seife, Waschlappen und Handtücher zu holen. Ungelenk und mit zitternden Händen versuchte Frau Witschorke, die Bettdecke zu fassen und zurückzuziehen, als Klara schon wieder an ihrem Bett stand, ihr das Nachthemd bis zum Hals hochschob und sich über ihren nackten Körper beugte, um ihn mit ruppigen Bewegungen abzureiben.

‚Und täglich grüßt das Murmeltier', dachte Willsch. Er wandte sich ab und ging ins Badezimmer. Als er fertig war und ins Zimmer zurückkam, saß Frau Witschorke angezogen und gekämmt in ihrem Rollstuhl.

„Ich bringe sie in den Frühstücksraum. Fang schon mal nebenan bei Frau Wendt an", sagte Klara und verließ mit Frau Witschorke den Raum.

Willsch klopfte leise an Frau Wendts Tür. Als er nichts hörte, legte er sein Ohr an. Stille. Er klopfte erneut. Keine Antwort. Sachte drückte er die Klinke nieder und öffnete die Tür. Ein Schwall ungelüfteter Schlafzimmerluft kam ihm entgegen. Er ging zum Fenster, schob die Vorhänge beiseite und zog den Rollladen so weit hoch, dass etwas Tageslicht hereindrang. Als sich seine Augen an das Halbdunkel gewöhnt hatten, trat er an Frau Wendts Bett.

„Guten Morgen, Frau Wendt, Zeit zum Aufstehen", sagte er leise.

Keine Reaktion. Willsch rüttelte sie sachte. „Frau Wendt, es ist acht Uhr."

Immer noch regte sich nichts unter der Bettdecke.

‚Sie wird doch nicht ausgerechnet heute Nacht gestorben sein', dachte Willsch erschrocken, knipste die Nachttischlampe an, hätte dabei fast ein Wasserglas umgestoßen, und zog die Bettdecke ein wenig zurück. Das blasse Gesicht der Frau kam zum Vorschein. Ihre Augen waren geschlossen, der Mund halb geöffnet. Willsch legte einen Finger an ihren Hals. Der Puls war kräftig und gleichmäßig.

„Ich lebe noch. Es bleibt Ihnen also nicht erspart, sich um mich zu bemühen", sagte die Frau und schlug die Augen auf. Schalkhaft blinzelte sie ihn an. „Sie sind neu, nicht?"

„Reiner Willsch. Ich fasse hier für ein paar Wochen mit an. Sie haben mir einen gehörigen Schrecken eingejagt."

„Sie werden es überleben, Reiner. Und jetzt helfen Sie mir auf. Ich ziehe es vor, mich selbst zu waschen, wenn Sie erlauben." Sie schlug die Bettdecke zurück und hob ihren Arm zum Zeichen, dass Willsch ihr aufhelfen sollte.

„Sicher. Warum nicht?" Willsch war das sogar recht.

„Es ist nicht gewünscht! Es dauert zu lange. Hier geschieht alles im Sekundentakt. Je schneller, desto besser."

Die Frau schlüpfte in ihre Hausschuhe, die am Fußende bereitstanden. Das Nachthemd reichte ihr bis zu den Knien. Mit kleinen Schritten tippelte sie ins Bad und schloss die Tür hinter sich. Während Willsch in einem Regal eine Reihe von Videokassetten entdeckte, hörte er das Rauschen der Klospülung. Dann drehte Frau Wendt den Wasserhahn auf.

Willsch trat näher an das Regal heran. Frau Wendt hatte scheinbar ein Faible für Liebesfilme und Schmachtfetzen: mindestens ein Dutzend Videokassetten von Rosamunde Pilcher, alle drei „Sissi"-Folgen, „Doktor Schiwago", „Krieg und Frieden", „Vom Winde verweht" und etliches mehr. Einen Videorekorder entdeckte er nicht.

„Das ist ebenfalls nicht gewünscht", sagte Frau Wendt, die angezogen, frisiert und auf einen Rollator gestützt aus dem Bad kam und zu ahnen schien, wonach Willsch suchte. „Es würde die Ordnung stören. Wo kämen wir da hin, wenn jeder hemmungslos seinem Hobby nachginge?"

Willsch sah sie verständnislos an.

„Sie brauchen mich nicht in den Frühstücksraum zu bringen. Ich komme allein zurecht“, sagte die alte Frau, öffnete die Tür und tippelte hinaus.

Sie lief Schwester Klara direkt in die Arme.

23

Verena kämpfte mit den asymmetrisch verlegten Steinplatten in Wiglafs Garten. Ruben – unzufrieden mit seiner schaukelnden Behausung – sprang mit einem Satz aus der Tasche und lief zum Wacholderbusch, den er vom letzten Besuch noch kannte.

„Bringst du ihn gleich mit?", sagte Verena zu Benno und nahm mit einem Satz die zwei Stufen bis zur Haustüre. Nachdem sie geklingelt hatte, dauerte es nicht lange, bis ein dezentes Summen anzeigte, dass die Tür aufgedrückt werden konnte. Verena betrat den kühlen Hausflur. Wiglaf kam ihr auf der Treppe entgegen und blieb abrupt stehen, als er sie sah.

„Sie schon wieder?", sagte er. Er wirkte genervt.

„Wen haben Sie erwartet?", fragte Verena. „Haben wir uns nicht extra angekündigt?"

„Ehrlich gesagt ... Ich habe jetzt keinen Nerv für Ihre Fragerei."

„Das heißt aber nicht, dass Sie einfach auflegen dürfen, wenn die Polizei anruft und ihren Besuch ankündigt."

„Ist ja gut. Ich hatte Ihren Kollegen nicht richtig verstanden. Kommen Sie rein."

Verena folgte ihm in den ersten Stock. Benno, der Ruben auf dem Arm trug, kam ihnen nach.

Das kühle Ambiente des Wohnzimmers hatte jetzt, da es früher Morgen war und die Hitze des Tages erst noch bevorstand, nicht die wohltuende Wirkung wie bei ihrem ersten Besuch, als sie aus der sengenden Mittagssonne in dieses „Iglu" gekommen waren. Das Frühstücksgeschirr stand auf dem Wohnzimmertisch. Kaffeeduft erfüllte den Raum. Beatrice kam herein und setzte sich zu ihnen. Unaufgefordert lieferte sie die Erklärung für ihre Anwesenheit zu Hause an einem Wochentag: Freitags müsse sie immer erst um zwölf ins Geschäft. Ruben sprang auf Beatrices Schoß und schnupperte an ihrem Mund.

„Also, wen haben Sie erwartet?", wiederholte Verena ihre Frage.

„Ich habe Verständnis dafür, dass Sie auch nur Ihre Arbeit tun, Frau Paul, immerhin ist ein hässlicher Mord geschehen. Aber ist das ein Grund, Ihnen jede Information aus meinem Privatleben geben zu müssen?"

„Ja, das ist es!“

Wiglaf seufzte.

„Gestern gab es zwischen Agnes, meiner Agentin, und mir ein paar Differenzen. Nichts Gravierendes. Danach hat sie das Haus verlassen, um einen Termin wahrzunehmen, bei dem ich gerne dabei gewesen wäre. Aber sie wollte das nicht. Das ... war auch der Grund unseres Streites. Und deshalb bin ich auch so ... angespannt.“

Wiglaf beugte sich vor, um seine Kaffeetasse vom Tisch zu nehmen. Er trank einen Schluck und stellte sie in die andere Hand, die er als Unterteller geformt hatte. „Seither habe ich sie nicht mehr gesehen. Natürlich interessiert mich, wie der Termin verlaufen ist. Immerhin geht es um meine Zukunft.“

„Um wie viel Uhr hat sie das Haus verlassen?“

Wiglaf überlegte, während er die Kaffeetasse auf den Tisch zurückstellte und mit einer Serviette seine Hand trocknete.

„Mittag bis früher Nachmittag. Genau weiß ich es nicht. Ich schaue selten auf die Uhr.“

Plötzlich schien er von einer Unruhe erfasst. „Ist etwas mit ihr?“, fragte er.

„Was genau war das für ein Termin?“, fragte Verena.

„Ein Verlag in Stuttgart. Die Adresse schreibt Ihnen Beatrice gleich auf. Auch den Namen des Lektors, mit dem sie verabredet war.“

Wiglaf ließ Verena nicht mehr aus den Augen. Er schien auf alles gefasst. Und dann sagte Verena, was gesagt werden musste, und ließ ihrerseits Wiglaf nicht aus den Augen.

„Also, wissen Sie, Frau Kommissarin, das ist ein starkes Stück. Anstatt mir gleich zu sagen, was passiert ist, damit ich mit der Situation umgehen kann, löchern Sie mich mit Fragen. Eine hinterhältige Taktik!“

Doch rasch wich die Empörung aus seinem Gesicht und Züge eines Vorgefühls machten sich in seinem Antlitz breit, so wie es Kinder an den Tag legen, die ahnen, dass ihnen gleich das Lieblingsspielzeug weggenommen wird. Erst nach und nach schien Wiglaf die Tragweite der Nachricht bewusst zu werden. In Schüben. Und zuletzt traf ihn die Bedeutung des Verlustes seiner Agentin wie ein Keulenschlag – mit einer Wucht, die ihn kreidebleich im Sofa zusammensinken ließ.

„Was soll jetzt aus mir werden?“, murmelte er. Seine farblosen Lippen bewegten sich nur unmerklich.

Beatrice, die gefasst wirkte, hatte ihren Arm um Wiglaf gelegt und begonnen, ihn sachte hin- und herzuwiegen. Ruben war von ihrem

Schoß gesprungen und in seiner Tasche verschwunden. Das schien ihm unter diesen Umständen sicherer. Verena kontrollierte seinen Puls. Mit seiner kleinen, rauen Zunge schleckte er über ihre Finger.

„Ich muss Sie fragen, wo Sie gestern Abend zwischen neun und Mitternacht waren“, fuhr Verena fort, als wieder Farbe in Wiglafs Gesicht zurückgekehrt war. Unwirsch hatte er gerade Beatrices Arm abgeschüttelt und sich aufgerichtet.

„Ich ... wir waren den ganzen Abend zu Hause“, antwortete er mit einem Seitenblick auf Beatrice, die gekränkt tat, aber nickte.

„Wie lange kennen Sie sich schon, Frau Eisele und Sie?“

„Seit ungefähr zwei Jahren.“

„Wie haben Sie sich kennengelernt?“

„Ich befand mich damals in einer ... persönlichen Krise. Die Beziehung zu einer Frau war gescheitert. Und mit dem Schreiben ging es nicht so recht voran. Einen Verlag hatte ich auch noch nicht. Kurzum, ich war ziemlich frustriert.“

„Aber wir kannten uns doch schon, Liebling“, warf Beatrice ein.

Mit einer abfälligen Handbewegung tat Wiglaf ihre Bemerkung ab und fuhr fort:

„Dann las ich Agnes' Inserat in der Zeitung. Sie bot jungen, unerfahrenen, aber begabten Autoren ihre Hilfe an. Ich schöpfte Hoffnung. Das Inserat war wie ein Anker in stürmischer See. Wie Licht am Ende des Tunnels, eine Oase ...“

„Wie ging's dann weiter?“, unterbrach ihn Verena.

„Ich nahm Kontakt auf. Wir wurden uns einig. Und fortan hat Agnes für mich gearbeitet.“

„Wie genau sah Ihre Zusammenarbeit aus?“

„Ich habe geschrieben. Und Agnes' Aufgabe war, meine Gedichte unter die Leute zu bringen. Ich hatte früher einmal mit einem Verlag eine Pleite erlebt. Ich sag nur: Druckkostenzuschuss! Die Sache hat mich sehr viel Geld gekostet. Hätte mich fast ruiniert ...“

„Wenn das überhaupt dein Geld war“, sagte Beatrice.

Ganz offensichtlich war sie nachtragend.

„Wessen Geld war es?“, hakte Verena nach.

„Ich erwähnte bereits die gescheiterte Beziehung. Es ... war ihr Geld“, sagte Wiglaf kleinlaut.

„War sie auch Ihre Agentin?“, fragte Benno.

„Nein. Sie hat mich aus ... Liebe unterstützt. Und aus Idealismus. Ich hätte ihr das Geld auf jeden Fall zurückgezahlt. Natürlich hätte sie den allerersten selbst verdienten Cent bekommen. Sie müssen wissen, dass ich kurz vor dem Durchbruch stehe. Qualität setzt sich über kurz oder lang durch. Meine Lyrik ist von ..."

„Wie ging's weiter mit Frau Eisele und Ihnen?", unterbrach ihn Verena. Ihr entging nicht, dass Beatrice immer zorniger wurde. Allem Anschein nach hatte auch sie eine nicht unerhebliche Summe in ihren Poeten gesteckt.

„Wie gesagt, wir wurden uns einig. Sie hat für mich gearbeitet, sodass ich mich zu 100 Prozent auf das Schreiben konzentrieren konnte. Eines Tages sagte sie, sie fände es besser, Beatrice und ich würden aus der schäbigen Wohnung in der Bahnhofstraße ausziehen und uns etwas Repräsentativeres suchen. Und da wir nicht gleich etwas gefunden hatten, schlug Agnes vor, erst einmal bei ihr einzuziehen. In ihrem Haus sei die Wohnung im ersten Stock freigeworden. Das war vor eineinhalb Jahren. Und seither wohnen und arbeiten wir gemeinsam in diesem Haus. Wir standen übrigens kurz davor, mit einem großen Verlag einig zu werden. Das war besagter Termin gestern."

Wiglaf hielt inne und schien zu überlegen. „Hatte Agnes vielleicht etwas bei sich, so was wie ... einen Vertragsentwurf?", fragte er.

„Agnes ist tot! Umgebracht! Und du denkst nur an deinen Vertrag!", rief Beatrice. Schnaubend verließ sie das Zimmer.

„Ja, aber das ist doch nicht unwichtig ...!", rief Wiglaf ihr nach, bevor sie geräuschvoll die Türe hinter sich schloss. „Finden Sie nicht auch?" Verständnis heischend schaute Wiglaf zwischen Verena und Benno hin und her.

„Wir haben keine Papiere bei ihr gefunden. Wenn ein Vertrag existiert, muss sie ihn vorher zu Hause aus der Tasche genommen haben", sagte Verena. „Oder der Mörder hat ihn mitgenommen."

„So gegen halb sechs gestern Nachmittag stand ihr Auto wieder in der Garageneinfahrt", fuhr Wiglaf fort. „Ich habe weder bemerkt, wie sie es dort abgestellt hat, noch, dass sie wieder weggegangen ist. Sie macht Besorgungen in der Stadt oder sonst wo gerne zu Fuß, deshalb habe ich mir weiter keine Gedanken gemacht. Das heißt wiederum ...", Wiglafs Gesicht hellte sich auf, „... der Vertrag muss tatsächlich schon in ihrer Wohnung sein."

Er stand auf und wollte den Raum verlassen, als Verena sagte: „In die Wohnung können Sie jetzt nicht. Da muss erst unsere Spurensicherung rein."

„Lassen Sie mich nur kurz ..."

„Setzen Sie sich bitte wieder!"

Er setzte sich. Die Ungeduld war ihm anzusehen.

„Wissen Sie, ob Frau Eisele und Klaas Hildebrandt sich gekannt haben?"

„Keine Ahnung. Möglich, dass es berufliche Schnittpunkte gegeben hat."

Beatrice kam herein und gab Verena einen Zettel mit der Adresse des Verlages. Mit einigem Abstand setzte sie sich neben Wiglaf auf die Couch und würdigte ihn keines Blickes.

„Was wissen Sie über das Privatleben von Frau Eisele?", fragte Benno.

„Nichts. Alles über das Geschäftliche Hinausgehende behielt sie für sich."

„Und Sie?" Benno sah zu Beatrice. „Keine Gespräche von Frau zu Frau?"

Verena runzelte die Stirn. Was verstand Benno unter „Gesprächen von Frau zu Frau"? Albernes Gekicher bei Tee und Gebäck etwa? Oder den Austausch von Geheimnissen unter dem Siegel der Verschwiegenheit, die dann doch bei der nächstbesten Gelegenheit wichtigtuerisch ausgeplaudert wurden?

„Ich glaube, sie mochte mich nicht. Obwohl wir unter einem Dach wohnen ... gewohnt haben, haben wir keine drei Worte am Tag gewechselt", antwortete Beatrice.

„Gab es dafür einen Grund?"

„Nicht, dass ich wüsste." Beatrice zuckte mit den Schultern. Fragend sah sie zu Wiglaf hinüber. „Nichts Konkretes", sagte der. „Zu verschieden, die beiden. Das ist alles."

Es blieb eine Weile ruhig zwischen ihnen. Aus Verenas Tasche waren leise Schnarchgeräusche zu hören.

„Sie bleiben also dabei, dass Sie beide gestern Abend zu Hause waren und die Wohnung zu keinem Zeitpunkt verlassen haben?", wiederholte Verena.

„Ja", sagten Wiglaf und Beatrice wie aus einem Mund.

Verena stand auf.

„Wir geben Bescheid, falls wir in Frau Eiseles Wohnung etwas finden, was für Sie wichtig wäre." Verena überlegte kurz: „Können Sie hier wohnen bleiben, jetzt, wo Frau Eisele tot ist?"

Wiglaf zuckte mit den Schultern. Anscheinend waren die Wohnverhältnisse alles andere als geklärt.

24

Sie drückte auf REC.

„Schon wieder die Frau, die einen Hund in der Handtasche herumträgt. Und da, der Schnösel aus dem Katalog in ihrem Gefolge. Scheint ihr Schatten zu sein. Wer seid ihr, zum Teufel?"

Sie drückte auf STOP.

Da die beiden in Richtung Stadtmitte gingen, sich also von ihr entfernten, öffnete Klara das Fenster ihres Wagens. Ihr Auto stand im Schatten eines ausladenden Apfelbaumes. Sie schaute auf die Uhr. In knapp zwei Stunden würde die pralle Sonne auf das Blechdach scheinen. Und Bea-Bitch das Haus verlassen. Wiglaf würde ihr wie immer am Fenster nachwinken. Und für einige Momente in ihr Blickfeld treten. In der Vorfreude auf diesen Augenblick schloss sie die Augen.

Es war nicht gut weitergegangen mit ihnen. Wiglaf hatte sich schnell eingerichtet in der behaglichen Sicherheit, die Klara ihm bot. Sie hatte ihn in ihrem Haus aufgenommen, für einen vollen Kühlschrank und eine ruhige Atmosphäre gesorgt, in der sich sein Genie entfalten konnte. Sie hatte Lesereisen organisiert und finanziert, was eigentlich Sache des Verlages gewesen wäre, wie Wiglaf einmal empört angemerkt hatte. Doch bald schon stellte sich heraus, dass für seinen Gedichtband ‚Aufwind in den Gefühlswelten' weit und breit kein Verlag in Sicht war. Zumindest keiner, der auf einen Druckkostenzuschuss verzichtet hätte. Und Klara ging das Geld aus. Ihr Gehalt als Altenpflegerin reichte zwar für das tägliche Leben, doch bei weitem nicht für Wiglafs extravagante Wünsche. Einen Computer mit neuester Software! Regelmäßige Städtereisen zur Erweiterung seines geistigen Horizontes! Champagner am Abend als Belohnung für fruchtbare Schreibphasen! Alles Dinge, auf die er unmöglich verzichten konnte. Und nach weniger ergussreichen Schreibphasen trank er den Champagner in doppelter Menge.

„Wie kann ich mein Genie entfalten, wenn der profane Alltag meine Schultern niederdrückt, mein funkelndes Edelsteinchen?", konterte er stets, wenn sie ihn wieder einmal sanft darum bat, einen Teil der täglichen Unkosten aufzubringen. „Auch anderswo glitzern Sterne, man muss ihnen nur folgen."

Das saß! Unmöglich konnte sie riskieren, ihn zu verlieren. Aber wenn sie jetzt nicht aufpasste, war sie in einem Jahr pleite. Und das funkelnde Edelsteinchen nur noch ein matter Klunker.

Als der Schweiß unter ihren Achselhöhlen hervorzulaufen begann und die Haut auf Dekolleté und Unterarmen brannte, erwachte sie aus ihren Gedanken. Sie schaute sich um. Der Schatten des Apfelbaumes lag jetzt hinter ihr, die Sonne brannte auf das Blechdach ihres Autos.

Sie drückte auf REC.

„Zwanzig nach zwölf. Verfluchter Mist. Bitch ist aus dem Haus! Die einzige Möglichkeit, dich heute zu sehen, liebster Wiglaf. Dahin. Deine Aura zu empfangen, dir meine Gedanken zu entsenden. Du empfängst sie doch? Ich bin mir sicher!"

Sie drückte auf STOP.

Wütend schlug sie mit der Hand auf das Lenkrad.

25

„Ich nehme die Kartoffelrädle und einen sauren Sprudel", sagte Benno.

„Und ich die Grünen Krapfen und einen süßen Sprudel", sagte Verena.

Die Kellnerin, die trotz der bodenlangen Schürze flink unterwegs war, tippte die Bestellung in einen holzscheitgroßen Computer, den sie in der Hand hielt, und eilte zum nächsten Tisch, an dem eine Gruppe junger Männer durch lautstarkes Palaver auffiel.

Der Biergarten in der Kaiserpassage war gut besucht. Verena und Benno hatten den letzten freien Tisch ergattert. Üppige Wein- und Kiwiranken wuchsen an der Pergola empor, spendeten Schatten und sorgten für mediterranes Flair.

„Wenn aus allen Reutlinger Singles Paare würden, wäre Reutlingen vermutlich nur halb so groß. Räumlich gesehen natürlich", sagte Benno, nachdem sie eine Weile geschwiegen hatten.

„Gut gerechnet", entgegnete Verena grinsend. „Aber stört dich das?"

„Was?"

„Dass es so viele Singles gibt."

„Zumindest ist es auffällig."

„Aber keine ganz neue Entwicklung."

„Nein."

Die Kellnerin brachte die Getränke. Unter ihrer Schürze holte sie einen Bleistift hervor, der an einer Schnur hing, und machte auf Verenas und Bennos Deckel jeweils einen dicken Strich.

„Es scheint Mode zu sein, nur an sich zu denken, an den eigenen Vorteil. Egoismus ist chic geworden. ‚Ich bin so frei!' Verantwortung für andere? Fehlanzeige", fuhr Benno fort. „Eine junge, gut aussehende Frau wie Agnes Eisele. Warum lebte sie allein?"

„Dafür kann es viele Gründe geben. Und wenn ich mich recht erinnere, lebst du auch allein. Oder hab ich was verpasst?"

Für einen Moment überlegte Verena, ob sie Benno auf die Gerüchte über seine Homosexualität, die im Präsidium kursierten, ansprechen sollte. Jetzt war eine gute Gelegenheit. Dass er schwul war, daran hatte sie nicht den geringsten Zweifel. Und wenn schon – war er deshalb ein schlechterer Mensch? Oder ein besserer? Und mit gottgewollter Bestimmung der Geschlechter brauchte man ihr schon gar nicht zu kommen. Doch wie die Dinge lagen, war Benno es, der das Thema mied.

„Nein, Sie haben nichts verpasst, Chefin. Aber es gibt ... Umstände, die nicht ... selbst gewählt sind. Aber nehmen wir Wiglaf Winter, den Lyriker."

„Hat der nicht seine Beatrice?"

„Er hat sie schon. Sie ihn nicht! Sie kann froh sein, dass sie regelmäßiges Gehalt bezieht und nicht kleinlich ist, wenn Wiglaf ihr seine Hohlhand entgegenstreckt. Jetzt, nach dem Tod der Agentin, umso mehr. Ansonsten wären ihre Tage an seiner Seite gezählt."

„Was ist mit Meininger? 16 Jahre Ehe sind keine Kleinigkeit", führte Verena ihren Chef ins Feld, obwohl sie ahnte, dass das unausgesprochene Gerücht über Meiningers Eheprobleme längst die Runde gemacht hatte und auch Benno zu Ohren gekommen war.

„Und was hat's ihm genutzt? Trennung. Scheidung. Die Ex stellt Forderungen. Benutzt die Kinder als Druckmittel. Und er schleicht über den Flur wie ein Zombie. – Nicht nur über mein Privatleben wird im Präsidium getuschelt!"

Benno legte die Serviette auf den Schoß, denn die Kellnerin brachte das Essen. Am Nachbartisch erhob sich endlich die lärmende Horde, um wieder ins Geschäft zu gehen, wie einer von ihnen weithin hörbar ausrief. Verena atmete auf.

In den Tiefen ihres Gedächtnisses kramte sie nach einem Gegenbeweis für Bennos trübsinnige Betrachtungen. Ihre Eltern fielen ihr ein: Die Verzweiflung ihrer Mutter, als sie wegen einer Jüngeren verlassen worden war, die Wut auf die andere Frau (nicht etwa auf den eigenen Ehemann), die Einsamkeit, die Selbstzweifel, dann die Genugtuung, als der Treulose – in der neuen Beziehung gescheitert – scheinbar voller Reue zurückgekommen war. Heute hatte ihr Vater nach einem Schlaganfall Pflegestufe drei. Und ihre Mutter einen Bandscheibenschaden, weil sie partout keinen Pflegedienst ins Haus lassen wollte.

Dieses Exempel hätte Benno jedenfalls kalt lächelnd vom Tisch gefegt.

Benno, der in Tübingen als Kind von Waldorf-Lehrern aufgewachsen ist, hatte sicher gut daran getan, in das bodenständigere Reutlingen zu ziehen. Denn trotz einer mutmaßlich toleranten Erziehung war er zu einem jungen Mann mit engen moralischen Vorstellungen herangewachsen, der Wert darauf legte, dass sich alles an seinem Platz befand. Verena grinste, als sie sich Benno unter dem bunten Gewimmel der Tübinger Studentenschar vorstellte.

„Sie nehmen mich nicht ernst!", sagte Benno, der Verenas Lächeln anscheinend falsch interpretierte.

„Natürlich nehme ich dich ernst. Ich hab mir nur gerade vorgestellt, was aus dir geworden wäre, wenn du nicht aus Tübingen weggezogen wärst. Ob du dir Tübingen zu eigen gemacht hättest oder ob die Stadt dich geformt hätte?"

„Sie halten mich also für einen Spießer?"

„Nein" Verena seufzte. „Reutlingen passt einfach besser zu dir. Das ist alles!"

„Meine Eltern waren alles andere als begeistert von meinen Plänen, nach dem Abi auf die Polizeischule zu gehen. Auch wenn sie sich sonst nie in meine Entscheidungen eingemischt haben."

„Warum waren sie dagegen?"

„Sie stehen sehr weit links. Altachtundsechziger." Benno sprach das Wort aus wie einen Fluch. „Für ein Kind der Himmel auf Erden, könnte man meinen, nicht? Aber für mich war es die Hölle. Unser Haus war immer voller Leute. Ein ständiges Kommen und Gehen. Es gab kein Mein und Dein. Alles war für alle da. Der Kühlschrank war ständig leer. Oft war nichts zu essen da, wenn ich von der Schule nach Hause kam. Manchmal bin ich von Typen zum Bierholen geschickt worden, die ich noch nie gesehen hatte. Und wenn ich nicht um einen Schlüssel für mein Zimmer gebettelt hätte, ihn mir nicht ertrotzt hätte, hätten sie auch das belagert. Einmal habe ich meinen Vater mit einer anderen Frau in meinem Bett vorgefunden. Es war ihm kein bisschen peinlich. Besitzansprüche wären etwas für Spießer, hat er gemeint. Und er würde meine Mutter deshalb nicht weniger lieben."

Benno hatte die Gabel beiseitegelegt und aufgehört zu essen. „Es ist nicht leicht, ohne Grenzen aufzuwachsen. Ohne Verbote. Ohne Richtlinien." Er lehnte sich zurück. „Ich untertreibe nicht, wenn ich sage, dass ich mich selbst erzogen habe."

„Dafür ist doch was Gescheites aus dir geworden", sagte Verena grinsend, die spürte, dass Benno melancholisch zu werden drohte.

„Und ich kann für meine Erziehungsfehler niemanden als mich selbst anklagen."

„Und dir jederzeit mildernde Umstände zubilligen", ergänzte Verena.

Die Kellnerin kam und nahm Verenas Teller mit. „War's recht?", fragte sie. Verena nickte.

„Sind deine Eltern noch zusammen?“, fragte Verena, nachdem sie bei der Kellnerin die Rechnung verlangt hatte.

„Nein. Sie haben sich getrennt, als ich nach dem Abitur von zu Hause ausgezogen bin“, antwortete Benno, während er seinen Geldbeutel aus der Jackentasche hervorholte. „‚*Eher holst du den Vogel im Flug ein als Liebe, die flieht.*‘ Ist von Arthur Schnitzler, nicht von mir.“

26

„Könntest du Herrn Schultheiß an der Treppe abholen und zum Abendessen bringen?", sagte Schwester Renate, ohne aufzusehen. Sie war gerade dabei, ein ansehnliches Sortiment an Pillen und Zäpfchen zusammenzustellen.

Willsch schaute auf die Uhr. Es war halb vier.

„So früh?"

„Das hatten wir doch gestern schon!" Schwester Renate sprach in einem Ton, mit dem man Kindern zum hundertsten Mal erklärt, warum der Himmel blau ist oder warum die Sterne nicht herunterfallen. „Die Regeln werden von der Heimleitung gemacht, von Schwester Klara entgegengenommen, weitergegeben und überwacht und von uns umgesetzt. Ende. Kein Platz für Diskussionen." Sie hob den Kopf und musste ihn dabei ziemlich weit nach oben drehen, da Willsch sie um gut einen halben Meter überragte. Ihr Haar war nachlässig frisiert, ihr ungeschminktes Gesicht wirkte gehetzt und ausgezehrt. Doch ihrem gütigen Blick konnte all das nichts anhaben.

„Und wenn sie später noch mal Hunger bekommen?", fragte Willsch.

„Sie verhungern schon nicht. Und außerdem horten sie Lebensmittel in ihren Schränken. Neulich habe ich bei Frau Haag im Kleiderschrank unter ihren Blusen ein ganzes Arsenal an verschimmeltem Brot und verdorbenem Obst gefunden. Schon länger hat's komisch gerochen in ihrem Zimmer. Natürlich haben wir nicht die Zeit, jeden Tag alle Schränke in allen Zimmern zu kontrollieren. Deshalb kommt so was schon mal vor."

„Wie schaffst du nur den ganzen Stress?" Willsch bemühte sich um einen mitfühlenden Ton, was ihm nicht schwerfiel, denn er konnte Schwester Renate gut leiden.

„Ich wundere mich manchmal selber darüber. Man geht abends nach Hause und hat wieder einmal alles hinbekommen. Und doch bleibt immer ein Rest ... Unzufriedenheit."

„Unzufriedenheit?"

„Wenn man abends total kaputt den Tag noch mal an sich vorbeiziehen lässt. Man erkennt, dass man wieder nicht allen gerecht geworden ist. Es fehlt halt die Zeit."

„Ich würde sagen, es fehlt an Personal."

„Klar. Mit mehr Personal hätten wir auch mehr Zeit für jeden einzelnen Bewohner. Aber für mehr Personal ist nun mal kein Geld da. Sagt die Heimleitung."

Schwester Renate nahm die Dosierschälchen und hastete an Willsch vorbei hinaus auf den Flur. „Hilf mir, sie in den Speisesaal zu bringen", sagte sie noch im Hinausgehen. Willsch war noch nicht fertig mit seiner „Befragung" und konnte doch nur zusehen, wie Schwester Renate in den rechten Flügel entschwand.

„Kommen Sie, Herr Schultheiß, es gibt Abendbrot", sagte Willsch wenig später, als er im Foyer bei dem Alten angekommen war. Er bückte sich nach dem Koffer.

„Ich kann meinen Posten nicht verlassen." Herr Schultheiß nahm den Blick nicht von der Eingangstür.

„Nachher ist die Küche zu. Dann gibt's nichts mehr."

„Bei meiner Tochter bekomme ich was."

„Alle gehen jetzt in den Speisesaal." Willsch versuchte, ihn an den Schultern zu drehen und ihn in die richtige Richtung zu schieben. So wie er es bei *Miss Moneypenny* gesehen hatte.

Der Mann wand sich aus seinem Griff. „Ich hab keinen Hunger", sagte er und stellte sich wieder in Position. Willsch schaute sich um. Er war mit Herrn Schultheiß allein. Ob er bei der Sekretärin anklopfen sollte? Doch er verwarf den Gedanken sofort wieder. Das kam ja gar nicht infrage! Was sollte sie von ihm denken? Dass er bei der erstbesten Schwierigkeit schon nach Hilfe rief?

„Vielleicht sucht Ihre Tochter Sie schon im Speisesaal. Und wenn Sie nicht da sind, fährt sie wieder nach Hause", sagte Willsch jetzt.

Der Mann hielt für einen Moment inne. Dann nickte er, was durch den Kopfwackeltremor schwer zu erkennen war. Mit seinen tränenunterlaufenen Augen sah er zu Willsch auf, hakte sich bei ihm unter und setzte sich in Bewegung.

Nachdem Willsch dem alten Mann im Speisesaal den Mantel ausgezogen und ihn an einen Tisch mit fünf weiteren Senioren gesetzt hatte, die auf Schultheiß' Frage, ob einer seine Tochter gesehen hätte, nur matt die Köpfe schüttelten, ging Willsch auf seine Station, um Herrn Augsburger aus Zimmer vier im linken Flügel zum Essen zu bringen. Herr Augsburger litt an fortschreitender Arthrose und konnte sich ohne Hilfe nicht mehr fortbewegen. Als Willsch aus dem Aufzug kam, warf er einen raschen Blick in das Schwesternzimmer und in die Küche. Es war niemand da. Kurz entschlossen ging er auf den Schrank zu, in dem die Medikamente lagerten. Dutzende angebrochener Schachteln lagen im oberen Fach ungeordnet auf- und nebeneinander. Dahinter ein umfangreiches Sortiment an noch originalverpackten Medikamenten. Willsch fand ein Heft, in dem minutiös aufgelistet war, welcher Heimbewohner wann welche Medikamente in welcher Dosis bekam. Er überflog die Liste, wobei er weit zurückblätterte. Die Namen der drei Toten, deretwegen er hier war, fand er nicht.

Er legte das Heft zurück. Bei Gelegenheit würde er eine Kopie anfertigen. Dann wanderte sein Blick abwärts und blieb an einem schuhkartongroßen Tresor hängen, der im unteren Schrankfach fest an der Hinterwand angeschraubt war. Willsch ging in die Hocke. Auf dem Tresor lag ein DIN-A4-Blatt, das in einer Klarsichthülle steckte und auf dem fortlaufende Nummern mit Datum notiert waren. Hinter jeder Zeile hatte Schwester Renate unterschrieben. Es handelte sich wohl um die Auflistung der Nummern der Betäubungsmittelhefte, die vermutlich im Tresor eingeschlossen waren. Willsch holte seinen Schlüsselbund hervor und prüfte, ob auch er einen entsprechenden Schlüssel besaß. Er hatte Pech. Willsch erhob sich wieder und steuerte auf die Spinde in der Küche zu. Vielleicht hatte er jetzt mehr Glück. Er rüttelte nacheinander an jeder Tür. Einzig die mit der Nummer drei war unverschlossen. Willschs Puls beschleunigte sich. Vorsichtig öffnete er die Tür: Ein Sommermantel hing an einem Bügel, auf dem Ablagefach darüber stand eine Handcremetube neben einer leeren Vesperdose. Mit einem raschen Blick über die Schulter vergewisserte sich Willsch, dass er allein war. Er bückte sich nach der Handtasche, die auf dem Spindboden neben einem Paar Sandalen stand. Sie enthielt einen Geldbeutel, zwei Packungen Papiertaschentücher, einen dicken Schlüsselbund, und in einer Seitentasche ein Handy. Lippenstift, Kamm oder Puderdose fehlten: Willsch war sich sicher, dass er hier vor Songüls Spind stand. Er nahm das Handy heraus, drückte auf einen Knopf und dann auf „Anrufliste": Mit Papa telefonierte sie oft, weniger häufig mit Mama, dann war der Name Serdar wiederholt aufgeführt, oder T. Hatice (sicher eine Tante, vermutete Willsch), mit ihrer Kollegin Ayse schien sie kaum privaten Kontakt zu haben, den Namen fand er lediglich zweimal. Und zwischendurch immer wieder und in regelmäßigen Abständen: Sven.

‚Sven, so so', dachte er. ‚Wenn das mal keinen Ärger gibt zu Hause.'

Mit schnellem Griff in die übrigen Seitentaschen vergewisserte er sich, dass er nichts übersehen hatte, und schloss dann leise die Spindtür.

Da hörte er die schnellen Schritte von Schwester Klara näher kommen. Willsch langte in seine Kitteltasche und holte den Schlüsselbund heraus.

„Kopfschmerzen. Hab mir nur eine Tablette geholt“, sagte er, als Klara vor ihm stand.

„Herr Augsburger fehlt im Speisesaal. So etwas dulde ich nicht.“ Ihr strenger Blick lag auf ihm.

Herr Augsburger saß in einem Schaukelstuhl am Fenster und schaute hinaus, als Willsch das Zimmer betrat. Von hinten waren lediglich seine Arme zu sehen, die auf den Stuhllehnen ruhten. Willsch hielt inne. Woran erinnerte ihn dieses Bild? Er überlegte. Dann fiel es ihm ein: *Norman Bates'* Mutter. In *Psycho*.

„Zeit zum Abendessen. Ich begleite Sie“, sagte Willsch, als er sich dem Schaukelstuhl näherte. Er bückte sich zu Herrn Augsburger hinunter, um ihm aufzuhelfen. „Rollator oder Rollstuhl?“, fragte er.

„Das ist was für alte Leute. Ich nehme den Stock“, sagte der Mann mit heiserer Stimme.

„Sie wissen doch, dass es mit dem Stock nicht mehr so gut ...“

„Ich nehme den Stock!“

Beide Hände auf die Stuhllehnen gestützt, versuchte Augsburger, sich zu erheben und schaffte es doch nicht, seinen Körper hochzustemmen. Willsch ging ins Bad, holte den Rollstuhl des alten Mannes und half ihm hinein.

„Haben Sie früher selber mal Musik gemacht?“, fragte er ihn und zeigte auf die Schallplattensammlung im Regal, die den Mann als Cello-Liebhaber auswies. Sie war ihm gestern schon aufgefallen.

„Ich war von 1965 bis 1990 Cellist bei der Württembergischen Philharmonie“, sagte Augsburger nicht ohne Stolz, während Willsch ihn an seiner Plattensammlung vorbeischob.

„Spielen Sie noch?“

„Ich glaube, es würde noch gehen. In den Händen ist die Arthrose nicht ganz so schlimm.“

„Spielen Sie mir bei Gelegenheit etwas vor? Ich würde mich sehr freuen.“

„Das geht nicht.“

„Warum nicht?“

„Mein Cello steht bei meinem Sohn im Keller.“

„Dann rufen Sie Ihren Sohn an, damit er es bringt.“

„Das geht auch nicht."

Willsch seufzte. Klar. Der Sohn wohnte sicher irgendwo in Norddeutschland. Oder im Ausland.

„Das Musizieren wird hier nicht gern gesehen. Geschweige denn, gehört." Der Alte lachte, fuhr dann fort: „Es macht Krach und stört den Ablauf. Sagt die Heimleitung."

Willsch suchte im Regal nach einem Plattenspieler. Er erblickte keinen. War auch nur logisch, wenn Frau Wendt keinen Videorekorder besitzen durfte.

„Meine Musik ist in meinem Kopf", sagte der Mann. „Die meisten Partituren, die ich gespielt habe, habe ich im Gedächtnis gespeichert. Ich kann sie jederzeit abrufen."

Auf dem Flur kam ihnen Schwester Klara entgegen, die Willsch wortlos vom Rollstuhl wegdrängte und Herrn Augsburger in flotter Fahrt auf den Aufzug zusteuerte. Herr Augsburger summte eine Melodie.

„Darüber reden wir noch!", rief Schwester Klara über die Schulter, ohne sich noch einmal nach Willsch umzudrehen.

* * *

Als er später an *Miss Moneypennys* Schreibtisch saß, eine Tasse Kaffee und drei dicke Akten vor sich, nahm sie ihm gegenüber auf einem der Besucherstühle Platz und schaute ihn erwartungsvoll an, was ihn in Verlegenheit brachte. Ihre direkte Art, die ihn gleichermaßen verunsicherte und anzog, gefiel ihm. *Miss Moneypenny* wäre sicher geeignet, Schwung in sein Leben zu bringen.

„Sie ist da!", flüsterte die Sekretärin und rollte die Augen nach links, womit sie zu verstehen gab, dass die Heimleiterin in ihrem Büro saß.

Willsch verstand. Er nickte.

„Haben Sie schon was?", raunte sie.

Willsch schüttelte den Kopf und legte den Zeigefinger an die Lippen. Dann nahm er einen Schluck aus der Kaffeetasse und schlug die zuoberst liegende Akte auf.

„Was machen die Kollegen auf der Station für einen Eindruck auf Sie?", fragte die Sekretärin jetzt.

„Es ist noch zu früh ..."

„Gell, die Schwester Klara lässt einem das Blut in den Adern gefrieren."

„War sie schon immer so?" Willsch sah jetzt auf. *Miss Moneypenny* gab ja doch keine Ruhe. Genauso gut konnte er ihre Redseligkeit nutzen, um mehr zu erfahren. Beide Ellenbogen auf die Stuhllehne gestützt und die Hände vor dem Bauch gefaltet, saß sie vor ihm und schien zu überlegen.

„Ja. Seit ich sie kenne. Und das sind jetzt vier Jahre. So lange arbeite ich schon hier. Schwester Klara war schon da, als ich hier angefangen habe."

„Hat sie sich in letzter Zeit verändert?"

„Ich habe nichts bemerkt."

„Und die anderen auf der Station? Ungewöhnliches Verhalten seit den ... Vorfällen? Häufige Krankmeldungen? Leistungsabfall?"

„Ist mir nicht zu Ohren gekommen, Kommissar. Aber ... sagen Sie, wie sehen sie aus, Ihre verdeckten Ermittlungen?"

„Meine Methoden sind streng geheim", sagte Willsch. Nur mühsam konnte er sich ein Grinsen verkneifen.

Da *Miss Moneypenny* jetzt in das Büro ihrer Chefin gerufen wurde, konnte Willsch sich auf die Unterlagen konzentrieren. Schneller als gedacht hatte er die Fachausdrücke und spezifischen Formulierungen aus seiner lange zurückliegenden Zivildienstzeit wiederbelebt. Er kam gut voran, bis ihn ein dezentes Summen in unmittelbarer Nähe aufhorchen ließ. Er hatte das Geräusch schnell geortet und fand neben dem Telefon einen jener Miniaturgaragenöffner, wie er auch einen hatte. Da sein eigener aber ausgeschaltet in seinem Spind lag, konnte der hier nur *Miss Moneypenny* gehören. Folglich versuchte gerade jemand, unautorisiert durch den Haupteingang zu entweichen.

Für einen Moment war Willsch unentschlossen. Sollte er die Sekretärin aus der Besprechung mit ihrer Chefin holen? Aber genauso gut konnte er auch selber nachsehen. Er stand auf, ging in die Eingangshalle und sah gerade noch, wie sich die automatische Eingangstür hinter einer weißhaarigen, gebeugten Gestalt schloss.

Als er wenig später in das Büro zurückkam, saß *Miss Moneypenny* auf ihrem Platz und hatte den Kopf über die Krankenakten gebeugt.

„Ich glaube, ich habe da etwas gefunden", sagte sie mit kaum verhohlenem Stolz.

27

Ruben bellte zweimal. Verena langte in ihre Tasche, die über ihrem Stuhl hing, holte das Handy heraus, nahm das Gespräch an, nickte und steckte das Telefon vorsichtig zurück.

Meininger kam nicht. Und erwartete um acht ihren mündlichen Bericht. Verena verzog das Gesicht.

Sie schaute auf die Uhr. Drei viertel fünf. Sie ging ins Besprechungszimmer, warf einen Blick in den Kühlschrank, der unter der Spüle stand und außer einer halb vollen Coladose nichts enthielt, und beschloss, es bei Frau Glöckle, der neuen Abteilungssekretärin, noch mal zu versuchen.

„Selbst wenn der Betriebsrat der Meinung ist, Ihre Funktion würde zweckentfremdet und der Stellenplan verzerrt, so muss doch auch gesagt sein, dass hier und da kleine Handreichungen von einer Sekretärin nicht zu viel verlangt sind", sagte Verena, nachdem sie die Tür zum Sekretariat geöffnet hatte und eingetreten war.

„Weil Sie's sind, Frau Hauptkommissarin", antwortete Frau Glöckle, nahm ein Einkaufsnetz aus der Schreibtischschublade und ging hinaus. Verena blieb verdutzt zurück. So einen schnellen Sieg hatte sie nicht erwartet. Stolz auf ihr diplomatisches Vermögen, ging sie zurück in den Besprechungsraum. Benno saß jetzt an seinem Platz, Wagner fehlte.

„Wo ist Wagner?", fragte sie.

„Steht mit Schröder unten vor der Tür. Qualmen wie die Schlote. Und gerade kam die Glöckle noch dazu", antwortete Benno. „Seit dem Rauchverbot – immer dieselben", fügte er an, als ob nicht schon alles gesagt wäre.

„So so, die Glöckle", murmelte Verena, schüttelte kaum merklich den Kopf und setzte sich.

„Meininger kommt nicht", sagte sie.

Benno nickte.

Während Ruben aus der Tasche sprang und sich mit aufgestellten Ohren vor Verena aufbaute, damit sie etwas gegen seinen Hunger unternahm, kam Wagner herein, und mit ihm eine Wolke, die nach kalter

Asche stank. Naserümpfend wendete Verena sich ab, öffnete eine Katzenfutterdose und stellte sie vor Ruben auf den Boden.

„Ich könnte das auch nicht essen", sagte Wagner, nachdem er sich an seinen Platz gesetzt hatte. Verena hatte eine passende Antwort parat, schwieg aber. Frau Glöckle kam herein und füllte den Kühlschrank mit Coladosen und anderen Softdrinks.

„Haben Sie außer diesem Zuckerwasser nichts mitgebracht?", fragte Verena. „Muss saurer Sprudel jetzt auch schon vom Betriebsrat genehmigt werden?"

Frau Glöckle tat beleidigt und ging grußlos hinaus.

Ruben lag in seiner Tasche und kämpfte mit einem Schluckauf.

„Fangen wir an", sagte Verena, als alle um den Tisch saßen.

„Bei der Toten handelt es sich um Agnes Eisele. Literaturagentin. Wiglaf Winter war ihr Klient. Ihre Leiche weist dieselbe Einstichstelle am Hals auf wie Hildebrandt. Mehr konnte Schmalhans noch nicht sagen."

„Ist sie vergewaltigt worden?", fragte Wagner.

„Nach dem ersten Augenschein nicht. Mehr wissen wir nach der Obduktion." Verena lehnte sich zurück und griff mit der Hand in die Tasche. Ruben atmete gleichmäßig. „Sie ist über die Wiese unter die Weide geschleift und dort abgelegt worden. Wir wissen nicht, woher sie kam oder wohin sie wollte. Winter sagt, dass sie am Nachmittag mit dem Auto nach Stuttgart gefahren ist, um mit einem Verlag zu verhandeln. Abends um sechs stand der Wagen wieder in der Garage. Eisele habe er nicht gesehen. Nur ihr Auto."

Verena sah zu Benno. „Was hast du über ihre Familie?"

„Beide Eltern sind tot. Die Mutter starb vor 13 Jahren an Krebs, der Vater nicht viel später an einem Herzinfarkt. Das Haus hat sie von den Eltern geerbt. Sie hat es in den letzten Jahren einige Male beliehen und steht bei der Bank ziemlich in der Kreide."

„Geschwister? Sonstige Verwandte?"

„Keine Geschwister. Eine Tante, die Schwester des Vaters, wohnt seit über drei Jahrzehnten in Amerika. Ich habe mit ihr telefoniert. Sie war zwar erschüttert – ich meine: angemessen erschüttert, hatte aber seit ihrer Übersiedlung in die Staaten keinen Kontakt mehr zu ihrem Bruder und seiner Familie."

„Was gibt ihr Adressbuch her?"

„Verlage, Agenten, Autoren und so weiter. Ihr Festnetzanschluss und das Handy werden gerade überprüft."

„Wer hat die Tote gefunden?", fragte Wagner.

„Zwei Arbeiter vom Grünflächenamt."

„Wir haben also zwei Tote, die scheinbar nichts miteinander zu tun haben – bis auf die Mordmerkmale. Wir haben eine verschwundene Ehefrau, die zumindest für den ersten Mord, nämlich den an ihrem Ehemann, ein Motiv hätte. Und wir haben einen Dichter, der mit dem ersten Mordopfer flüchtige Berührungspunkte hatte und mit dem zweiten unter einem Dach gelebt hat. Der aber für beide Morde kein echtes Motiv hat." Wagner hatte die ganze Zeit über mit Daumen und Zeigefinger über seinen Oberlippenbart gestrichen.

„So sieht's aus", sagte Verena.

„Wie war seine Reaktion auf Hildebrandts und Eiseles Tod?"

„Bei Hildebrandt hat er ehrlich zugegeben, dass ihn sein Tod nicht sonderlich belastet. Er hat sogar gesagt, wenn er die Tat hätte mit Worten begehen können, hätte er es wohl getan. Ich hab das in Bezug auf seine körperliche Unfähigkeit zu Gewalttaten verstanden. Als ihm bewusst wurde, dass er sich selbst belastet, wurde er etwas zurückhaltender", antwortete Verena. Ihr Mund war so ausgetrocknet, dass die Zunge bei jedem Wort am Gaumen festklebte. Sie stand auf, füllte ein Glas mit Leitungswasser und leerte es in einem Zug. „Der Tod seiner Agentin hat ihn regelrecht überwältigt. Er war völlig fertig", fuhr sie fort, nachdem sie wieder saß. „Wie es scheint, ist ... oder besser war er auf sie angewiesen, geschäftlich und finanziell. Vor allem finanziell."

Ein dezenter Ton aus dem Computer kündete den Eingang einer E-Mail an.

„Von der Patho", sagte Benno, öffnete das Dokument, druckte es aus und schob es Verena hin, die es nahm und schweigend las.

Dann ließ sie das Blatt sinken.

„Jetzt machen Sie es nicht so spannend", sagte Benno.

Statt zu antworten, griff Verena zum Telefon und bat Frau Glöckle, ihr unverzüglich die Telefonnummer der Kollegen in Radolfzell am Bodensee herauszusuchen.

Dann lehnte sie sich zurück und sagte: „Die Obduktion hat ergeben, dass Hildebrandt an einer Atemlähmung gestorben ist. In seinem Blut wurden zwei Substanzen gefunden. Ein schnell wirkendes Narkotikum. Und ein Gift. Bei dem Gift handelt es sich um Batrachotoxin. Bei entsprechender Dosierung führt es nach wenigen Minuten zu einer Atem- und Nervenlähmung. Das Opfer erstickt. Hildebrandt ist erstickt."

„Was ist das für ein Gift?", wollte Wagner wissen.

„Es ist das Gift eines Pfeilgiftfrosches namens *Phyllobates terribilis*!"

Verena schaute in die Runde, um sich zu vergewissern, dass auch alle die Bedeutung dieser Aussage begriffen hatten.

„Vermutlich keine heimische Spezies", sagte Wagner.

„*Phyllobates terribilis* lebt hauptsächlich in Kolumbien!"

Jetzt hatten alle begriffen.

Frau Glöckle kam herein und legte einen Zettel auf den Tisch. Verena nahm ihr Handy und wählte die Nummer der Bereitschaftspolizei in Radolfzell. In knappen Worten schilderte sie den Sachverhalt. Sie bat die Kollegen, unter einem Vorwand bei Bernadette Hildebrandts Eltern nachzusehen, ob die Tochter da war. Auf keinen Fall sollten sie ihr Misstrauen erwecken. Und Verena bat um sofortigen Rückruf.

Sie schaute auf die Uhr.

„Es ist noch Zeit genug: Wagner, Sie nehmen sich sämtliche Tropeninstitute und überhaupt alles vor, wo man dieses Batrachotoxin bekommen kann. Ist etwas gestohlen worden? Gab es Unregelmäßigkeiten? Und kümmern Sie sich auch um das Narkotikum. Es fällt unter das Betäubungsmittelgesetz. Also alle Krankenhäuser im Umkreis abfragen, ebenfalls Apotheken, Arztpraxen und so weiter. Ich möchte so schnell wie möglich Ergebnisse!"

Wagner nickte. Er erhob sich. Als er die Tür erreicht hatte, kam Willsch ihm entgegen. Es entstand ein Gerangel um den Vortritt, das Willsch knapp für sich entschied.

Willsch steuerte auf den Kühlschrank zu, inspizierte den Inhalt und schloss ihn wieder. Dann nahm er ein Glas aus dem Schrank und füllte es mit Leitungswasser.

„Alt werden ist nicht schön", sagte er, als er an seinem Platz saß. „Ich habe beschlossen, es zu unterlassen."

„Wie war der Tag?", fragte Verena, nachdem sie Willsch über den aktuellen Stand der Ermittlungen in Sachen Agnes Eisele in Kenntnis gesetzt hatte.

„Er war vor allem anstrengend. Nach zwei Tagen schon ziehe ich voller Respekt den Hut vor jeder Altenpflegerin." Er stand auf und deutete eine Verbeugung an. Und wo er schon stand, ging er zum Spülbecken, um sein Glas nachzufüllen. „Ich konnte mich heute ein wenig umsehen im Schwesternzimmer. Hab aber nichts Verdächtiges gefunden. Die Betäubungsmittelrezepte sind sicher weggeschlossen ..."

Verena hob die Hand, was Willsch zum Schweigen brachte, rief Wagner in seinem Büro an und erweiterte die Liste der Einrichtungen, die er überprüfen sollte, um die Altenheime. Dann nickte sie Willsch zu, der fortfuhr: „Schwester Renate scheint die Aufsicht über die Rezepte zu haben. Zumindest habe ich ausschließlich ihre Unterschrift hinter den fortlaufenden Nummern gefunden. Sie heißt Bramkamp mit Nachnamen", sagte er mit einem Seitenblick zu Benno, der am Computer saß und sofort den Namen eintippte. „Und von einer Schwesternhelferin habe ich auch den Nachnamen: Yildirim. Songül Yildirim."

Benno nickte. „Wäre ein Blick in die Personalakten nicht einfacher?", fragte er.

„Frau Irmscher, die Heimleiterin, reagiert auf meine Ermittlungen wie der Teufel auf Weihwasser. ‚Die Personalakten sind tabu', sagte sie wortwörtlich." Willsch schüttelte den Kopf. „Selbst die Sekretärin ist da machtlos. Die Akten befinden sich in der Verwaltung. Und die Verwaltung handelt nur auf Anweisung von Frau Irmscher. Solange wir keine offiziellen Ermittlungen durchführen, bin ich auf ihr Wohlwollen angewiesen."

„Renate Bramkamp und Songül Yildirim haben saubere Westen", sagte Benno und schaute seine Chefin an. „Keine Einträge."

Verena nickte.

„Eine Sache war hochinteressant." Willsch griff in seine Jackentasche und entfaltete drei Fotokopien auf dem Tisch. Er schob die Blätter Verena zu und sagte: „Das sind Kopien der Todesbescheinigungen aus den drei Akten. Und was man auf den Kopien leider nicht mehr so gut erkennen kann: Ich bin mir fast sicher, sie sind manipuliert worden." Willsch deutete auf den Abschnitt zur Todesursache. „Es ist *natürliche Todesursache* angekreuzt. Auf den Originalen in den Akten auch. Aber ich habe den Verdacht, dass es keine Originale sind. Bei der zuletzt Verstorbenen, Emilie Pfister, kann man hier neben dem Kreuz eine hauchzarte Linie erkennen. Ein Originalformular hat nicht solche Verunreinigungen."

Verena schaute sich die Todesbescheinigungen von Emilie Pfister, Adolf Merkle und Sibylle Ahrweiler genau an. Willsch hatte recht. Bei Emilie Pfister konnte man eine feine Linie über dem Kreuz, das neben *natürliche Todesursache* gemacht wurde, erkennen.

„Das reicht aber nicht für eine offizielle Ermittlung. Es kann ja auch jemand mit seinem Bleistift aus Versehen an das Blatt gekommen sein. Oder beim Ankreuzen ist der Arzt mit dem Kuli ausgerutscht", murmelte sie. Sie drehte das Blatt um und suchte nach dem Stempel des Arztes, der die Bescheinigung ausgestellt hatte.

„Es gibt ihn seit kurzem nicht mehr", sagte Willsch. „Er hat, nachdem er über 15 Jahre für das Heim zuständig gewesen war, vor wenigen Wochen seine Praxis dichtgemacht und ist verzogen. Miss Moneypenny ... ähm, die Sekretärin will versuchen, ihn ausfindig zu machen." Willsch grinste verlegen. Täuschte sich Verena, oder errötete er tatsächlich gerade?

„Schaffen Sie es, bis um halb acht einen Bericht für Meininger fertig zu haben?" Verena schaute auf die Uhr. Es war zehn nach halb sieben.

„Klar", gab Willsch zurück, erhob sich und ging mit dem vollen Wasserglas in sein Büro.

Und während Benno im Internet nach Batrachotoxin suchte, schrieb Verena in ihr Notizheft:

Auch Frauen sind zu allem fähig. Die weibliche Gewalt
EMANZIPATION MIT DER BRATPFANNE
Männer als Täter? Frauen als Opfer? Über das Ende eines Klischees!

Der weibliche Erstschlag: Eine Studie besagt, dass 53 Prozent der Frauen in gewalttätigen Partnerschaften bei Streitigkeiten als Erste zuschlagen, jedoch nur 42 Prozent der Männer – und das sogar nach Aussagen der Frauen. Fünf andere Studien sind zu ähnlichen Ergebnissen gekommen, aber nicht öffentlich gemacht worden – wegen mangelnder „politischer Korrektheit", wie der Urheber ...

Endlich kam der Rückruf aus Radolfzell. Dankbar warf Verena den Bleistift beiseite und nahm ab. Sie nickte ein paar Mal, bedankte sich und legte auf.

„Bernadette war nicht da", sagte sie. „Wäre auch zu schön gewesen."

Sie stand auf, um ihr Glas nachzufüllen. „Die Kollegen haben als Vorwand angegeben, ein Nachbar habe sich über Ruhestörung beschwert, und da wollten sie nachsehen, woher der Lärm kam. Und ob sie die Einzigen im Haus wären. Gehringers, so heißen Frau Hildebrandts Eltern, hätten arglos gewirkt und gesagt, sie wären allein im Haus. Der Krach müsse woanders herkommen. Mehr geht im Moment nicht ohne Haftbefehl oder Durchsuchungsbeschluss. Und dafür reichen die Verdachtsmomente nicht aus. Für den zweiten Mord, von dem wir noch nicht mal wissen, ob es sich um dasselbe Gift handelt, hat sie kein Motiv. Und nur weil eine Verbindung zu Kolumbien besteht, muss sie nicht im Besitz dieses Giftes sein."

Verena griff zum Telefon und rief Meininger an. Wenig später legte sie zufrieden auf. „Wir haben grünes Licht. Wir fahnden nach ihr. Aber nicht als Verdächtige, sondern als Zeugin. Und morgen machen wir eine Spazierfahrt an den Bodensee. Ich will mir selbst ein Bild von den Eltern machen."

Benno, der die ganze Zeit über nicht den Blick vom Bildschirm genommen hatte, nickte. „Batrachotoxin ...", sagte er, „... gehört zu den wirksamsten Giften überhaupt!" Er legte seine Ausdrucke auf den Tisch. „Es ist nach Botulinustoxin – und alle, die meinen, ohne Mimik auskommen zu können, kennen das –", fügte er grinsend hinzu, „Palytoxin und Cobratoxin die viertgiftigste Substanz. Choco-Indianer, das sind Indianerstämme in Kolumbien, benutzen es zum Vergiften ihrer Pfeile. Wie sie das Gift der Amphibie abverlangen, will ich lieber nicht näher beschreiben. Nur so viel: Die Indianer sind alles andere als zimperlich, und für die Frösche geht die Sache meist nicht gut aus."

Ruben kroch aus seiner Tasche hervor. Mit aufgestellten Ohren rannte er zur Tür. Auch die heimische Fauna hatte ein drängendes Problem.

* * *

Mit einer Mappe in der Hand, die Willschs Bericht enthielt, stand Verena um Punkt halb acht vor Meiningers Bürotür. Dass er sie mit diesen Rapporten regelmäßig um den Feierabend brachte, schien ihm egal zu sein, dachte sie grimmig. Sie klopfte an und betrat auf sein knappes „Ja" hin das Zimmer.

„'n Abend, Chef", sagte sie und ging über den weichen Teppichboden auf den Besucherstuhl zu. Meininger nickte nur.

Als Verena Platz genommen hatte, begann sie ihren Bericht:

„Bei der Toten handelt es sich um Agnes Eisele. Eine Literaturagentin. Wohnhaft in Reutlingen. Aaraustraße. Sie wurde heute früh im Volkspark unter einer Weide gefunden, Todeszeitpunkt gestern Abend zwischen neun und elf. Genauer will sich Schmalhans noch nicht festlegen. Die Mordmerkmale sind identisch mit denen von Hildebrandt. Darüber hinaus gibt es keine Gemeinsamkeiten. Einzig mit Wiglaf Winter, dem Lyriker, hatten beide Mordopfer zu tun. Der Journalist eher weniger und Agnes Eisele als seine Agentin unmittelbar. Aber es fehlt ein echtes Motiv."

„Gibt es eine Verbindung zwischen der verschwundenen Ehefrau und der Agentin?"

„Nein. Für den Mord an ihrem Mann hätte sie zwar ein Motiv, für den an Agnes Eisele jedoch nicht. Nach dem, was wir bisher wissen, kannten sich die beiden nicht."

„Wie weit ist Schmalhans mit seinen Analysen?"

„Über das hinaus, was ich Ihnen vorhin am Telefon schon gesagt habe, gibt es nichts Neues. Wenn er bei der Eisele dasselbe Gift findet, dann muss man von ein und demselben Täter sprechen. Und als Einzige im Kreise unserer Verdächtigen hat die Hildebrandt eine Verbindung zu diesem Gift, weil sie in Kolumbien wohnt."

Meiniger nickte. „Wie wollen Sie weiter vorgehen?", fragte er. Er hatte sich zurückgelehnt und die Arme vor der Brust verschränkt.

„Wagner checkt im Moment sämtliche Einrichtungen und Institute, in denen das Gift beziehungsweise das Narkotikum, das ebenfalls in Hildebrandts Blut gefunden wurde, zu haben ist. Ich werde morgen mit Benno nach Radolfzell fahren und die Eltern der Hildebrandt befragen. Und Willsch ...", damit holte sie Willschs Bericht aus der Mappe und schob ihn Meininger zu, „... hat in Sachen Altenheim einen ersten Treffer gelandet."

28

„Oggi mi basta Fritole", sagte Verena, nachdem sie auf dem Barhocker Platz genommen hatte. „Und ein Glas Valpolicella."

„Ich habe heute Frutti di mare. Ganz frisch."

„Mimo, du weißt, dass ich nichts esse, was vorher die gleiche Luft geatmet hat wie ich."

„Signorina commissaria, ein Fisch atmet nicht ... direkt."

„Ihr Italiener mit euren ... Schlupflöchern. Fritole und Valpolicella, e io sono felice."

„Des isch gwiss, weil se dr ganze Dag mit Leicha zum do hot, die sollet net abends ao no auf'm Teller liega", sagte s'Leole.

„Dem oina sei Tod isch dem andra sei Brot", sagte dr Stufz.

Wenig später stand der Teller vor Verena auf dem Tresen.

„Commissaria", sagte Mimo. „Die Frau von gestern Abend. Du weißt, con occhio nero."

„Ja. Lisbeth."

„Sie ist vorhin mit Sauhond nach Hause gekommen. Mamma mia."

Mimo legte wie zum Gebet die Handinnenflächen aneinander.

„Was ist passiert?"

„Er war betrunken. Er hat gebrüllt und Lisbeth vor sich hergestoßen."

„Und was hat sie gemacht?"

„Ma niente!", rief Mimo empört.

„Sie müsste sich das nicht gefallen lassen", sagte Verena.

Sie nahm einen Schluck Valpolicella und spülte die letzten Fritole hinunter.

„Du als commissaria, kannst du nichts machen?"

„Lisbeth muss ihn anzeigen. Vorher kann ich nichts tun."

„Kannst du ihn nicht ein bisschen ... einschüchtern?"

„Du meinst, wie bei euch in Italien?" Verena lachte. „Lad mich auf einen Marsala ein. Dann geh ich nach oben. Ich bin müde."

„Per piacere." Mimo goss zwei Gläser voll.

Als Verena später im dritten Stock angelangt war, blieb sie vor Lisbeths Wohnungstür stehen und lauschte. Irgendwo im Haus lief ein Fernseher. Sonst hörte sie nichts. Sie überlegte, ob sie klingeln sollte.

Aber was dann? Was sollte sie sagen? „Hallo, wie geht's?" Oder: „Wollte nur mal sehen, was das Brillenhämatom macht." In dem Moment wurde die gegenüberliegende Wohnungstür geöffnet und ein Mann, den Verena noch nie gesehen hatte, kam heraus.

„'n Abend", sagte sie und ging nach oben.

Sie hörte ihr Telefon klingeln, schloss die Wohnungstür auf und nahm ab.

„Hallo Kind, stör ich?", hörte sie ihre Mutter sagen.

„Ich komm gerade nach Hause. Ist was passiert?"

„Kann man nicht auch telefonieren, ohne dass etwas passiert ist?"

Verena verdrehte die Augen.

Seit der Geschichte damals war ihr Verhältnis getrübt. Verena fehlte jegliches Verständnis dafür, dass sich ihre Mutter wieder mit ihrem Mann eingelassen hatte. Und jetzt, da er ein Pflegefall war, tat sie den ganzen Tag nichts anderes, als ihn zu pflegen.

„Wollte nur erzählen, dass er heute gelächelt hat. Meine ich jedenfalls. Die Mundwinkel haben gezuckt und leicht nach oben gezeigt."

„Hm."

„Außerdem hat er die rechte Hand etwas bewegt."

„Aha."

„Ich glaube, er wird wieder."

„Nach zweieinhalb Jahren?"

„Die Hoffnung stirbt zuletzt!"

Verena seufzte. „Meine Meinung kennst du", sagte sie.

„Fängst du schon wieder an!"

„Wärst du damals konsequent geblieben, hättest du jetzt ein anderes Leben. Er hat deine Aufopferung nicht verdient."

„Muss man als Polizistin so hartherzig sein?"

‚Muss man als Frau so bl...' Verena hielt inne. Ist ein Gedanke erst mal gedacht ... Und da war noch ein Rest von Respekt vor ihrer Mutter.

„Dass du ihn jetzt pflegen musst, ist ja nur die logische Konsequenz daraus, dass du ihn wieder zurückgenommen hast. Damit habe ich Probleme. Verstehst du?"

„Was ist schon ein Seitensprung? Das kommt in den besten Familien vor."

„Was er Viktoria angetan hat, zählt nicht?"*

* Unter Strom

„Ach was, Geschwätz. Viktoria hat das nie bestätigt. Und Vati auch nicht. Also, was willst du!“

Verena hatte sich inzwischen im Wohnzimmer auf ihren Sitzwürfel mit der bunten Oberseite gesetzt. Sie nahm die Fernbedienung und schaltete den Fernseher ein. Das *heute journal* begann gerade. Der Moderator und seine Flügeladjudantin, die nachher die Kurznachrichten würde verlesen dürfen, schauten bedeutungsvoll in die Kamera, während die Eingangsmelodie abgespielt wurde.

„Warum wohl hat er sie nie im Gefängnis besucht, als er noch gekonnt hätte?“, sagte Verena.

„Was glaubst du denn? Dass es einfach ist, wenn die eigene Tochter eine Mörderin ist? Was wir uns von den Nachbarn schon alles anhören mussten!“

Verena schwieg. Darauf gab es nichts zu sagen.

„Ich leg jetzt auf ... Ich muss noch arbeiten“, log sie und wartete auf eine Reaktion.

„Ich hab auch noch zu tun. Also ... Gut' Nacht.“

Dann wurde die Verbindung unterbrochen.

„Guten Abend“, begann der Nachrichtenmann seine Anmoderation, „Ein ereignisreicher Tag geht zu Ende ...“

„Das kann man wohl sagen“, sagte Verena und schaltete den Fernseher aus. Sie dachte an ihren ersten Besuch bei Viktoria, der schon einige Zeit zurücklag. Höchststrafe hatten sie ihr aufgebrummt.

Auf der Fahrt nach Stammheim hatte Verena sich so gut es ging, vorzubereiten versucht, hatte sich Worte zurechtgelegt, sie laut ausgesprochen:

„Hallo Viktoria. Wie geht's?“ Das war sicher eine der dümmsten Fragen, die man in so einer Lage stellen konnte.

„Ich verzeihe dir.“

„Ich bin für dich da.“

Hatte die Worte einer Prüfung unterzogen, mit dem Ergebnis, dass sie nicht sicher war, ob sie Viktoria verzeihen oder für sie da sein wollte. Da war ja immerhin die nicht zu vernachlässigende Tatsache, dass Viktoria ihr den Tod gewünscht hatte.

Wo war nur dieser abgrundtiefe Hass hergekommen? Und noch wichtiger: Wo war er hingegangen? Oder war er noch da?

Verena kam zu dem Schluss, dass es besser für sie war, nicht mehr so eng mit dem Schicksal ihrer Schwester verknüpft zu sein. Die Dinge waren nun mal, wie sie waren.

Nachdem die Sicherheitskontrollen erledigt waren, war Verena in den Besucherraum geführt worden. Er war leer. Verena setzte sich an den einzigen Tisch. Eine Tür öffnete sich und Viktoria kam herein. Verena stand auf – in der Erwartung, einer Frau gegenüberzutreten, die – wenn schon nicht um Verzeihung flehend (dafür kannte sie ihre Schwester zu gut) – doch wenigstens eine Spur Reue zeigte. Oder Schuldbewusstsein. Doch nichts von alledem.

„Hallo Schwester", sagte sie nur und setzte sich an den Tisch.

„Wie geht's dir?" Mist! Im selben Moment hätte sich Verena auf die Zunge beißen können.

„Besser für uns beide, wenn ich die Frage ignoriere." Viktoria lachte. Ihr ungeschminktes Gesicht verzog sich zu einer Fratze. Ihr Körper wirkte in der Gefängniskluft klein und zerbrechlich. Doch der Hass, den Verena so hautnah zu spüren bekommen hatte, war noch da. Wie Funken einer Wunderkerze sprühte er aus ihrem Antlitz.

„Was willst du? Dich an meiner Lage ergötzen?"

„Ich wollte ... nach dir sehen."

„Jetzt hast du mich gesehen."

Fieberhaft überlegte Verena, was sie sagen sollte. ‚Ich bin für dich da.', ‚Ich verzeihe dir.'

„Ich wollte nicht, dass es so weit kommt."

„Bullshit. Es ist so weit gekommen. Sonst noch was?"

Der Besuch war ein Reinfall. Für beide Seiten ohne Nutzen.

Monate später hatte Verena sich noch einmal für einen Besuch angemeldet. Doch Viktoria hatte abgelehnt.

29

Frau Wendt hatte sich heute wieder tot gestellt. Und Willsch war wieder darauf reingefallen und hatte vor Schreck das Wasserglas auf ihrem Nachttisch umgestoßen.

Mit der Begründung, er wolle seine Stunden so schnell wie möglich abarbeiten, hatte er sich heute, am Samstag, zum Dienst gemeldet.

„Wenn Sie es kapiert haben, Reiner, werd ich mir was Neues einfallen lassen müssen", sagte Frau Wendt mit einem schelmischen Grinsen, während Willsch die Scherben aufsammelte. „Ist Christoph nicht da?", fragte sie und hob ihren Arm, damit Willsch ihr aus dem Bett half.

„Nein. Er hat sich krankgemeldet", antwortete Willsch und zog ihr die Hausschuhe über die Füße.

„Schade. Ich würde gerne einmal wieder einen Spaziergang machen."

Willsch runzelte die Stirn. „Warum brauchen Sie Christoph dafür?"

„Sie haben doch alle diesen Bewegungsmelder in der Tasche, von dem wir Alten nichts wissen", sagte Frau Wendt.

„Wie haben Sie das rausgekriegt?" Willsch war ehrlich erstaunt.

„Junger Mann. Ich bin zwar alt, aber noch lange nicht verkalkt. Als ich diesen Chip an meiner Schuhsohle entdeckt hatte, hab ich mir so meine Gedanken gemacht. Und ein Probegang nach draußen hat meinen Verdacht bestätigt. Wie eine Gazelle kam Schwester Klara mit ihren langen, dünnen Beinen angelaufen, um mich wieder einzufangen. Da wusste ich Bescheid."

Willsch nickte schuldbewusst, obwohl die Sache ja nicht seine Idee gewesen war. „Wer weiß noch davon?"

„Alle, die noch gut zu Fuß und bei klarem Verstand sind. Wir wissen auch, dass unsere Zimmer abgehört werden. Sie tragen diese Babyfone mit sich herum." Mit zittriger Hand zeigte Frau Wendt auf Willschs Kitteltaschen. „Was glauben Sie, warum nicht schon längst ein Videorekorder in meinem Regal steht? Und bei dem werten Herrn Augsburger ein Plattenspieler?"

Willsch sah sie betreten an. Er fühlte sich ertappt.

„Aber was hat das jetzt mit Christoph zu tun?", fragte er.

„Sie wissen es nicht? Nun, dann sind meine Lippen versiegelt. Er soll meinetwegen keine Schwierigkeiten bekommen." Frau Wendt trippelte ins Bad und schloss die Tür hinter sich.

Willsch war fassungslos. War es möglich, dass *Kapitän Ahab* die Senioren nach draußen ließ? Und wie er ihn kannte, nicht aus Nächstenliebe, sondern gegen Bares? So wie er bei Ayse und Songül abkassierte, wenn sie zu spät zum Dienst kamen? Zorn stieg in ihm auf. Er würde bei nächster Gelegenheit mit ihm reden.

Da steckte Ayse ihren Kopf ins Zimmer. „Fertig?", fragte sie.

„Noch nicht ganz", gab Willsch zurück.

„Du bist zu langsam. Das geht nicht. Wir bekommen Ärger", sagte sie gereizt. Nun kam sie ganz herein und schaute sich um. „Wo ist die Alte?"

„Im Bad natürlich."

„Warum lässt du sie das allein machen? Das dauert doch viel zu lange."

„Wieso? In der Zeit kann ich zum Beispiel schon mal ihr Bett aufschütteln und frische Luft reinlassen." Wie zum Beweis ging Willsch ans Fenster und öffnete es.

Frau Wendt kam aus dem Bad. „Guten Morgen, Ayse. Da staunen Sie, was?", sagte sie stolz.

„Ich staune nicht. Ich bin stinksauer", sagte sie, und zu Willsch: „Drei Zimmer sind noch nicht gemacht. Das geht echt nicht!" Wütend stampfte sie hinaus. Willsch hörte sie ins Nachbarzimmer stürmen und „Guten Morgen, Zeit zum Aufstehen" rufen.

„Wie ist das eigentlich hier im Haus, wenn jemand stirbt?", fragte Willsch vorsichtig, während Frau Wendt vor dem Spiegel stand und mit ihren zittrigen Händen versuchte, Ohrclips anzulegen. Sie drehte ihren Kopf zu ihm herüber. „Wie meinen Sie das?"

„Na ja, schließlich ist es ein Altenheim. Ich meine, kriegen Sie es mit? Und ... wie geht man damit um?" Willsch fühlte sich nicht wohl, aber er musste fragen, um an Informationen zu kommen.

„Wie geht man damit um? Sie können fragen. Natürlich überlegt man sich, wann man selber wohl an der Reihe ist. Das ist doch klar! Und wenn jemand stirbt, der sonst jeden Tag im Speisesaal mit uns gegessen oder im Gemeinschaftsraum mit uns gespielt hat, bemerkt man sein Fehlen natürlich. Die Dementen, die nur noch im Bett liegen, sterben und sind weg. Von denen bekommt man ohnehin nicht mehr viel mit."

Entnervt warf sie die Ohrclips auf die Ablage unter dem Spiegel. Willsch trat hinter sie und legte ihr die Clips an. „Erfahren Sie auch etwas über die Todesursachen?“, fragte er.

„Wo denken Sie hin, Reiner? Aber in unserem Alter, woran stirbt man da schon?“

„Es wird doch sicher getuschelt, nicht?“

„Was führen Sie im Schilde?“ Frau Wendt suchte seinen Blick im Spiegel. „Oder denken Sie vielleicht, hier geht etwas nicht mit rechten Dingen zu?“ Sie hatte ihre Stimme gedämpft.

„Ach was. Ich möchte mir nur ein Bild machen. Das ist alles.“

„Wenn Sie's genau wissen wollen: Ich habe verfügt, dass ich in jedem Fall obduziert werde, wenn ich gestorben bin.“

„Sie trauen dem Pflegepersonal also nicht?“

„Schauen Sie sich doch um, was hier los ist. Das ist keine Pflege, die wir hier bekommen, das ist Abfertigung im Durchmarsch. Im Sekundentakt. Pro Zimmer sechs Minuten.“

„Haben Sie bestimmte Pfleger oder Schwestern im Verdacht?“

„Es ist kein bestimmter Verdacht. Ich sehe nur, was um mich herum geschieht. Und es würde mich nicht wundern, wenn der eine oder andere durchdreht und Dinge tut, die er sonst nie tun würde, wenn Sie mich verstehen.“

„Sicher. Der eine verkraftet den Stress besser, der andere nicht so gut. Schwester Renate beispielsweise ...“ Willsch hielt inne und hoffte, Frau Wendt würde den Faden aufnehmen. Er irrte sich nicht.

„Um Schwester Renate mache ich mir tatsächlich Sorgen“, gab sie zurück, während sie auf das Kopfende ihres Bettes zusteuerte, an das ihr Gehstock gelehnt war. „Sie sieht müde und abgespannt aus. Und trotzdem ist sie immer da, wenn man sie braucht. Sie versucht, es allen recht zu machen.“

„Ein guter Nährboden für eine Verzweiflungstat?“

„Dafür liebt sie die Menschen zu sehr. Nein, Reiner. Schlagen Sie sich das mal aus dem Kopf.“

Mit kleinen, unsicheren Schritten ging sie zur Tür und sagte im Hinausgehen: „Da haben andere mehr kriminelle Energie.“

* * *

Das zornige Augenpaar von Frau Irmscher, der er jetzt an ihrem Schreibtisch gegenübersaß, war auf ihn gerichtet, während Willsch noch über Frau Wendts letzten Satz nachdachte.

Willsch hatte gerade im Aufzug gestanden, um aus dem Keller neue Klopapier- und Windelpakete zu holen, als ihn der Anruf *Miss Moneypennys* erreicht hatte. „Die Chefin will Sie sehen."

„Ihre oder meine?", hatte er grinsend gefragt.

„Meine. Jetzt gleich!"

„Habe ich nicht deutlich gemacht, was wir von Ihnen erwarten?", sagte Frau Irmscher. Noch bevor Willsch etwas entgegnen konnte, öffnete sich hinter seinem Rücken die Tür und die Sekretärin kam herein. Sie stellte eine Tasse dampfenden Kaffees vor ihre Chefin auf den Tisch. Beim Hinausgehen waren sich ihre Blicke begegnet. Frech hatte sie ihm zugezwinkert.

„Was ich über Sie hören muss, gefällt mir ganz und gar nicht", fuhr die Heimleiterin fort. „Sie halten sich nicht an die Vorschriften, bringen den Ablauf durcheinander. Sie sprechen zu lange mit den Insassen, die überdies machen können, was sie wollen." Ungehalten schüttelte sie den Kopf. „Gestern war Ayse krank, heute fehlt ein Pfleger. Da können wir keine Plauderstündchen abhalten."

‚Wir?', dachte Willsch und verkniff sich ein Grinsen.

„Ich bin nicht zur Entlastung der Pflegekräfte hier, sondern weil ich *meine* Arbeit tun muss", sagte er.

„Sie sind überhaupt nur hier, weil ich es Ihnen erlaubt habe", entgegnete Frau Irmscher erregt. „Und meine Bedingungen waren klar: absolute Integration in den Pflegeablauf! Keine Extravaganzen!"

„Ich bin hier, weil es einen Verdacht gibt. Und Sie haben zugestimmt, weil Sie hoffen, damit offizielle Ermittlungen zu vermeiden." Willsch hielt ihrem Blick stand, der wie ein Laserstrahl auf sein Gesicht gerichtet war.

„Die 2A ist da anderer Meinung. Dort kennt ja niemand Ihre wahre Identität. Man erwartet echte Hilfe von Ihnen. Und diese Erwartung enttäuschen Sie. Nach zwei Tagen schon."

„Ich tue, was ich kann. Aber zwischendurch muss ich auch ermitteln. Und außerdem ...", Willsch stockte, fuhr dann aber fort, „... ein bisschen mehr Zuwendung tut den alten Leuten gut. Ich sehe doch, wie hektisch ..."

„Dafür haben wir keine Zeit", unterbrach ihn Frau Irmscher barsch. „Alle haben sich in den Ablauf einzufügen. Auch die Insassen. Versuchen Sie nur nicht, ihnen Flausen in den Kopf zu setzen, das haben schon ganz andere ..." Abrupt hielt sie inne. Für Sekundenbruchteile weiteten sich ihre Augen, während derer sie Willschs Reaktion vor allem auf das nicht Gesagte abzuschätzen schien.

‚Genau so hab ich dich eingeschätzt', dachte er und machte ein gleichgültiges Gesicht.

Ohne die gestreckte Haltung ihres Oberkörpers aufzugeben, lehnte Frau Irmscher sich zurück, prüfte mit der einen Hand ihre Frisur, die tadellos saß, und legte sie zu der anderen auf den Tisch.

„Haben Sie denn schon ... etwas gefunden?", fragte sie jetzt.

Täuschte er sich? Oder hatte da etwa die Andeutung eines Lächelns ihre Mundwinkel gestreift?

„Leider kann ich nicht mit Ihnen über meine Ermittlungsarbeit sprechen", gab er zurück.

Und als ob ihm nach einer angeregten Plauderei plötzlich die Zeit wieder einfallen würde, schaute er auf seine Armbanduhr. „Ich muss gehen", sagte er. „Windeln aus dem Keller holen. Sonst ... Sie wissen schon."

Er stand auf, warf ihr noch einen verschwörerischen Blick zu und verschwand durch die Tür.

30

„Schöner ist es, wenn wir über die Alb fahren, Gammertingen, Sigmaringen, Messkirch", sagte Benno, der mit der Straßenkarte auf dem Schoß auf dem Beifahrersitz saß.

„Ruben verträgt Kurven nicht. Sinnlos, auch nur daran zu denken. Und für den alten Käfer ist die Autobahn auch besser. Also: Tübingen, Rottenburg, Seebronn, A 81 Richtung Singen", gab Verena zurück, legte den Gang ein und fuhr los.

„Wir könnten einen Dienstwagen haben. Mit Navi. Und Klimaanlage!", sagte Benno. Noch war es kühl im Wageninneren. Doch bald schon würde die Hitze unerträglich werden und das Gebläse zum Umluftbackofen. Von Abkühlung keine Spur.

„Was können uns Bernadette Hildebrandts Eltern erzählen, was wir nicht schon wissen?", fragte Benno, als sie gerade die Wurmlinger Kapelle passierten, die wie ein schneeweißer Sahneklecks auf dem Kapellenberg saß.

„Wenn wir ihnen begreiflich machen können, dass wir ihre Tochter als Zeugin suchen, nicht als Verdächtige, ziehen wir sie vielleicht auf unsere Seite. Es ist wichtig, dass wir ihnen das Gefühl geben, ihrer Tochter nicht schaden zu wollen. Was macht Ruben?"

Benno drehte den Kopf nach hinten. „Schläft. Oder tut zumindest so."

Das Knattern des Motors, das lärmende Gebläse sowie eine bleierne Hitze vereitelten während der nächsten zweieinhalb Stunden Autobahnfahrt jede Art von Unterhaltung.

Dann nahm Verena die Ausfahrt Richtung Radolfzell.

„Jetzt musst du übernehmen", sagte sie.

Benno nahm die Straßenkarte und lotste seine Chefin über die B 33/34 nach Radolfzell. Ruben, der die Tempoänderung bemerkt hatte, sprang in seine Tasche – in der Erwartung, gleich aus diesem schaukelnden Ding befreit zu werden.

Sie durchfuhren Radolfzell Richtung Mettnau. Hier wurde es entschieden ländlicher. Die Häuser in dieser Gegend waren meist klein und unauffällig. Sie befanden sich auf großen Parzellen mit reichlich Baumbestand. Hier und da standen Limousinen in breiten Einfahrten, als meinten die Bewohner, sie müssten ihren Nachbarn etwas beweisen. Verena kurvte durch die Straßen auf der Suche nach dem richtigen Haus. Dann parkten sie vor dem Anwesen der Familie Gehringer. Sie gingen durch das offen stehende Gartentor auf das Haus zu. Ein paar Obstbäume waren über den Garten verteilt, der in tadellosem Zustand war.

„Warum haben Sie sich nicht angekündigt?", fragte Frau Gehringer, nachdem Verena sich und Benno vorgestellt hatte. Sie trug Leggings, ein weites, ärmelloses Shirt und Gummihandschuhe. In ihrem Gesicht waren Spuren von Erde und Gras. „Kriminalpolizei aus Reutlingen, sagen Sie?"

„Wir haben nur ein paar Fragen", sagte Verena beschwichtigend.

Frau Gehringer zeigte auf eine gusseiserne Sitzgruppe unter einem Apfelbaum und ging voraus.

„Wissen Sie, was Ihrem Schwiegersohn zugestoßen ist?", begann Verena, als sie saßen.

„Klaas? Nein. Was ist mit ihm passiert?"

„Er ist ermordet worden", sagte Verena vorsichtig. Sie beobachtete die Frau genau. Nach einem kurzen Moment des Entsetzens hatte sie sich schnell wieder gefasst. „Haben Sie den Mörder schon?", fragte sie.

„Nein. Noch nicht, Frau Gehringer. Aber ... können Sie uns sagen, wo sich Ihre Tochter im Moment aufhält?"

„Was hat Bernadette damit zu tun?" Frau Gehringer war empört. „Sie wollen doch nicht meine Tochter da hineinziehen?"

„Wir wissen, dass sie sechs Tage vor dem Mord nach Deutschland geflogen ist. Allein. Hat sie bei Ihnen gewohnt?"

Jetzt war die Frau ehrlich überrascht.

„Ich wusste nicht, dass sie in Deutschland ist. Und den Jungen? Hat sie ihn mitgebracht?"

„Laut Passagierliste nicht."

„Und jetzt glauben Sie allen Ernstes, dass meine Tochter mit dieser Sache etwas zu tun hat? Als ob sie nicht schon genug mitgemacht hätte mit diesem ...", sie suchte nach Worten, „... erbärmlichen Menschen."

„Wir wissen, dass sie nicht gut auf ihn zu sprechen war. Wir haben Briefe gefunden."

„Wundert Sie das? Nach allem, was sie ..." Die Frau stockte. Sie schien zu bemerken, in welche Richtung das Gespräch ging.

„Ist meine Tochter etwa verdächtig?"

„Beruhigen Sie sich. Wir brauchen sie als Zeugin. Sie ist eine knappe Woche vor Klaas' Tod in Deutschland eingereist. Ihre Spur verliert sich in Reutlingen. Sie muss Kontakt mit Klaas aufgenommen haben. Sie kann uns vielleicht weiterhelfen."

Schwer zu sagen, was Frau Gehringer mehr getroffen haben mag: die Tatsache, dass ihre Tochter in einen Mordfall verwickelt sein könnte oder dass sie mittlerweile fast zwei Wochen in Deutschland war, ohne sich bei ihrer Mutter gemeldet zu haben. Jedenfalls schien Frau Gehringer beschlossen zu haben, nichts mehr zu sagen. Schmallippig saß sie auf ihrem Stuhl und kratzte eingetrocknete Erde von den Händen.

„Wann haben Sie Ihre Tochter zum letzten Mal gesehen?"

„Schon eine Weile nicht."

„Wie lange?"

„Zu lange."

„Ich will Ihnen gestehen, Frau Gehringer, dass wir mit unseren Ermittlungen im Moment auf der Stelle treten. Wir setzen große Hoffnungen in Ihre Tochter. Sie könnte wichtige Hinweise geben."

Verena hatte mit eindringlicher Stimme gesprochen.

„Im letzten Frühjahr war ich in Medellin. Seither haben wir uns nicht mehr gesehen. Das ist alles."

„Telefonieren Sie regelmäßig?"

„Natürlich."

„Wann zuletzt?"

„Zugegeben ... schon etwas länger nicht. Vor ein paar Wochen."

„Hat sie erwähnt, dass sie in nächster Zeit nach Deutschland kommen wollte?"

„Mit keiner Silbe."

„Haben Sie über Klaas gesprochen?"

„Nein. Sie hat sich für das Geld bedankt, das wir ihr geschickt haben. Wir greifen ihr manchmal unter die Arme. Sie bittet uns nicht darum. Wir tun es einfach."

Verena hatte eine Idee.

„Dürfte ich kurz Ihre Toilette benutzen?", fragte sie. „Nach der langen Fahrt ..."

„Natürlich." Frau Gehringer zeigte auf die offen stehende Terrassentür. „Gehen Sie durchs Wohnzimmer in den Flur, dann rechts." Sie wollte gerade aufstehen, doch Verena war schneller: „Machen Sie sich keine Mühe. Ich komme schon zurecht", sagte sie und war schon Richtung Haus unterwegs. Sie durchquerte den Garten und betrat über die Terrasse das Wohnzimmer, in dem eine rustikale Sitzgruppe aus dunklem Holz und braunem Leder dominierte. An den Wänden hingen Makramee-Arbeiten. Gehäkelte Spitzendeckchen lagen über den Sessellehnen. Auf dem Wohnzimmertisch stand ein Korb mit verschiedenfarbigen Wollknäueln, in denen lange Stricknadeln staken. Durch eine großzügig bemessene Durchreiche konnte Verena in die Küche sehen, die tadellos aufgeräumt war. Verena ging in den Flur und sah sich um. Mit einem Blick in den Garten versicherte sie sich, dass Benno die Frau in ein Gespräch verwickelt hatte. Verena ging über eine Treppe in die erste Etage. Hier gab es zwei Türen links und eine rechts. Verena öffnete die rechte. Es war das Badezimmer. Sie ging hinein. Über der Duschkabine hing ein Handtuch, am Waschbecken standen Rasierzeug und zwei Zahnputzbecher mit Bürsten. Nichts deutete darauf hin, dass neben dem Ehepaar noch jemand hier wohnte. Verena ging zurück in den Flur und beschloss, auch die anderen Räume zu inspizieren. Das vordere der beiden links gelegenen Zimmer diente offensichtlich als Arbeitszimmer. Neben einem Schreibtisch, auf dem sich ein Monitor und eine Tastatur befanden, waren spärlich bestückte Bücherregale und ein Kleiderschrank das einzige Mobiliar. Ein kurzer Blick in den angrenzenden Raum bestätigte Verenas Vermutung, dass es sich um das Schlafzimmer des Ehepaares handelte. Das Doppelbett, auf dem sich unter einer gehäkelten Tagesdecke bauchig die Bettdecken emporwölbten, stand unter dem Fenster. Die Rollläden waren heruntergelassen, es war kühl im Raum. Es roch nach Rosenblüten und ungelüfteter Kleidung. Verena ging wieder hinunter, und gerade als sie im Begriff war, die Kellertür zu öffnen, kam ihr Frau Gehringer entgegen. Benno hinter ihr – mit Ruben auf dem Arm.

„Kommen Sie zurecht?", fragte die Frau mit gereiztem Unterton.

„Danke. Wir wollen Sie auch nicht länger belästigen. Wenn Ihnen noch etwas einfällt oder wenn Ihre Tochter sich bei Ihnen meldet ...", Verena nahm eine Visitenkarte aus ihrer Tasche, „... rufen Sie uns bitte an."

Wortlos nahm Frau Gehringer die Karte und legte sie auf den Kaminsims.

„Wenn ich Sie jetzt bitten dürfte", sagte sie und zeigte auf die Haustür.

Wieder im Auto, fuhr Verena ein paar Meter bis zu einem Baum, dessen Äste aus einem Garten weit über den Gehweg hinausragten und für Schatten sorgten. Sie hielt an, stieg aus und holte zwei Näpfe hinter dem Fahrersitz hervor, die sie auf den Gehweg stellte und den einen mit Katzenfutter und den anderen mit Wasser füllte. Ruben fraß und trank gierig.

Dann setzte sie sich neben Benno auf einen Mauervorsprung. Sie spürte die Wärme des Steins durch den Stoff ihrer Hose.

Bis auf das Gezwitscher der Vögel und ein Kind, das irgendwo am Ende der Straße ein Lied sang, war es still.

„Wer hier wohnt, hat es geschafft“, sagte Benno. „Gehringers Garten grenzt direkt an den See. Traumlage. War sicher nicht billig. Was halten Sie von der Frau?“

„Die Frage ist, was sie uns nicht gesagt hat. Obwohl ich ihr abnehme, dass sie von der Einreise ihrer Tochter nichts gewusst hat. Ich fürchte, wir konnten sie nicht restlos davon überzeugen, dass wir Bernadette lediglich als Zeugin suchen.“

„Während Sie im Haus waren, hat sie mir in aller Seelenruhe den Garten gezeigt.“

„Konntest du etwas aus ihr herauskriegen?“

„Allerdings. Ich kenne jetzt holzige und krautige Blütenpflanzen und könnte aus dem Stegreif den Unterschied zwischen Schachtelhalm und Bärlapp hersagen. Und bei Ihnen?“

„Keine Spur einer dritten Person im Haus. Für das Dachgeschoss und den Keller blieb mir keine Zeit mehr. Aber das Kinderzimmer scheint aufgelöst zu sein.“

„Wäre zumindest nicht ungewöhnlich.“

„Du wirst es nicht glauben. So manches Kinderzimmer existiert noch Jahrzehnte nach dem Auszug der lieben Kleinen.“

Verena dachte an ihr eigenes, das jetzt ein Bügelzimmer war, aber noch das gleiche Mobiliar enthielt wie vor 30 Jahren.

„Das Haus muss observiert werden“, sagte sie.

Benno nickte und holte sein Handy aus der Brusttasche seines Hemds, das trotz der langen Autofahrt und der herrschenden Hitze in einwandfreiem Zustand war.

‚Wie schafft er es immer wieder, so völlig knitterfrei auszusehen?‘ Verena stellte sich den dampfenden Torso eines Bügelautomaten vor, aus dem aus unzähligen Düsen auf Knopfdruck heißer Dampf austrat und so die darüberhängenden Wäschestücke glatt dämpfte. Vielleicht trug Benno so einen Mechanismus in sich, den er heimlich mehrmals täglich auslöste. Wenn er allein war. Auf dem Klo zum Beispiel.

„Wo ist Ruben?“, fragte Benno plötzlich.

„Gute Frage.“ Verena schaute sich um.

Sie gingen ein Stück die Straße entlang, bis sie ihn breitbeinig und mit gekrümmtem Rücken auf Gehringers Rasen entdeckten. Ohne die geringste Spur von Schuldbewusstsein in seinem kleinen Hundegesicht schaute er zu ihnen herüber.

31

Klara Pfaff hatte allen Grund zur Beunruhigung. Waren vor wenigen Augenblicken erst zwei Herren in dunklen Anzügen und Aktentaschen in Wiglafs Wohnung verschwunden, so konnte sie jetzt durch ein geöffnetes Fenster beobachten, wie sie zu zweit auf Wiglaf einredeten.

Der Größere, der der Vorgesetzte des anderen zu sein schien, weil er das Wort führte und auf eine Art auf seinen Kollegen herabsah, die keine andere Deutung zuließ, legte eine Hand auf Wiglafs Schulter.

Sie drückte auf REC.

„Ich bin da! Wer immer diese Männer sind. Ich steh dir bei. Hab nur Mut."

Sie drückte auf STOP.

Wiglaf ging ein paar Schritte zurück und verschwand aus Klaras Blickfeld. Die Männer schauten sich an, dann verschwand der Vorgesetzte ebenfalls aus Klaras Fokus. Reglos wie ein Zinnsoldat rührte sich der andere nicht vom Fleck. Nach einer Weile tauchte Wiglaf wieder auf. Seine Frisur war jetzt in Unordnung. Mit beiden Händen fuhr er sich immer wieder durch das Haar. Der Vorgesetzte sprach mit Wiglaf, woraufhin der mit empörter Geste etwas von sich zu weisen schien. Nun ging der Kleinere mit ausgestrecktem Arm auf Wiglaf zu. Wiglaf wiederum machte einen Schritt zur Seite und zeigte mit einer energischen Armbewegung zur Tür. Scheinbar unbeeindruckt holte der Vorgesetzte eine Mappe aus seinem Aktenkoffer, entnahm ihr ein Schriftstück und hielt es Wiglaf unter die Nase. Der nahm es, um es im nächsten Moment ungelesen zu zerknüllen und in hohem Bogen durch das offene Fenster zu werfen. Noch ein paar Meter weiter, und der Papierball wäre auf Klaras Autodach gelandet. Wiglaf setzte sich, und Klara sah nur noch seinen unaufgeräumten Scheitel. Währenddessen tauchte der Kleinere im Garten auf, sah zum Fenster hoch, rekonstruierte die Fluglinie des Papiergeschosses und hob es vom Gehweg auf. Dann verschwand er wieder im Haus.

Als Wiglaf das Fenster zumachte, konnte Klara nichts mehr erkennen.

Sie lehnte sich zurück und schloss die Augen.

Sie drückte auf REC.

„Uns ging das Geld aus, weißt du noch? Es wurde ganz schön knapp. Mein Haus war beliehen. Und wie soll man von nur einem Gehalt vernünftig leben?

Im Nachhinein kann ich es dir nicht mal verübeln, dass du dich zurückgezogen hast. Bist öfters über Nacht weggeblieben. Es war eine schwere Zeit für mich. Und ja doch, auch für dich. Ich wollte nicht, dass es mit uns zu Ende geht. Doch du bist mir förmlich ... durch die Finger geglitten wie ... wie Wasser, das aus einem Weidenkorb rinnt. Genau so. Ich war machtlos. Und eines Tages, Wiglaf, ...“

Sie drückte auf STOP.

Mit versteinerter Miene fixierte sie einen Punkt am Lenkrad. Eine Träne lief über ihre Wange und landete schließlich auf ihrer Hose. Klara nahm ein Taschentuch aus dem Handschuhfach und wischte ihr Gesicht trocken.

Sie drückte auf REC.

„Mir ist, als ob es gestern gewesen wäre. Aber wie soll man ruhig bleiben, wenn das Liebste, was man hat, plötzlich mit dem Koffer in der Hand unter der Haustüre steht und von einer Muse faselt. Einer Muse, die ihm auf wundersame Weise begegnet ist. Von Schicksal. Von Fügung. Und dass er zu ihr muss. Wie soll man da nicht am Boden zerstört sein, zertreten, vernichtet ...“

Sie drückte auf STOP.

Sie legte die Stirn an das Lenkrad. Ihre Lippen vibrierten. Die Augen zu schmalen Sehschlitzen verengt und ganz auf sich konzentriert, kämpfte sie gegen die Tränen. Dann war es vorbei. Sie hob den Kopf und atmete tief ein.

Endlich verließen die Männer das Haus. Sie gingen zu einer Limousine, die einige Meter vor Klaras Wagen am Straßenrand stand, stiegen ein und fuhren davon.

Sie drückte auf REC.

„Egal, was das eben war. Es ist nicht gut für dich ausgegangen! Ich spür es ...“

Sie drückte auf STOP.

Mit den Fingern trommelte sie auf das Lenkrad und ließ das Fenster nicht aus den Augen. Ohne Frage war er in einer Notlage. Und im Bewältigen von schwierigen oder ausweglosen Situationen hatte er sich noch nie als Held erwiesen. Das wusste sie nur zu gut.

Sie drückte auf REC.

„Mal angenommen, die beiden Pinguine waren von der Bank. Nur mal angenommen. Und sie haben dir gerade gesagt, dass du, jetzt wo die Stümperin tot ist, aus ihrem Haus ausziehen musst. In dieser Verfassung, wie reagierst du, wenn ich plötzlich vor der Tür stehe? Hm? Ich kenne dich. Du bist froh, dass jemand deine Not erkennt. Und dir beisteht. Nicht?“

Sie drückte auf STOP.

Die Richtung, in die ihre Gedanken gingen, fanden weitere Unterstützung, indem Wiglaf mit versteinerter Miene am Fenster auftauchte und wie paralysiert ins Leere starrte.

Kurz entschlossen stieg sie aus. Sie ging durch den Garten und ließ das Fenster nicht aus den Augen. Doch er schien sie gar nicht zu bemerken.

Sie klingelte. Augenblicke später öffnete sich die Haustür mit einem Ruck, ein Papierknäuel schoss heraus und traf Klara am Auge.

„Das hier haben Sie vergessen!“, rief Wiglaf wutentbrannt.

Da erkannte er seinen Irrtum. Erschrocken hielt er inne.

Klara hob das Knäuel auf und behielt es in der Hand.

Sie standen sich in der offenen Haustüre gegenüber. Da Klara um einiges größer war als Wiglaf, schaute sie auf ihn herab.

Erst allmählich schien er zu realisieren, wen er vor sich hatte. Der Ärger, der eben noch seine Gesichtszüge entstellt hatte, verschwand und machte ungläubigem Staunen Platz.

„Was machst du hier?“

„Purer Zufall. War gerade in der Gegend. Da hinten ...“, sie zeigte in eine unbestimmte Richtung, „... wohnt eine Freundin. Und gerade hab ich die beiden Pinguine aus dem Haus kommen sehen und dich oben am Fenster ... ziemlich verzweifelt. Da dachte ich mir, ich schau mal rein ...“

Deutlich konnte Klara erkennen, wie er zwischen Ungläubigkeit, verletztem Stolz und Argwohn schwankte.

„Komm rein. Aber nicht lange, meine Freundin ... kommt bald nach Hause“, sagte er schließlich. Sie gingen nach oben.

„So ein Zufall, dass du gerade jetzt auftauchst! Kann ich dir etwas ... Sprudel, Tee ...?“

„Mach dir keine Mühe. Was meinst du mit ‚gerade jetzt‘?“ Sie wollte zur Sache kommen und Beatrice auf keinen Fall begegnen.

„Ach nichts ... Eine dumme Sache.“

Er schien unschlüssig zu sein, ob er Klara ins Vertrauen ziehen sollte. Er entschied sich dafür. „Woher sollte ich auch wissen, dass das Haus der Bank gehört. Agnes hat nie etwas gesagt“, schloss er wütend.

„Das hier?“ Klara legte den Papierball auf den Tisch.

Wiglaf nickte. „In zwei Wochen muss die Wohnung geräumt sein.“

„Gibt es keinen Mietvertrag?“

„Dummerweise nicht. Nein.“

Klara nickte.

Sie durfte jetzt keinen Fehler machen. Nicht zu schnell vorpreschen. Immer schön langsam.

„Was hast du vor?“

„Wenn ich das wüsste. Gut möglich, dass wir Beatrices Eltern um Hilfe bitten müssen ...“

Man sah ihm an, wie er litt. „Beatrice ist ... meine ... Lebensgefährtin“, fügte er etwas verlegen an.

„Ich ...“ weiß, hätte Klara fast gesagt und konnte sich gerade noch zurückhalten. „Ich ... hab's mir fast gedacht.“

„Ihre Eltern werden nicht begeistert sein.“

„Hm.“

Ohne Beatrices Eltern zu kennen, war Klara davon überzeugt, dass sie mit Wiglaf als möglichen Schwiegersohn alles andere als glücklich waren.

„Keine einfache Situation ... für dich“, sagte sie.

Für einen kurzen Moment blitzte so etwas wie Stolz in seinen Augen auf. Doch dann sank er wieder in sich zusammen. „Eine andere Lösung wäre mir auch lieber.“

„Kein ungestörtes Schreiben mehr. Und dazu noch die unzufriedene Verwandtschaft, die einem die Ruhe raubt!“

„Ich darf gar nicht daran denken!“

„Man müsste eine Lösung finden, die dich ... euch ... erst einmal zur Ruhe kommen lässt.“

„Woher nehmen?“ Er seufzte.

„Eventuell könnte ich helfen“, sagte sie wie beiläufig. „Wie du ja noch weißt, habe ich genug Platz in meinem Haus. Natürlich nur vorübergehend!“

Betont lässig und doch aufs Äußerste angespannt, saß sie ihm gegenüber. Was, wenn er ablehnt? Oder wütend wird? Sie hinausschmeißt? Dann war alles umsonst. So weit darf es nicht kommen. Ihr Herz klopfte bis zum Hals.

„Ich weiß nicht recht ...“, sagte er schließlich.

„Das Angebot gilt natürlich für euch beide!“

‚Sag endlich ja! Vergiss deinen Stolz!‘

„Du *musst* schreiben!“, fuhr sie fort, „Du bist es deinem Talent, deinem Genie schuldig!“

Sie beugte sich nach vorne. „Wer weiß das besser als ich?“

Sein Körper straffte sich, als er endlich sagte: „Aber ich zahle Miete!“

Klara atmete aus. ‚Endlich!‘

„Natürlich", sagte sie mit unbewegter Miene.

„Da ... wäre noch die Sache mit der Bank ... Es gibt Mietrückstände ... Bekommst du alles zurück!"

„Nicht so wichtig."

„Aber ... kannst du denn ... hast du wieder ...?"

„Mach dir keine Sorgen!"

„Na dann."

Mit einem Gesichtsausdruck, als habe ihn die Nachricht einer unerwarteten Erbschaft erreicht, lehnte Wiglaf sich zurück.

Sie schwiegen eine Weile.

„Ich glaube, es ist besser, wenn ich erst einmal alleine ..." Er schaute auf die Uhr. „Beatrice müsste jeden Moment ..."

„Schon gut." Klara legte ihre Visitenkarte auf den Tisch. „Ruf an, wenn ihr so weit seid."

Als sie wieder im Auto saß und den Zündschlüssel ins Schloss steckte, sang sie leise vor sich hin: *„Er gehört zu mir, wie mein Name an der Tür."*

In diesem Moment entdeckte sie Beatrice, die mit federnden Schritten den Garten durchquerte und auf das Haus zuging. Ihr Haar und der federleichte Stoff ihres Kleides flatterten im Wind.

Klara sah ihr nach.

‚Flieg nur, schöner Schmetterling. Solange die Sonne noch scheint. Der nächste Regenschauer kommt bestimmt.'

Sie startete den Motor.

32

„Nicht genug, dass er an einer der Zwergkiefern sein Bein gehoben hat!"

Bennos Blick ging zu Verenas Tasche, die an ihrem Stuhl hing. Von Ruben war bis auf die Ohrspitzen, die leicht vibrierten, nichts zu sehen.

„Nein! Er musste auch noch die Minze ausgraben. Und weiß der Teufel, was er unter den Schwertlilien vermutet hat."

„Selten habe ich jemanden so wütend gesehen wie Frau Gehringer, als sie mit ihrer Heckenschere fuchtelnd auf uns zugerannt kam und dann auch noch in Rubens Häufchen getreten ist. Dass Benno sich in dem Moment mit seinem Dienstausweis Luft zugefächert hat, hat uns vermutlich das Leben gerettet."

Verena grinste.

„Dann lassen Sie ihn halt zu Hause, wenn er sich nicht benehmen kann", sagte Meininger, um das Thema zu beenden.

Sofort verschwanden Rubens Ohrspitzen in der Tasche.

Meiningers Handy klingelte. Er nahm das Gespräch an, zu dem er nicht mehr als ein kurz angebundenes „Ja" beitrug, und verließ grußlos den Besprechungsraum. Verena sah ihm nach, bis er die Tür hinter sich geschlossen hatte. Dann streifte ihr Blick die Uhr, die über der Tür hing und einer Bahnhofsuhr glich. Es war viertel vier. Konnte man von einem Leiter der Mordkommission nicht etwas mehr Solidarität mit seiner Truppe erwarten, die gerade dabei war, sich den Samstag um die Ohren zu schlagen?

„Machen wir weiter", sagte sie, um das Schweigen zu beenden. Während Wagner ein Blatt Papier zu einem Fächer faltete, flogen Bennos Finger über die Tastatur.

„Bei der Befragung war Frau Gehringer die Ruhe selbst", fuhr Verena fort. „Keine Spur von Nervosität. Hier hätte ich eher Gefühlsausbrüche erwartet – und sogar verstanden", sagte sie, während sie eine Katzenfutterdose aus der Tasche nahm und sie geöffnet unter ihren Stuhl stellte. Ruben war – jetzt, da nicht mehr von ihm die Rede war – aus der Tasche gesprungen.

„In keinem der Zimmer gab es Hinweise auf Bernadette. Nicht die Spur einer dritten Person. Wenn man bedenkt, dass wir unangemeldet gekommen sind, muss man Frau Gehringer wohl glauben, dass ihre Tochter zumindest zurzeit nicht bei ihr wohnt. Aber dass sie mit ihrer Tochter schon monatelang nicht mehr telefoniert haben will, nehme ich ihr nicht ab. Sei's drum, wir müssen Bernadette finden. Und deshalb schlage ich vor, an die Öffentlichkeit zu gehen. Einen Fahndungsaufruf im Radio, Fernsehen, Internet. Wichtig ist: Wir suchen sie als Zeugin. Auf keinen Fall soll sie durch die Fahndung aufgeschreckt werden. Sonst verlieren wir sie."

„Wenn sie nicht ohnehin schon wieder in Kolumbien ist", sagte Wagner. „Allerdings taucht sie bisher auf keiner Passagierliste auf. Ich kontrolliere sie jeden Tag", ergänzte er rotgesichtig. Die Abendsonne sorgte wieder für hohe Temperaturen. „Eigentlich müsste sie noch im Lande sein. Oder sie ist unter falschem Namen ausgereist."

„Ist ihr so viel kriminelle Energie zuzutrauen? Ihr Vorstrafenregister jedenfalls ist leer, nicht?" Verena sah zu Benno hinüber, der gerade eine E-Mail öffnete.

„Stimmt, Chefin", sagte er. „Aber was haben wir denn da?" Er druckte den Bericht von Schmalhans aus und schob ihn zu Verena hinüber. „Bei Agnes Eisele dasselbe Narkotikum. Und dasselbe Gift", sagte er.

„Dann haben wir also zwei Tote mit identischem Tatmuster und ohne irgendeine gottverdammte Verbindung zueinander." Verena fuhr sich mit den Händen durch das Haar. „Wenigstens brauchen wir nur *einen* Mörder zu suchen."

„Batrachotoxin kommt hauptsächlich in Kolumbien vor. Klaas Hildebrandts Verbindung nach dorthin ist seine Frau. Sind die eigentlich geschieden, Wagner?"

„Keine Ahnung", antwortete der schulterzuckend. „Der gleiche Nachname muss nichts heißen. Ich krieg das raus."

Ruben kam unter dem Stuhl hervor. Er wollte zur Förderung seiner Verdauung massiert werden. Verena setzte ihn auf ihren Schoß und rieb seinen Bauch. „Aber wo ist die Verbindung von Agnes Eisele nach Südamerika? Oder wenigstens annähernd in diese Richtung? Und zu Klaas Hildebrandt?", fuhr sie fort. „Gibt es irgendeine Verfehlung in ihrem Leben?" Sie sah zu Wagner, der seinen selbst gebastelten Fächer in Betrieb genommen hatte.

„Nicht die geringste. Nicht mal geklaute Lippenstifte. Ihre Weste ist so weiß wie frisch gefallener Schnee. Wegen des Narkotikums habe ich in allen Apotheken und Krankenhäusern im Umkreis recherchiert." Wagner hob die Arme und verschränkte sie hinter dem Kopf. Tellergroße Schweißflecken kamen zum Vorschein. „Keine Unregelmäßigkeiten. Nichts! Sogar bei der Bundesopiumstelle in Bonn habe ich nachgefragt."

„Was ist mit den Tropeninstituten?"

„Es gibt 18 Tropeninstitute bundesweit. Ich habe den ganzen Nachmittag telefoniert. Auch keine Unregelmäßigkeiten, keine Fehlbestände. Kein Hinweis auf irgendetwas. Alles Gift im Land ist am Platz."

Verenas T-Shirt begann auf der Haut zu kleben.

„So kann kein Mensch arbeiten", sagte sie, setzte Ruben in seine Tasche, stand auf, ging in den Flur hinaus und steuerte auf Frau Glöckles Büro zu. Ohne anzuklopfen, trat sie ein. Frau Glöckle sah sie über ihre randlose Brille hinweg fragend an.

„Haben Sie eine Ahnung, wann die Klimaanlage repariert wird?", fragte Verena ohne Umschweife, jedoch um einen sachlichen Ton bemüht.

In aller Seelenruhe schaltete Frau Glöckle das Diktafon aus, zog den Stöpsel aus ihrem Ohr, schob ihre Brille zurecht und antwortete: „Die zuständige Firma hat geschlossen. Sommerferien. In zwei Wochen wird wieder gearbeitet."

„Dann muss es eben eine andere Firma machen!" Verenas Stimme bekam nun doch eine imperative Note.

„Ich kann mir kaum vorstellen, dass der Einkauf dafür die Mittel freigibt. Und außerdem: Wer macht so lange meine Arbeit, während ich den Firmen hinterhertelefoniere?"

„Mit anderen Worten: Es geschieht nichts in dieser Sache."

„Zwei Wochen sind doch keine Zeit, Frau Kommissarin."

Frau Glöckle lächelte aufmunternd und wandte sich wieder ihrer Arbeit zu.

Als Verena schon im Begriff war, das Büro wieder zu verlassen, entdeckte sie den Ventilator auf einem Aktenschrank, der mit ruhigen Bewegungen sein Geschäft verrichtete. Kurz entschlossen zog sie den Stecker, nahm das Gerät an sich und ging mit großen Schritten hinaus.

Zurück im Besprechungsraum, schloss sie die Tür von innen ab, stellte den Lüfter auf das Fensterbrett und schaltete ihn an.

„Was ist mit Eiseles Telefonliste, Benno?", fragte sie, als sie wieder an ihrem Platz saß.

„Die meisten Nummern sind von Verlagen und Buchhandlungen. Mit dem Poeten hat sie regelmäßig telefoniert."

„Obwohl er über ihr wohnt?", wandte Wagner ein, der seinen mittlerweile ramponierten Fächer beiseitegelegt hatte und jedes Mal den Hals reckte, wenn der Luftstrom des Ventilators in seine Nähe kam.

„Mit dem Handy. Vermutlich also von außer Haus", sagte Benno. „Aber eine Nummer ist mir aufgefallen. Die hat sie regelmäßig angerufen. Und genauso regelmäßig wurde sie von dem Teilnehmer angerufen. Es waren teilweise Gespräche von über einer Stunde Dauer. Das längste 86 Minuten."

„*Dem* Teilnehmer?", fragte Verena.

„Ich hab ihn ermittelt. Dominik Chevalier. Er ist Professor für Neuere deutsche Literaturgeschichte in Tübingen. Ich hab ihn bisher noch nicht erreicht. Aber ich bleib dran."

Verena nickte.

„Mit wem hat sie zuletzt telefoniert?"

„Mit Chevalier. Ungefähr zwei Stunden vor ihrem Tod. Er hat dann um halb elf und nach Mitternacht noch mal ihre Nummer gewählt. Und wie wir ja wissen, vergeblich."

„Klingt sehr privat", sagte Wagner.

„Klingt nach außerehelicher Affäre. Dominik Chevalier ist verheiratet", gab Benno zurück.

„Der einzige gemeinsame Nenner ist im Moment Wiglaf Winter. Und den besuchen wir nachher noch mal, Benno", sagte Verena. „Und Sie", damit sah sie Wagner an, „nehmen sich die Zeugenaussagen sämtlicher Nachbarn beider Mordopfer noch mal vor. Es muss noch mehr Gemeinsamkeiten geben. Vergessen Sie nicht den Kulturamtsmenschen, Herrn ... Krautacker. Und über die Freundin des Poeten, Beatrice Kracht, wissen wir auch noch zu wenig."

Wagner hatte mitgeschrieben. „In Ordnung, Chefin", sagte er.

Verena stand auf, hängte sich die Tasche mit Ruben über die Schulter, öffnete die Tür und sah sich der Mensch gewordenen Empörung namens Glöckle gegenüber.

33

Seine Haare standen zu Berge, als hätte er eben erst die Finger aus der Steckdose genommen. Der mit einer Kordel nur mühsam vor dem Bauch zusammengehaltene Bademantel verhüllte kaum den nackten, verschwitzt glänzenden Leib darunter. In seinem verquollenen, unrasierten Gesicht standen Fragen wie ‚Was wollen Sie mitten in der Nacht von mir?' und ‚Wer bin ich?'.

Gerade hatte Wiglaf Winter auf Verenas Klingeln die Haustür geöffnet. Widerwillig ließ er Verena und Benno eintreten.

„Ist Ihre Freundin nicht zu Hause?", fragte Verena, nachdem sie sich im Wohnzimmer gesetzt hatten – Verena und Benno auf die Couch, Wiglaf auf den Zweisitzer gegenüber.

„Sie ist in der Stadt. Einkaufen."

Wiglaf versuchte vergebens, mit dem Stoff des Morgenmantels seine Beine zu bedecken. „Sie müssen meinen Aufzug entschuldigen. Aber ich ... ich habe heute etwas länger geschlafen. Ich ... fühle mich nicht ... wohl."

Verena nickte.

„Wenn Beatrice zurückkommt, wird sie uns frischen Kaffee machen. Ich ... ich weiß nicht, wie das verdammte Ding funktioniert."

„Machen Sie sich keine Umstände. Wir haben lediglich ein paar Fragen. Kennen Sie Professor Dominik Chevalier?", kam Verena gleich zur Sache.

„Wer soll das sein?"

„Wir haben ihn anhand der Telefonliste Ihrer Agentin ermittelt. Sie haben regelmäßig miteinander telefoniert. Sie müssen sich gut gekannt haben."

„Ich kenne keinen Professor Chevalier."

Die Wohnungstüre wurde geöffnet. Beatrice kam herein.

„Auspacken kannst du!", rief sie unbestimmt in die Wohnung und stellte mehrere Einkaufstüten neben die Küchentür.

Als Ruben ihre Stimme hörte, sprang er aus seiner Tasche, rannte ihr entgegen und schleckte an ihrem Knöchel.

Auch sie kenne keinen Professor Chevalier, sagte sie, nachdem sie Kaffee gekocht hatte und jetzt neben Wiglaf auf dem Sofa saß.

„Was passiert eigentlich mit der Wohnung, mit dem Haus?", fragte Benno.

„Es ... hat sich inzwischen eine ... unerwartete Lösung ergeben", antwortete Wiglaf nach kurzem Zögern und mit einem Seitenblick zu Beatrice, deren Miene sich in dem Moment verfinsterte. Anscheinend behagte ihr diese unerwartete Lösung überhaupt nicht.

„Die Frau, die mich vor Agnes und vor Beatrice unterstützt hat ... Nun, völlig überraschend ist sie hier aufgetaucht."

„Was heißt überraschend?"

„Na ja, sie sei zufällig in der Gegend gewesen und habe mitbekommen, wie die beiden Bankangestellten das Haus verlassen haben. Sagt sie."

„Welche Bankangestellten?"

„Sie waren hier, um mir zu sagen, dass wir binnen zwei Wochen die Wohnung verlassen müssen, da das Haus jetzt, nachdem Agnes tot ist, der Bank gehöre. Ich ... ich hatte keine Ahnung und war ziemlich verzweifelt an dem Tag. Klara ... ähm, Frau Pfaff ... das ist die Frau ... war wie gesagt zufällig in der Nähe und hat es mitbekommen. Kurz und gut: Sie stand plötzlich vor meiner Tür und bot mir ihre Hilfe an."

Mit zorniger Miene stand Beatrice auf und ging hinaus.

„Sie ist eifersüchtig", sagte Wiglaf entschuldigend. „Sie hat Angst, mich zu verlieren. Kann man ja auch irgendwie verstehen. Aber sie sollte froh sein, dass Klara uns so uneigennützig hilft. Woher sonst würden wir so schnell eine neue Bleibe nehmen?"

Wiglaf zupfte an seinem Morgenmantel herum.

„Ganz ehrlich!", sagte er und ging in einen Flüsterton über. Er ließ die geschlossene Wohnzimmertür nicht aus den Augen, als ob jeden Moment der Leibhaftige hereinkommen könnte. „Klara ist der einzige Mensch, der je mein Genie erkannt hat, der weiß, was mein Schöpfergeist zur Entfaltung benötigt und – was noch wichtiger ist – was ihm schadet!"

„Warum haben Sie sich dann getrennt?", wollte Verena wissen.

„Tja, die Frage ist nicht leicht zu beantworten." Wiglaf lehnte sich zurück und schien nachzudenken. „Nach fruchtbaren Jahren begann eine schwierige Phase. Klaras Aura als Muse begann an Kraft zu verlieren. Sie stellte plötzlich Forderungen, die mich von meinem eigentlich Tun, von meiner Inspiration, ja, man kann fast sagen, von meiner Daseinsberechtigung abgehalten hätten."

„Was passierte dann?", fragte Verena trocken.

„Wie gesagt, es wurde schwierig mit ihr. Und dann hatte sie mir auch noch ... wie soll ich sagen ..."

„... den Geldhahn zugedreht?", half Benno aus.

„Geld war immer zweitrangig für mich!", rief Wiglaf empört.

Der Morgenmantel wollte partout nicht über die Knie.

„Adresse und Telefonnummer", sagte Benno und holte Stift und Notizblock aus der Jackentasche.

„Lutherstraße. In Betzingen. Die Telefonnummer ... Moment ..."

Wiglaf stand auf und verließ den Raum, um kurze Zeit später mit einer Visitenkarte in der Hand zurückzukommen.

„Die hat sie hiergelassen. Sie können sich abschreiben, was Sie brauchen", sagte er, ohne sich wieder zu setzen. Die Hände in den Taschen des Morgenmantels vergraben, stand er vor Verena und Benno und wippte mit der Fußspitze.

„Für den Moment haben wir keine Fragen mehr", sagte Verena und erhob sich ebenfalls. Sie ging in den Flur, wo Ruben auf sie zurannte, wahrscheinlich aus der Küche, denn von dort kamen die Geräusche, die vermuten ließen, dass jemand Plastiktüten leerte und Gegenstände in Schränke einräumte.

Der Schatten einer Kastanie hatte sich mittlerweile über Verenas Käfer gelegt. Im Wageninneren herrschten erträgliche Temperaturen.

„Noch nicht mal halb fünf", sagte Verena, als sie den Motor startete. „Wie wär's mit einem Besuch bei Frau Pfaff?"

Benno nickte ergeben. „Was soll man an einem Samstag um diese Zeit auch anderes tun?"

34

Die Aufzugtür öffnete sich. Willsch schlug kühle, muffige Kellerluft entgegen. Er steuerte auf das Warenlager zu, schloss auf, betrat den Raum und holte den Rollwagen aus der Ecke. Er packte Einmalhandtücher, Blasenkatheter, Windeln und Waschhandschuhe auf den Wagen, legte noch ein paar Kartons Bett- und Beinbeutel obendrauf, schob den Wagen auf den Flur und schloss die Tür wieder ab. Unschlüssig blieb er stehen. Irgendwo in der Ferne klingelte ein Telefon. Willsch zählte neun Mal. Dann war es wieder still.

‚Warum nicht ein bisschen umschauen?', dachte er, während er den Schlüssel in die Kitteltasche fallen ließ.

Der Flur erstreckte sich nach beiden Seiten des Aufzugs über eine Länge von ungefähr 30 Metern, um dann rechts und links im rechten Winkel abzuzweigen. Willsch entschied sich für den rechten Trakt und setzte sich in Bewegung. An den Türen, die er passierte, drückte er vorsichtig die Klinken nieder. Keine gab nach. Die Bettenaufbereitung war unverschlossen. Willsch steckte vorsichtig den Kopf durch den Spalt. Mit transparenter Plastikfolie überzogen, warteten unzählige Betten in langen Reihen Seite an Seite. In ihrer stummen Präsenz schienen sie den Betrachter daran zu erinnern, dass er selbst auch einmal in einem von ihnen liegen könnte. Willsch schloss die Tür und setzte seinen Weg fort, vorbei am Wäschemagazin, an der Werkstatt und am Archiv. Alle Türen waren verschlossen.

Der voll bepackte Wagen stand noch an Ort und Stelle, als Willsch zurückkam. Er schaute auf die Uhr und beschloss, auch den linken Trakt zu inspizieren. Hier befanden sich ein weiteres Warenlager, die Wäscherei und daneben eine Tür mit der Aufschrift *Personal*. Hier, hat wohl *Kapitän Ahab* gemeint, solle man sich umziehen.

Da Willsch Sandalen trug, konnte er sich geräuschlos fortbewegen. Wie still es hier unten war. So still wie in den Straßen seines Dorfes am Sonntagnachmittag. Als er noch ein Kind gewesen war. Die Leute hatten sich nach dem Mittagessen entweder schlafen gelegt oder waren in die Wohnzimmer ihrer Verwandten eingefallen. Willsch hatte es geliebt, sonntagnachmittags durch die Straßen seines Dorfes zu streifen, über fremde Gartenzäune zu schauen, hatte sich vorgestellt, was hinter den Fenstern der Häuser und Wohnungen vor sich ging. Seine Wanderungen hatten ihn bis ans Ende der Dorfstraße geführt, wo man durch ein schmiedeeisernes Tor in den Kirchhof gelangte. Die Menschen an den Gräbern und auf den Bänken unter den ausladenden Bäumen hatten mit gedämpfter Stimme gesprochen, als ob sie die Toten nicht aufwecken wollten.

Willsch erschrak. Er befand sich am Ende des Ganges und war beim Niederdrücken einer Türklinke entgegen seiner Erwartung nicht auf Widerstand gestoßen, sodass er mit der Tür fast ins Zimmer gefallen wäre. Er tastete nach dem Lichtschalter. Nach mehreren geräuschvollen Blitzen erhellte eine Neonlampe den Raum mit ihrem kalten Licht. Willsch befand sich in einer fensterlosen Kammer, knappe zehn Quadratmeter groß. In einer Ecke stand ein abgewetztes Sofa, daneben ein Stuhl und ein kleiner Beistelltisch. In einem Regal an der gegenüberliegenden Wand lagen einige Kartons, die Einmalkatheter und Urinbeutel mit abgelaufenem Haltbarkeitsdatum enthielten. Eine fingerdicke Staubschicht verriet, dass diesen Raum schon lange niemand mehr betreten hatte. Willsch fielen zwei Steckdosen auf Kniehöhe zwischen Sofa und Beistelltisch auf. Und beim Blick zur Tür sah er den Schlüssel, der von innen steckte.

‚Dieser Raum muss vergessen worden sein', dachte er. ‚Oder er wird nicht mehr gebraucht.'

„Was glauben Sie, warum nicht schon längst ein Videorekorder in meinem Regal steht? Und bei dem werten Herrn Augsburger ein Plattenspieler?"

„Was wäre, wenn Sie hier ungestört Ihre Filme sehen könnten, Frau Wendt? Und der werte Herr Augsburger seine Platten hören könnte?", murmelte Willsch halblaut vor sich hin.

Die Idee begann sich in seinem Kopf auszubreiten. Das hier war der ideale Raum für die Alten, um unterhalb des Überwachungsradars ihren Hobbys nachzugehen. Willsch sah sich noch einmal um, nickte zufrieden und ging in den Flur hinaus. Er schloss von außen ab und steckte den Schlüssel in seine Hosentasche. Gleich nach Feierabend würde er überprüfen, ob sein ausrangierter Plattenspieler im Keller noch funktionierte.

Sein Handy klingelte. Kurz musste er überlegen, welches es war: das Haustelefon oder sein eigenes. Die Klingeltöne waren ähnlich. Dann fasste er in die Brusttasche seines Kittels und holte das Haustelefon heraus. Auf dem Display erkannte er die Nummer von *Miss Moneypenny.*

„Willsch hier", sagte er.

„Mockenhaupt. Wo stecken Sie?"

„Im Keller."

„Was machen Sie da?"

„Ich habe einen Auftrag zu erledigen."

„O. K. Ich hab den alten Hausarzt ausfindig gemacht. War gar nicht so einfach ..." Sie machte eine Pause.

„Aber ein Kinderspiel für Sie", sagte Willsch, der ahnte, dass sie ein Lob erwartete. Er *hörte* sie durch das Telefon lächeln.

„Obwohl er noch nicht lange in Rente ist, konnte er sich an besagte Totenscheine nicht mehr erinnern."

„Schade."

„Er sagt, er hätte in seinem Leben so viele Totenscheine ausgefüllt. Da könnte man nicht von ihm verlangen, sich an jeden einzelnen zu erinnern."

„Nicht mal, wenn er sie wieder vor Augen hätte?"

„Das war auch meine Idee. Ich hätte ihm die Scheine gefaxt. Aber er wollte nichts davon wissen. Tut mir leid."

„War ein Versuch", sagte Willsch. „Trotzdem danke."

„Jederzeit wieder."

Willsch, der das Gespräch nicht so abrupt enden lassen wollte, behielt das Telefon am Ohr. Er hörte sie atmen. Sah ihren Brustkorb vor sich, wie er sich bei jedem Atemzug hob und senkte. Ihre Lippen, wie sie sich beim Sprechen bewegten. Ihre Augen, die ihm frech zuzwinkerten.

„Dann ... bis später", sagte er.

„Ja, bis später."

Es war Willsch unmöglich, die Verbindung abzubrechen. Ein Knacken verriet, dass sie eingehängt hatte.

Mit einem Lächeln steckte er das Telefon in die Brusttasche zurück.

Als er den voll bepackten Wagen im zweiten Stock aus dem Aufzug schob, sah er mit einem Blick durch die beiden Glasscheiben, dass niemand in der Nähe war. Aus einem der hinteren Zimmer drang Schwester Renates Stimme. Sie sprach laut und artikulierte überdeutlich. Willsch schob den Wagen bis an die Tür des Schwesternzimmers, ging hinein und setzte sich an den Computer. Immer mit einem Kontrollblick nach draußen, durchforstete er die Dateien, fand Nachtwachenpläne, Speisepläne, Pflegestandards zu allen denkbaren Gebrechen, die man als alter Mensch bekommen konnte. Er öffnete Schreiben an die Verwaltung und an die Heimleitung. Dann fand er mehrere Ordner, die die

Namen der Pflegekräfte trugen und die alle mit Passwörtern gesichert waren.

‚Mist', dachte er.

Plötzlich hörte er Schwester Renates Stimme näher kommen. Mit Herrn Augsburger am Arm näherte sie sich im Zeitlupentempo dem Aufzug. Ihrem Gesicht war abzulesen, welche Anstrengung es sie kostete, geduldig zu bleiben und diesen alten arthritischen Herrn nicht in einen Rollstuhl zu verfrachten und ihn vor die Glotze zu setzen. Als sie Willsch hinter der Glasscheibe entdeckte, nickte sie ihm lächelnd zu. Doch das Lächeln erstarrte in dem Moment, als sie ihren Blick wieder nach vorne richtete, wo sie die noch verbleibende Strecke bis zum Aufzug abzumessen schien.

Willsch stand auf und ging in die Küche. Er prüfte nach und nach alle Schranktüren. Auch Songüls Spind war diesmal verschlossen. Nachdem Willsch sich vergewissert hatte, dass Schwester Renate noch längere Zeit mit Herrn Augsburger beschäftigt sein würde, nahm er einen Dietrich aus seinem Geldbeutel und machte sich an ihrem Spind zu schaffen. Sie mochte zwar keine kriminelle Energie haben, wie Frau Wendt richtig erkannt hatte. Doch da war etwas anderes: Überforderung. Und da war Mitleid mit den Senioren. Und Verzweiflung darüber, dass sie ihren Bedürfnissen nicht gerecht werden konnte. Und Wut auf alle, die sie in ihrer Überlastung nicht in Ruhe ließen.

Nach wenigen Augenblicken hatte er das Schloss geknackt. Er öffnete die Tür: Eine Sommerjacke hing am Bügel, auf dem Schrankboden stand neben einem Paar ausgetretener Sandalen ein Korb, der mit einem bunten Tuch ausgelegt war. Im Korb lag eine Handtasche. Willsch nahm sie und schaute hinein – und traute seinen Augen kaum. Da waren zwei volle Schachteln Lexotanil. Willsch wusste, dass es sich um ein starkes Beruhigungsmittel mit hohem Suchtpotenzial handelte. Hatte Christoph recht und Schwester Renate bediente sich aus der hauseigenen Apotheke? Oder waren die Tabletten gar nicht für sie selbst bestimmt, sondern für die Heimbewohner, um hin und wieder Ruhe vor ihnen zu haben? Hatte sie sich bei den drei Toten aus dem anonymen Brief in der Dosis verschätzt?

Willsch verschloss die Tür und wandte sich Schwester Klaras Spind zu. Hier hing die Arbeitskleidung am Bügel, auf dem Boden stand ein Paar weiße Birkenstocksandalen Größe 44. Im oberen Ablagefach entdeckte er ein Buch, das ganz nach hinten geschoben war. Als er es hervorholte und aufklappte, fiel ein Foto heraus. Willsch war überrascht, als er das Bild näher betrachtete: In einer herzförmigen Umrandung war das Gesicht eines Mannes mittleren Alters mit blonden Haaren und auffallendem Grübchen am Kinn zu erkennen. Willsch hob die Augenbrauen. Verbargen sich hinter Klaras frostiger Trutzburg menschliche Gefühle? Der in das Herz gepferchte Blondschopf mochte zwar keine 20 mehr sein, doch die jugendliche Ahnungslosigkeit in seinem Blick ließ ihn fast kindlich wirken. Unvorstellbar, dass Klara und er ein Paar waren. Und bei dem Gedanken, sie könnte unglücklich verliebt sein, bekam er fast schon Mitleid. Willsch wollte gerade das Buch zurücklegen, als etwas hinter einem Schirm, der neben den Sandalen auf dem Boden lag, hervorblitzte und seine Aufmerksamkeit erregte. Er ging in die Knie, schob den Schirm beiseite und brachte eine Spritze zum Vorschein. Auf der Kanüle steckte eine Plastikkappe und im Kolben befanden sich einige Milliliter einer klaren Flüssigkeit. Er hielt die Spritze gegen das Fenster und besah sich den Inhalt genauer: Könnte Insulin sein. Könnte aber auch alles andere sein. Aber war eine Überdosis Insulin nicht eine beliebte Methode, jemanden spurlos um die Ecke zu bringen? Nach kurzem Zögern legte er die Spritze in seinen eigenen Spind und schloss Schwester Klaras Schrank sorgfältig wieder ab. Er würde die Spritze nachher auf dem Heimweg bei Schmalhans im Institut abgeben. Wer weiß? Zusammen mit Schwester Renates Tabletten könnten seine Ermittlungen am Ende für eine Exhumierung der drei toten Heimbewohner ausreichen.

35

Schon kurz nachdem sie die sich automatisch öffnende Barriere durchschritten hatte, traf Klara Pfaff auf einen Turm aus mannshoch aufeinandergestapelten Waschmittelkartons. Ein rotes Schild mit gelbem Prozentzeichen darauf sollte die Kaufentscheidung der Kundschaft in die richtige Richtung lenken. Klara nahm zwei Pakete und stellte sie in ihren Einkaufswagen, dessen rechtes Hinterrad blockiert war, sodass sie beim Vorwärtsschieben gegenlenken musste.

‚Warum immer ich?', war ihr durch den Kopf gegangen, als sie den Makel bemerkt hatte.

Sie schob die schadhafte Karre vorbei an Körben mit verbilligter Herrenunterwäsche – während sie sich Wiglafs Statur in Erinnerung rief, griff sie nach zwei Garnituren der Größe XXL – und an Sonderangeboten für Bratpfannen und Schaumweine. In den Regalen einer großen Kaffeekette fiel ihr Blick auf ein Sortiment gleichfarbiger Badezimmerartikel in warmem Orangeton. Klara griff nach einem Zahnputzbecher und nahm gleich noch die dazugehörige Zahnbürste mit. Handtücher in derselben Farbe kamen dazu. Bei der passenden Bettwäsche riss sie die Plastikverpackung auf, befühlte den Stoff und nickte zufrieden. Weich genug für seine empfindsame Haut. Sie stellte sich vor, wie bald, ja sehr bald sein Körper darin eingehüllt sein würde.

Eine schrille Durchsage riss Klara aus ihren Gedanken: Die 887 wurde dringend in der Elektroabteilung gebraucht.

Klara setzte ihren Weg fort. Sie schaute nach rechts in die Regale der Haushaltswaren (hier war sie bestens versorgt) und nach links in die der Frühstückszerealien und Backartikel. Mit einem Hochgefühl, das sie an Zeiten erinnerte, als sie mit Wiglaf glücklich gewesen war, steuerte sie auf die Obstabteilung zu, wo sie Äpfel, Bananen, Tomaten und Salat in ihren Wagen lud.

‚Das kann unmöglich gesund sein, was diese Bitch dir vorsetzt', dachte sie. ‚Aber wir bekommen das wieder hin.'

Sie nahm eine Mango in die Hand und prüfte die Konsistenz. ‚Du wirst dein altes Gewicht und deine Lebensfreude wiedererlangen.'

Mit zufriedener Miene schlenderte sie auf die Kühlregale zu, griff nach Frischmilch, Fruchtjoghurt und Hüttenkäse.

,*Frische Garnelen mit ihrem Duft nach Salzwasser und Fernweh erwecken in mir das Gefühl von Weite, von unbegrenztem Horizont*, hast du immer gesagt.' Lächelnd betrachtete sie die Krustentiere, die sie, eingerollt und hineingezwängt in kleine Plastikbecher, zwischen Lachsersatz und mediterranen Antipasti entdeckt hatte. Sie nahm eine Packung heraus, kontrollierte das Haltbarkeitsdatum und legte sie in den Wagen. Von irgendwoher kamen plötzlich zwei Halbwüchsige angerannt, die johlend Kindereinkaufswagen in einer Art Wettrennen auf dem breiten Korridor zwischen den Regalen vor sich herschoben. Klara warf ihnen einen grimmigen Blick zu.

Als sie in die Drogerieabteilung kam, suchte ihr Blick in den langen Reihen identisch aussehender Duschgel- und Shampooflaschen Wiglafs bevorzugte Marke. Die, unter deren Konterfei in modisch geschwungenen Lettern V*erleiht Ihrem Haar Glanz und Volumen* versprach. Ein Vergleich mit seiner Lyrik sei durchaus erlaubt, hatte Wiglaf gerne betont – *Glanz und Volumen!*

Längst Vergangenes kam ihr in den Sinn. Wiglaf hatte es gemocht, wenn Klara auf dem Badewannenrand gesessen hatte und ihm mit sanften Bewegungen Rücken und Haare gewaschen hatte, während er in der Wanne saß, wohlig umfangen von duftigem Schaum. Dass er ihr verweigerte, zu ihm ins Wasser zu steigen, war ja nur allzu verständlich. Wo hätte sie ihre langen Knochen auch unterbringen sollen?

Im Weinregal ging sie zielsicher auf seine Lieblingssorte zu, lud etliche Flaschen in den mittlerweile gut gefüllten Wagen und fragte eine Verkäuferin nach einer bestimmten Proseccomarke, an deren Platz im Regal eine Lücke klaffte. Die Frau kam nach einiger Zeit mit einer ganzen Palette davon zurück, und Klara lud vier Kartons in ihren Wagen. Kurz überschlug sie den Preis, verwarf den Gedanken an die Rechnung jedoch sofort wieder. Dieses Mal wollte sie alles richtig machen. Es sollte ihm an nichts fehlen.

Als sie ihren Wagen an der Damenwäscheabteilung vorbeischob, fiel ihr Blick auf einen Slip, der aus nichts als Spitzen bestand. Das passende Oberteil hing gleich daneben und stand seinem Pendant durch die Abwesenheit von Stoff in nichts nach. Klara besah sich die Wäschestücke und steuerte kurz entschlossen auf eine der Umkleidekabinen zu. Anprobieren kostete ja nichts. Sie betrachtete sich im Spiegel, nachdem sie den wadenlangen Faltenrock und das formlose Shirt ausgezogen hatte.

Auf eine Körperlänge von 1,79 verteilten sich 61 Kilo, was zur Folge hatte, dass Schulter- und Hüftknochen hervorstanden und ihre Hände und Füße überdimensional wirkten.

‚Wenigstens sind sie gerade', dachte Klara, stellte ihre Füße nebeneinander und betrachtete ihre schlanken Beine, die von den Oberschenkeln bis zu den Knöcheln an keiner Stelle auseinanderliefen oder sich behinderten. Sie nahm die Dessous vom Bügel und zog sie über ihre eigene Unterwäsche. Grober Baumwollstoff ragte nun unter feiner Spitze hervor. Ihre kleinen Brüste füllten die sparsam bemessenen Spitzenkörbchen kaum aus. Und während Klara sich im Spiegel betrachtete, schien sich mit einem Mal ihr Körper aufzulösen – und in dem Maße, wie sie selber verschwand, traten Beatrices perfekte Rundungen und ihre makellose, pfirsichzarte Haut immer klarer hervor. Das Kinn emporgereckt, den Blick stolz erhoben. Dann war der Spuk vorbei.

Klara ließ sich auf den Hocker fallen, der in der Ecke stand. Da war er wieder, der Schmerz, tiefsitzend, alles durchdringend, besitzergreifend.

Hastig entledigte sie sich der Dessous, zog sich an und verließ, ohne noch einmal zurückzuschauen, die Umkleidekabine. Als ihr Einkaufswagen mit all den Dingen, die für Wiglaf gedacht waren, wieder in ihr Blickfeld geriet, zog sich der Schmerz ganz allmählich zurück, dorthin, wo ihn niemand anrührte, wo er in Ruhe auf seinen nächsten Auftritt warten konnte.

36

Verena und Benno standen vor einem zweistöckigen Fachwerkhaus, das sich von den umliegenden Gebäuden kaum unterschied. Es gab keinen Vorgarten, der Gehweg führte schräg am Haus vorbei; die Straßenführung schien nachträglich geändert worden zu sein. Über vier ausgetretene Steinplatten, die eine Treppe bildeten, gelangte man zur Haustüre, die den Eindruck erweckte, als würde sie allein durch die Androhung von Gewalt nachgeben. Auf der Klingel, aus der ein Stromkabel herauslief, den oberen Winkel der Haustüre erreichte und im Haus verschwand, stand *Pfaff*. Verena klingelte. Im Haus blieb es still. Sie beugte sich zur Seite und schaute durch ein kleines Fenster. Sie erkannte schemenhaft zwei Zimmertüren und eine Treppe, die nach oben führte. Verena wandte sich jetzt nach rechts, wo zwischen Klaras Haus und dem Nachbargebäude gerade Platz genug war für einen schmalen, ungepflasterten Weg, der vor einem geschlossenen Garagentor endete. Über sporadisch verlegte Steinplatten gelangte man zwischen Garage und Haus in einen Garten, in dem sich ausladende Brombeerbüsche, Lavendelsträucher und Rhododendren den Platz streitig machten; dazwischen efeuumrankte, knorrige Obstbäume in einer Wiese aus Löwenzahn, Disteln und Moos. Wie in einem in sich geschlossenen Kosmos war der Lärm der nahen Hauptstraße und der Bahntrasse lediglich als schwaches Dröhnen wahrnehmbar, dafür sorgten zirpende Grillen, Bienen und Hummeln, die sich in Scharen über dem Blütenmeer der Lavendelsträucher versammelt hatten, für einen umso höheren Geräuschpegel.

Verena besah sich die Rückseite des Fachwerkhauses, dessen Fassade fast zur Gänze von Efeu bewachsen war. Die Fenster waren kaum mehr zu sehen.

„Absolut still im Haus", sagte sie zu Benno, als sie wieder neben ihm auf dem Gehweg stand. „Sie scheint nicht zu Hause zu sein."

„Hier vorne hat sich auch nichts gerührt", sagte Benno.

Sie gingen zum Käfer, der auf der gegenüberliegenden Straßenseite stand. Verena öffnete die Autotür. Eine Woge angestauter Hitze quoll ihr entgegen und ließ sie zurückweichen. Sie wartete, bis sich die Temperatur im Wageninneren einigermaßen der äußeren angeglichen hatte.

Währenddessen holte sie Rubens Trinknapf unter dem Beifahrersitz hervor und füllte ihn mit Wasser. Ihre Kleidung klebte am Körper. Mit einem Kopfschütteln registrierte sie Bennos unbeschädigtes Äußeres. Bestand er überhaupt aus Fleisch und Blut? Vielleicht war er ein Androide. Ein Robocop!

„Kann ich dir Ruben für eine Weile anvertrauen?", fragte sie, während sie einstiegen. „Ich muss dringend einkaufen."

„Mein Kühlschrank ist auch leer."

„Schreib auf, was du brauchst", sagte Verena, während sie den Wagen startete und losfuhr.

* * *

‚Dass es diese altertümlichen Vehikel überhaupt noch gibt', dachte Klara, als ihr der hellblaue Käfer auffiel, der gerade anfuhr und sich mit ratterndem Auspuff entfernte, während sie sich im Schritttempo ihrer Garageneinfahrt näherte. Vor dem geschlossenen Tor stellte sie ihren Polo ab und brachte den Einkauf ins Haus.

Dann endlich konnte sie ihr Vorhaben in die Tat umsetzen.

Sie ging über die ausgetretenen, knarrenden Treppenstufen in die erste Etage und öffnete die Tür von Onkel Harrys Arbeitszimmer. Hier würde es sein. Hier würde sie *ihm* ein gemütliches Nest bauen. Dieser Bitch natürlich auch – vorerst zumindest. Sie stand im Türrahmen und wusste nicht, wo sie anfangen sollte. Ihr Blick fiel auf Onkel Harrys Truhe, einer Kiste aus schwerem, massivem Holz, an den Ecken mit Messingverschlägen verstärkt und mit einem mächtigen Vorhängeschloss versehen. Die Truhe hatte, seit Onkel Harry sie mitgebracht hatte, diesen Raum nie verlassen. Doch jetzt musste sie weg! Klara bückte sich, um die Truhe Richtung Tür zu schieben. Sie bewegte sich keinen Millimeter.

„Du verdammtes Ding, wirst du wohl ...", stöhnte sie, ließ ab und streckte ihren Rücken durch. Dann ging sie erneut in die Hocke und drückte mit aller Kraft dagegen. Die Truhe stand unverrückbar. Klara streckte ein Bein nach hinten aus, was ihr eine gewisse Athletik abverlangte und die Haltung eines Skorpions in Angriffsstellung verlieh. Sie stemmte das Bein gegen die Wand, um so den Druck zu erhöhen. Die Truhe gab nur unwesentlich nach. Schwer atmend setzte sich Klara auf den Boden. Da die Truhe auf einem massiven Sockel stand und auch von unten keine Angriffsfläche bot, wusste Klara im Moment nicht weiter.

Seit sie in diesem Haus wohnte, seit ihrem sechsten Lebensjahr, als ihre Eltern sie bei Tante Sophie und Onkel Harry zurückgelassen hatten, da die Schulpflicht in Deutschland es nicht erlaubte, das Kind länger auf Missionsreisen um den halben Globus im Auftrag christlich geprägter Institutionen mitzunehmen, hatte die Truhe an ein und demselben Platz gestanden: in Onkel Harrys Arbeitszimmer im ersten Stock. Wie seine Schwester, war auch Onkel Harry ein ruheloser Geist gewesen. Doch ihn trieb wissenschaftliche Neugier hinaus in die Welt. Nach dem Biologiestudium und nachdem der erhoffte Kindersegen mit Sophie ausgeblieben war, gab es für ihn kein Halten mehr. Und eines Tages hatte er von einer seiner Schiffsreisen nach Mittel- und Südamerika diese Truhe mitgebracht, in sein Arbeitszimmer gestellt und sie nach und nach mit Gegenständen gefüllt, die – wie er stets betonte – besser nicht in fremde Hände gerieten.

„Sie muss hier raus, ich brauche das Zimmer“, murmelte Klara, stand auf und ging in den Keller, um im Werkzeugschrank nach einem Stemmeisen zu suchen. Sie fand eins, machte am Sockel der Truhe eine Stelle aus, an der das Holz abgesplittert war, setzte das Stemmeisen an und schaffte es mit viel Mühe, das schwere Ding auf einen Rollwagen zu hieven, den sie ebenfalls aus dem Keller mitgebracht hatte. Nass geschwitzt und schwer atmend strich sie mehrere Haarsträhnen zurück, die ihr im Gesicht klebten. Sie rollte die Truhe in eine Ecke, wo sie erst einmal nicht im Weg stand. Dann begann sie, nach und nach zwei Dutzend Kisten Bücher, einen Sekretär, einen wackeligen Holztisch mit dazugehörigem Stuhl sowie einen überdimensionalen Globus in den Keller zu schaffen. Zurückgeblieben waren eine Kommode mit vier Schubladen, von denen sich eine nicht richtig schließen ließ, eine Couch, die ausgezogen Platz für zwei Personen bot, sowie eine emailleverzierte Stehlampe von zweifelhafter Schönheit. Das Zimmer verfügte über ein eigenes Bad. Onkel Harry hatte damals zwei Quadratmeter seines Arbeitszimmers mit einer Sperrholzwand abgetrennt und mit den notwendigsten sanitären Anlagen ausgestattet: Toilette, Waschbecken, Dusche. Das genügte. Tante Sophie war dagegen gewesen. Sie befürchtete, dass sie ihn so noch seltener zu Gesicht bekommen würde, womit sie dann auch recht behielt. An manchen Tagen hatten sie kaum fünf Worte miteinander gesprochen.

Mit verschränkten Armen stand Klara an den Türrahmen gelehnt und betrachtete ihr Werk. Ihr Puls beruhigte sich allmählich. Die Couch, jetzt aufgeklappt und mit Bettzeug und frischer Wäsche versehen, unterschied sich von einem Ehebett in nichts mehr.

„Woll'n wir doch mal sehen, ob *Bea-Darling* dir nicht die Fensterseite überlässt", murmelte sie. Den Namen *Bea-Darling* stieß sie verächtlich hervor, als ob es sich um eine todbringende Krankheit handelte.

Die Fensterseite brachte in jeder Hinsicht Vorteile, schon allein wegen der besseren Frischluftzufuhr. Und der Weg ins Bad war kürzer. Außerdem hatte sich Onkel Harry in diesem Winkel des Zimmers kaum aufgehalten, sodass die Holzdielen weniger beansprucht waren und so gut wie keine Splitter aufwiesen, die den nächtlichen Gang zur Toilette zum Spießrutenlauf werden ließen.

Das Bett auf der Fensterseite hatte Klara mit Wäsche bezogen, die sie im Keller in Tante Sophies Altkleiderschrank gefunden hatte und aus der im Laufe der Jahre jegliche Farbe gewichen war. Die Bettwäsche auf der Türseite leuchtete in einem frischen Orangeton.

Die Truhe geriet wieder in ihr Blickfeld.

Als sie vor längerer Zeit – endlich befreit von Onkel Harrys Verbot, die Kiste zu öffnen – das widerstandsfähige Vorhängeschloss mit einiger Mühe aufgebrochen hatte, hatte ihr das, was sie vorfand, fast den Atem verschlagen. Und ganz allmählich hatten sich bis dahin unkoordiniert in ihrem Kopf umherschwirrende Gedanken zu einer Idee formiert.

Während sie jetzt die Truhe auf Rädern in unruhiger Fahrt über die ausgetretenen Holzdielen hinüber in ihr eigenes Zimmer schob, lachte sie in kehligen Lauten.

37

„Zu einem besseren Menschenbild wird ihm das nicht verhelfen, Chefin. Er hat die ganze Zeit gefiept. Als ob ich ihm ein Nadelkissen unter den Hintern geschoben hätte. Sein vorwurfsvoller Blick klebt noch wie Pattex an mir." Benno tippte etwas in die Tastatur, während er sprach, druckte ein Dokument aus und legte es auf den Tisch. „Er wird mich auf ewig mit seinem Martyrium in Verbindung bringen."

Benno bedachte Ruben, der jetzt auf Verenas Schoß lag und sich schlafend stellte, mit einem Seitenblick.

„Er war schon öfters allein und weiß genau, dass ich wiederkomme. Er hat sich halt ein bisschen aufgespielt."

Rubens Ohren gingen zwischen Verena und Benno hin und her.

„Also alles halb so wild." Verena richtete ihren Blick jetzt demonstrativ auf das Blatt Papier, das vor Benno auf dem Tisch lag.

„Gut", begann Benno, „Ich habe endlich Chevalier erreicht. Und einiges herausbekommen."

Er betupfte sich mit einem Stofftaschentuch Stirn und Wangen und steckte es zurück in die Brusttasche. Frau Glöckles Ventilator, den sie ihr bis Montagmorgen abgerungen hatten, schaffte es mit Mühe, die Hitze im Raum in Bewegung zu halten. Von Abkühlung konnte keine Rede sein.

„Wie schon gesagt, Dominik Chevalier ist Professor für Neue deutsche Literaturgeschichte an der Uni in Tübingen. Er ist 51 Jahre alt, hat einen französischen Vater und eine deutsche Mutter. Aufgewachsen ist er beim Vater in Paris. Mit 19 Jahren war er nach Deutschland, genauer nach Tübingen, gekommen, um zu studieren. Er ist geblieben – damals als Student, heute als Professor."

Verena nickte.

„Seine Frau Annegret, eine Deutsche, ist ein Jahr jünger, also 50, von Beruf Ärztin. Sie sind seit 14 Jahren verheiratet. Die Ehe ist kinderlos. Monsieur Chevalier fragte übrigens, ob unsere Klimaanlage defekt sei. Dieser piepende Dauerton höre sich nicht gut an."

Ruben bekam einen Schluckauf.

„Als ich ihn auf die Liaison mit Agnes Eisele ansprach, wurde Chevalier einsilbiger. Seine Frau wisse Bescheid, meinte er knapp."

„Was hat er an dem Abend gemacht, als Eisele ermordet wurde?"

„Chevalier war um zehn mit ihr verabredet. Nachmittags hatten sie noch telefoniert. Er wollte etwas Wichtiges mit ihr besprechen."

„Wann genau fand das Telefonat statt, und wo befand sich Eisele in dem Moment?"

„Kurz nach halb sechs. Eisele fuhr gerade im Auto auf der B 27 von Stuttgart nach Reutlingen."

„Was wollte er mit ihr besprechen?"

„Das hat er ihr am Telefon noch nicht verraten. Aber mir heute. Seine Frau habe ihn endlich freigegeben. Er hatte vor, Agnes Eisele einen Heiratsantrag zu machen."

„Oh, là, là", entfuhr es Verena. „Hast du mit seiner Frau telefoniert? Hat sie es bestätigt?"

„Sie hat bestätigt, dass sie mit der Scheidung einverstanden war. Von einem Heiratsantrag scheint sie nichts zu wissen."

„Dann hast du hoffentlich nichts gesagt."

„Natürlich nicht. Ich hab auch so herausbekommen, was ich wissen wollte. Und ganz nebenbei hat Frau Chevalier gemeint, ich solle doch mal den Radiosender richtig einstellen!"

Rubens Empfänger waren direkt auf Benno gerichtet.

„Chevalier hat eine Dreiviertelstunde im *En Ville* auf Eisele gewartet. An ihr Handy sei sie nicht gegangen. Sorgen habe er sich keine gemacht. Es seien hin und wieder schon Verabredungen geplatzt. Mal durch seine Schuld, mal durch ihre."

„Irgendeine Verbindung zwischen Chevalier und Hildebrandt?"

„Nicht die geringste."

Benno druckte ein Dokument aus. „Wagner hat mir vorhin einen detaillierten Bericht über Beatrice Kracht, die Freundin des Dichters, gemailt", fuhr er fort. „Sie ist in Reutlingen geboren und aufgewachsen, 24 Jahre alt, hat vier Geschwister. Sie hat ein einfaches Elternhaus. Das sind Wagners Worte! Vater Hilfsarbeiter bei Bosch. Mutter Näherin. Beatrice hat als einziges der fünf Kinder Abitur gemacht. Danach Musikhochschule Stuttgart, Schulmusik. Nach zwei Semestern hat sie das Studium geschmissen. Ab da hatte sie mehrere Hilfsjobs in verschiedenen Bibliotheken, war eine Zeit lang Verkäuferin im Musikhaus in der Stadt. Seit ein paar Monaten arbeitet sie im Spendhaus in der Verwaltung und im Sekretariat. Mit Winter ist sie seit etwas mehr als zwei Jahren zusammen."

Verena nickte. „Wo ist die Verbindung zwischen Klaas Hildebrandt und Agnes Eisele? Und wer hat ein verdammtes Motiv, beide zu töten?" Sie streckte den Rücken durch und zählte bis fünf. „Ist Wagner bereit für den Fernsehaufruf nachher?"

„Er wird Punkt acht mit den anderen von der Bereitschaft an den Telefonen sitzen", sagte Benno.

„Gut. Machen wir Schluss und warten ab, was die Fahndung ergibt." Verena stand auf und setzte Ruben in seine Tasche.

Als sie wenig später auf die Straße trat, blieb sie unschlüssig stehen. Sie schaute auf die Uhr, nickte und ging zu ihrem Käfer. Es war noch Zeit für ein kühles Bad.

* * *

Verena spürte, wie ihr die Weißweinschorle zu Kopf stieg. Sie nahm sich vor, jetzt nur noch Sprudel zu trinken. Sie befand sich bereits auf der sechsten Bahn. Das kühle Wasser und die Bewegung taten ihr gut. Ungefähr ein Dutzend Halbwüchsiger, die bis eben für erhebliche Unruhe gesorgt hatten, hatten gerade das Becken verlassen und waren unter die Dusche verschwunden. Dafür hielt sich eine Gruppe Seniorinnen im Nichtschwimmerbecken auf, deren blütenbesetzte Badekappen ein buntes Bild abgaben. Holzbalkengroße Schaumstoffschläuche zwischen die Beine gepresst, was ihre Hinterteile in die Höhe trieb, dehnten und streckten sie die Gliedmaßen. Der Gruppenleiter dieser schrulligen Ballett-Truppe lümmelte auf einer Bank und gefiel sich im didaktischen Laisser-faire.

Und dann sah sie ihn – und war überrascht. Während der letzten halben Stunde hatte sie sich völlig auf ihre Schwimmbewegungen und die sich langsam abkühlende Körpertemperatur konzentriert. Da stand er jetzt am Beckenrand, an Wuchs nicht gerade überragend, nur mäßig muskulös und ohne Nacken, und sandte seine Radarwellen über die Wasseroberfläche. Er hatte sie noch nicht entdeckt. Einer plötzlichen Idee folgend, tauchte Verena unter und inmitten der Gymnastikriege wieder auf. Er schlenderte unterdessen auf eine freie Liege zu, legte sein Handtuch darauf und setzte sich. Wieder ließ er seinen Blick schweifen. Verena duckte sich.

‚Das wäre ja noch schöner, bei so einer kindischen Aktion auch noch erwischt zu werden', dachte sie, im Begriff, das Becken zu verlassen und auf ihn zuzugehen. Doch was war das? Da hatte sich auf der Nachbarliege gerade eine Schönheit niedergelassen, halb so alt wie sie selbst und zierlich wie eine Gazelle – zumindest aus der Entfernung. Ihr langes Haar, das sie mit einer eleganten Bewegung nach hinten warf und so Schultern und Brüste freigab, schimmerte unnatürlich grün. Die schlanken Beine geschlossen und leicht angewinkelt, lag sie auf der Liege wie eine Meerjungfrau, die ihr Element verlassen hatte und sich auf einem Fels sonnte.

Verena ließ die beiden nicht aus den Augen. Sie sprachen nicht miteinander. Doch hatte Verena keinen Zweifel, dass es zwischen ihnen eine Verbindung gab; wie sie es vermieden, sich anzusehen, sich auch nur zu beachten. Verena wusste, dass hinter dieser gespielten Gleichgültigkeit eine Anziehungskraft steckte, der kaum zu widerstehen war. Sie selbst beherrschte dieses Spiel bis zur Perfektion. Und er hatte sich schließlich darauf eingelassen – und Gefallen daran gefunden.

Betont lässig stand er nun auf, band sich das Badetuch um die Hüften und schlenderte scheinbar ziellos um das Becken herum. Verena verharrte regungslos zwischen den Alten und ließ ihn nicht aus den Augen. Er ging auf die Tür zu, die zu den Kabinen führte, und war Augenblicke später dahinter verschwunden. Als Verena zu den Liegen hinübersah, war *Arielle* ebenfalls aufgestanden, legte sich ein Handtuch auf die Schulter und steuerte in gemächlichem Tempo auf den Kabinenbereich zu, um ebenda zu verschwinden.

Verena schloss die Augen, tauchte unter und zählte. Sie zählte langsam. Bis zwölf. Dann ließ sie ein paar Luftblasen aufsteigen. Bei 37 spürte sie ihren Herzschlag im Brustkorb, bei 53 im Kopf. Bei 59 tauchte sie langsam wieder auf. Sie öffnete die Augen und sah sich von bunten Plastikrosetten umzingelt.

„Ist alles in Ordnung?“, fragte eine Stimme, die von weit her zu kommen schien.

„Natürlich. Es war nur ein Spiel“, gab Verena zurück. Sie stieg aus dem Becken. Es war höchste Zeit. Der Fernsehaufruf begann gleich.

38

Die Gondel bildete den Abschluss einer Pyramide aus Kühlschrank, Mikrowelle und Fernseher. Der Gondoliere, traditionell gekleidet in schwarzer Hose, gestreiftem Shirt und weißem Strohhut, stand barfuß und mit offenem Mund auf einem Podest am hinteren Ende des Bootes. Sein Blick war in die Ferne gerichtet, so als ginge ihn das Geschehen um ihn herum nichts an. Betätigte man einen Schalter, der am Stromkabel auf halber Strecke zur Steckdose angebracht war, begann der Gondoliere zu singen. Aber nicht *O sole mio*. Er sang *E adesso la publicitá.*

„Fernando war ein Weltverbesserer. Ein harmloser Verrückter. Und am Ende desillusioniert", hatte Mimo ihr bei einem ihrer ersten Besuche erklärt. „Die Gondel hat er mir geschenkt, kurz bevor er sich erschossen hat. Er hat sie eigenhändig präpariert."

„Erschossen hat er sich?" Verena war nicht sicher, ob sie richtig gehört hatte.

„Er war depressiv. An der Welt verzweifelt. Und an den Menschen. Auch seine Freunde von der Antiglobalisierungsfront konnten ihm nicht helfen."

Verena hatte sich die Gondel näher angesehen. In der innen beleuchteten Kabine saßen auf einer mit rotem Stoff bezogenen Bank statt eines verliebten Hochzeitspaares zwei Playmobilfiguren: ein Bulle und ein Bär, in zorniger Geste voneinander abgewandt.

Jetzt war der Fernseher eingeschaltet. Aus der Kabine der Gondel drang mattes Licht in grün-weiß-roten Farben. Der Gondoliere schwieg.

„Und nun, meine Damen und Herren, bittet die Kriminalpolizei Reutlingen um Ihre Mithilfe", sagte die Moderatorin des Lokalfernsehens, eine junge Frau mit hübschem Gesicht und künstlichen Locken. Sie schaute kurz auf ihr Blatt, während im Hintergrund Bernadette Hildebrandts Konterfei erschien: ein Ausschnitt des Fotos, auf dem sie auf einer Couch saß und einen Säugling auf dem Arm hielt. ‚Doch wo war der offene Blick? Wo das unbeschwerte Lachen? Verlor man – mit der Polizei, mit Mord und Totschlag in Verbindung gebracht – unweigerlich freundliche Gesichtszüge?', dachte Verena.

„Bernadette Hildebrandt wird im Zusammenhang mit einer Mordserie gesucht, die die Kriminalpolizei Reutlingen derzeit in Atem hält. Dazu hören wir jetzt Herrn Dr. Meininger, den Chefermittler der Mordkommission."

Verena runzelte die Stirn. Sie rief sich die Gespräche mit ihrem Chef in Erinnerung. Davon, dass der Aufruf von so hoher Stelle aus erfolgen sollte, war nie die Rede gewesen.

Die Moderatorin wandte den Kopf jetzt nach links, wo sich am Bildschirmrand ein Fenster öffnete, in dem Meininger bis auf Brusthöhe zu sehen war. Er hielt ein Mikrofon in der Hand. Verena erkannte im Hintergrund den Eingangsbereich ihrer Dienststelle.

„Guten Abend", sagte Meininger und nickte. „Ja, das ist richtig. Wir suchen sie im Zusammenhang mit den Morden an Klaas Hildebrandt und Agnes Eisele. Bernadette Hildebrandt ist die Frau des ersten Opfers, von dem sie getrennt lebte. Sie könnte uns wichtige Hinweise geben. Ich möchte ausdrücklich betonen, dass wir sie als Zeugin suchen. Mehr können wir aus ermittlungstaktischen Gründen im Moment nicht sagen."

„Hinweise zum derzeitigen Aufenthaltsort von Bernadette Hildebrandt nimmt die Polizeidirektion Reutlingen entgegen", sagte die Moderatorin und las die Telefonnummern vor, die am unteren Bildschirmrand eingeblendet wurden. Meininger, der im Moment nichts zu tun hatte, ließ das Mikrofon sinken und machte ein Gesicht, als ob er unter Lebensgefahr aus einem Kriegsgebiet berichtete.

„Das war Dr. Meininger von der Reutlinger Mordkommission. Vielen Dank, Herr Dr. Meininger." Die Moderatorin nickte ihm zu. Und noch bevor Meininger sich ebenfalls bedanken konnte, schloss sich das Fenster und die Ansagerin hatte den Bildschirm wieder für sich.

Was war bloß in ihren Chef gefahren? Durch seine Präsenz im Fernsehen kam der Sache eine Bedeutung zu, die ihr schaden konnte. Jetzt musste Bernadette Hildebrandt doch alarmiert sein, wenn schon der Chefermittler der Mordkommission ihretwegen höchstpersönlich im Fernsehen auftrat. Und hatte er es wirklich so nötig, sich derartig vor seinen Bossen in Stuttgart in Szene zu setzen? Verena schüttelte den Kopf.

Die Telefonnummern wurden noch einmal eingeblendet, bevor übergangslos ein Trailer in hektischer Bildfolge auf einen Spionagefilm kurz vor Mitternacht aufmerksam machte.

„E adesso la publicitá", sagte Mimo grinsend, während er ein Glas Marsala vor Verena auf den Tresen stellte. „Bist du nicht zufrieden damit?", fragte er und deutete mit dem Kopf auf den Fernseher. Verena winkte ab. Sie wollte nicht über ihre Arbeit sprechen.

„Was heißt *e adesso la publicitá*?", fragte sie stattdessen.

„Und jetzt die Werbung", sagte Mimo.

Verena nickte. Ihr Blick ging zur Gondel, in deren beengter Kabine Fernando Bulle und Bär hineingezwängt hatte.

„Die Welt ist schnell und gnadenlos. Effizienz statt Ethik", sagte Verena. „Dein Freund Fernando war nicht dumm. Er hätte sein Leben nicht wegschmeißen müssen."

Lisbeth kam herein. Geräuschvoll ließ sie die Tür hinter sich ins Schloss fallen. Sie setzte sich neben Verena auf einen Hocker und bestellte einen Grappa. Dann wandte sie Verena das Gesicht zu. Zwischen Augenbraue und Haaransatz war eine Beule bereits zu Golfballgröße angeschwollen.

„Madonna ...", entfuhr es Mimo.

„Oh, du mai liabs Herrgeddle vo Biberach", sagte s'Leole.

„Dem sollt mir dr Scheitl mit dr Axscht ziah", sagte dr Stufz.

„Sauhond?", fragte Verena.

Lisbeth nickte. Sie trank den Grappa in einem Zug leer. „Es hat ihm mal wieder was nicht gepasst."

Verena gab Mimo ein Zeichen und er brachte noch einen Grappa.

„Wo ist Sau... ich meine ... er jetzt?"

„Oben", sagte Lisbeth mit Blick an die Decke. „Schläft seinen Rausch aus."

Sie schwiegen eine Zeit lang.

Mimo sprach in der Küche mit Aurelia. Seine Arme fuhren in wilden Gesten durch die Luft.

„Siggi heißt er übrigens", sagte Lisbeth.

„Ich weiß. Fiel mir nur nicht mehr ein", gab Verena zurück.

„Der Sauhond!"

„Hm."

„Das hat er zum letzten Mal gemacht!"

„Ich weiß nicht ..."

„Das macht er nicht noch mal!" Lisbeths Ton ließ keinen Zweifel zu.

„Unwahrscheinlich, dass er sich so schnell ..."

„Jetzt ist ein für alle Mal Schluss!"

„Wundert mich sowieso, dass du ..."

„Es muss was passieren!"

„Wie wär's mit ... Trennung?"

Lisbeth winkte ab. „Das wird ihn nicht beeindrucken."

Verena runzelte die Stirn. „Beeindrucken?"

„Es muss etwas sein, das ihn ..." Lisbeth fuhr mit ihrem Glas das Logo der Brauerei auf dem Bierdeckel nach. „Das ihm ... einen Denkzettel verpasst!"

„Und ... was schwebt dir da so vor?"

„Etwas, das er so schnell nicht vergisst!"

„Aha."

Mimo war aus der Küche gekommen. Er schaltete Fernseher und Gondel aus. „Küche ist geschlossen!", rief er in abwehrender Geste, als eine Gruppe Angetrunkener den Gastraum betrat und daraufhin enttäuscht abdrehte.

„Etwas, das ihm klarmacht, dass er so nicht mit mir umspringen kann", fuhr Lisbeth fort. „Er soll leiden. Leiden wie ich."

„Hm. Klar."

„Aug um Aug!"

„Da ist aber auch die Sache mit der Wange ..."

„Ach was! Wer Siggi die andere Backe hinhält, kann gleich kopfüber in einen Häcksler springen. Der Siggi, der macht keine Gefangenen!"

„Warum machst du nicht einfach Schluss?"

Ohne zu antworten, stürzte Lisbeth den nächsten Grappa hinunter. „Der Siggi kompostiert, wäre immer noch ... Umweltverschmutzung! Er wäre ... Sondermüll!! Giftmüll ..."

Jäh hielt Lisbeth inne. Glanz kam in ihre Augen. Mit hochgezogenen Brauen und halb geöffnetem Mund schien sie plötzlich wie elektrisiert.

Verena runzelte die Stirn. Hatte Lisbeth ihr nicht erzählt, dass sie beim Landratsamt arbeitete? In der Abteilung für Abfallwirtschaft?

Doch im nächsten Moment stupste Lisbeth Verena in die Seite. „Als ob ich ihm was tun könnte ...", sagte sie in verbindlichem Ton.

„Naja! Was so ein bleeder Sauhond ist ..."

Die Frauen lachten.

Mimo stellte zwei Teller Hutzelbrühe in die Mikrowelle.

„Ha dui isch au net hälenga auf dr Welt", sagte s'Leole.

„Ond dr Sauhond wird erschd domm gugga, wenn'r gscheit wird", sagte dr Stufz.

39

„Diese Unentschlossenheit. Dieses ... fast schon bewusste Nichthandeln. Solange man reagieren könnte, tut man es nicht. Man überschreitet also einen Punkt, ab dem es für jede Entscheidung zu spät ist. Und man rennt sehenden Auges und wissend um das eigene Versäumnis in sein Unglück." Bei dem Wort Unglück schlug Meininger mit der Faust auf den Tisch.

Was für ein Unglück? Hatte er den Sorgerechtsstreit endgültig verloren? Hatte seine Frau auf ganzer Linie gesiegt? Oder resümierte er gerade die Fehler als Ehemann? Oder als Vorgesetzter?

Verena war ohnehin überrascht gewesen, dass er heute, am Sonntag, zur Besprechung gekommen war. Und dann gleich so gesprächig. Sicher würde er gleich wieder von dem Abstract anfangen. Seinen Fernsehauftritt gestern Abend hatte er mit keinem Wort erwähnt, was darauf schließen ließ, dass ihm seine taktische Fehlleistung bewusst war, vermutete Verena.

Meininger hatte mittlerweile sein Jackett ausgezogen und sich einen Kaffee eingeschenkt. „Die Gelbphase an der Kreuzung Karlstraße/Kaiserstraße ist verdammt kurz. Da bleibt kaum Zeit zu reagieren", fuhr er fort und nahm einen Schluck aus der Tasse. „Vollbremsung oder Gas geben! Hintermann im Heck oder bei Rot über die Ampel."

Verena forschte in seinem Gesicht nach Anzeichen seines Gemütszustandes. Er wirkte aufgewühlt. Und verärgert.

„Und wofür haben Sie sich entschieden?", wollte Benno wissen.

„Im letzten Moment doch noch für bremsen. Und dann hat's gerummst. Und mein Hintermann hat mich über die rote Ampel geschoben."

Ruben bellte zweimal. Verena holte ihr Handy aus der Tasche, nickte ein paarmal, während sie zuhörte, und legte auf. „Das war Wagner", sagte sie. „Er ist auf dem Weg nach Engstingen. Der Pächterin vom Klaiber-Hof ist eine Urlauberin aufgefallen, die eine gewisse Ähnlichkeit mit Bernadette Hildebrandt haben soll. Er meldet sich wieder."

„Klara Pfaff geht partout nicht ans Telefon", sagte Benno, der gerade einmal mehr erfolglos Klaras Nummer gewählt hatte.

„Es ist Sonntag. Viertel neun. Versuch es später noch mal", gab Verena zurück. Dann brachte sie ihren Chef auf den neuesten Stand der Ermittlungen.

Ruben bellte erneut zweimal.

„Fehlalarm auf dem Klaiber-Hof", sagte Verena wenig später, als sie wieder aufgelegt hatte. „Die Frau war *nicht* Bernadette Hildebrandt. Wagner hat sich den Ausweis zeigen lassen. Kein Zweifel."

„Dieser ... Dichter, wie war gleich sein Name?", fragte Meininger, als Verena ihr Handy wieder verstaut hatte.

„Detlef Wengerter. Nennt sich Wiglaf Winter."

„Der scheint mir als Einziger ein Motiv für beide Morde zu haben."

„Sie haben nicht gesehen, wie erschüttert er auf den Tod seiner Agentin reagiert hat", entgegnete Verena. „Sicher nicht, weil er sie besonders gemocht hat. Eher, weil ihm ihr Tod Unannehmlichkeiten bereitet."

Wieder bellte Ruben zweimal. Verena bildete sich ein, eine leichte Überforderung aus seinem Bellen herauszuhören. Für einen kurzen Moment stellte sie sich vor, wie es mit einem zweiten Hund wäre, einem Kollegen für Ruben, mit dem er sich in zwei Schichten aufteilen konnte, verwarf den Gedanken aber rasch wieder, als Ruben aus der Tasche sprang und schwanzwedelnd an der Tür Position bezog, womit er deutlich machte, dass er sein Recht auf regelmäßige Pausen sehr gut kannte.

Benno nickte ergeben, denn plötzlich hatte Verena es eilig. Gerade hatten die Kollegen aus der Bereitschaft ihr mitgeteilt, dass sich eine Frau gemeldet hätte, die Bernadette Hildebrandt gekannt haben will und die sogar kürzlich Kontakt mit ihr hatte. Sie sitze bereits im Verhörzimmer. Verena nahm zwei Stufen auf einmal und stand wenig später etwas außer Atem an der Tür zum Verhörraum.

Die Frau, deren Hand sie jetzt drückte und die sich anfühlte wie eine überreife Zucchini, von rauer Oberfläche, trocken und weich, stellte sich mit Inge Birrlinger vor. Sie trug einen Haarturm von beachtlicher Höhe, der die Form eines Bienenstockes hatte, und schien damit aus einem anderen Jahrzehnt zu kommen.

„Sie kennen Bernadette Hildebrandt?", begann Verena ohne Umschweife, als sie sich in dem spärlich möblierten Zimmer gegenübersaßen. Da die Frau mit dem Rücken zum Fenster saß, schien Licht durch ihr aufgestelltes Haar.

„Vor ungefähr vier Wochen hat sie mich aus Kolumbien angerufen. Ich habe mich darüber gewundert, da wir seit Jahren keinen Kontakt mehr hatten. Sie kam auch direkt zur Sache. Sie würde für einige Zeit nach Deutschland kommen und wolle bei mir wohnen."

„Haben Sie eingewilligt?", fragte Verena.

„Die Aussicht auf ein bisschen Gesellschaft war verlockend. Auf meine Frage, wieso sie gerade auf mich kommt, sagte sie, wir wären doch immer gut miteinander ausgekommen. Was ja auch stimmt. Aber es ist nur die halbe Wahrheit. Ich bin die Einzige aus unserem Jahrgang, die noch in der Gegend wohnt. Und das wusste sie."

Die Hitze stand klebrig im Zimmer. Inge Birrlinger rann der Schweiß über Gesicht und Dekolleté. Falls unter ihrem Frisurenturm dieselben klimatischen Bedingungen herrschten, was anzunehmen war, bestand akute Einsturzgefahr. Verena griff zum Telefon, das neben einem Mikrofon auf dem Tisch stand, und bat Benno, den Ventilator herunterzubringen.

„Sie zu fragen, ob sie nicht in einem Hotel wohnen könnte, schien mir außerdem unhöflich", fuhr die Frau fort.

„Wann genau kam Bernadette Hildebrandt bei Ihnen an?"

„Am Donnerstag vor zwei Wochen."

„Und wann haben Sie sie zuletzt gesehen?"

„Montag früh vor meiner Abreise nach Lörrach. Ich hatte mich dort für ein Seminar angemeldet. Am Mittwoch haben wir noch kurz telefoniert. Und als ich gestern aus Lörrach zurückkam, war sie nicht mehr da."

„Was hat sie als Grund für ihre Reise nach Deutschland angegeben?"

„Sie sagte, sie müsse wegen irgendwelcher amtlichen Beglaubigungen ein paar Behörden in Reutlingen aufsuchen. Außerdem wollte sie für ihren Sohn einige Sachen kaufen, die es in Kolumbien nicht gibt."

„Haben Sie ihr geglaubt? Oder hatten Sie den Eindruck, dass die Gründe vorgeschoben waren?"

Frau Birrlinger, die sich mit einem Tuch Luft zufächelte, schien nicht zu verstehen. „Ich hatte keinen Grund, ihr nicht zu glauben. Wir sind früher in der Schule und auch einige Zeit während des Studiums viel zusammen gewesen, haben einiges unternommen. Wir hatten denselben Freundeskreis. Sie kam mir immer ehrlich vor."

Benno brachte den Lüfter, der – am Tischende platziert – seine Arbeit aufnahm.

„Wie viel Gepäck hatte sie dabei?", wollte Verena wissen. Sie gab Benno ein Zeichen, im Raum zu bleiben und sich zu setzen.

Die Frau überlegte. „Eine Reisetasche und eine Handtasche, etwa so groß wie meine." Damit hob sie den Arm und brachte einen jener Leinenbeutel zum Vorschein, in dem alles Mögliche Platz fand und in dem man nichts mehr wiederfand.

„Wie ist Bernadette Hildebrandt vom Flugplatz angereist? Mit dem Taxi? Bus oder Bahn?"

„Keine Ahnung. Es hat an der Haustür geklingelt. Ich habe geöffnet, und sie stand da! Ich habe nur gefragt, ob sie eine gute Reise gehabt hätte, was sie bejaht hat."

„Wo wohnen Sie, Frau Birrlinger?"

„In der Kneippstraße. Ringelbachsiedlung."

Verena nickte. Das deckte sich mit den Angaben des Taxifahrers, der Bernadette Hildebrandt am Ortseingang Ringelbach abgesetzt haben wollte.

„Wie ging's dann weiter?"

„Ich hab sie in meinem Gästezimmer wohnen lassen. Während der ersten Tage gab es keine Probleme. Sie war tagsüber unterwegs, ich bei der Arbeit, abends hab ich gekocht, wir haben Wein getrunken, gequatscht, wie früher ..." Die Frau hielt inne, schien nachzudenken und sprach dann weiter: „Und anfangs hat es mir nichts ausgemacht, plötzlich Arbeit für zwei zu haben, Geschirr für zwei, Einkauf für zwei." Dunkle Wolken schoben sich in ihr Antlitz. „Aber dann wurde es mir doch zu viel. Außerdem hat Bernadette eine andere Auffassung von Ordnung als ich. Ihr Chaos hat sich in meiner Wohnung ausgebreitet wie ein Algenteppich. Es begann damit, dass morgens schmutziges Geschirr in der Küche stand, wenn sie nachts noch Hunger bekommen hatte. Ihre Schlamperei machte auch vor dem Badezimmer nicht halt. Haare im Waschbecken, gebrauchte Wattestäbchen auf dem Fußboden und so weiter. Die üblichen unappetitlichen Dinge. Da musste ich mit ihr reden. Und ... sie hat verstanden. Was gab es da auch nicht zu verstehen?"

Frau Birrlinger prüfte mit beiden Händen den Sitz ihrer Frisur und sprach dann weiter: „Leider war ab da unser Verhältnis etwas ... getrübt."

„Hat sie jemals ihren Mann erwähnt? Klaas Hildebrandt?"

„Nein, nie. Und nur einmal hat sie über ihren Sohn gesprochen. Dass die staatlichen Schulen in Kolumbien besser seien als ihr Ruf." Sie zuckte mit den Schultern, so als ob sie bis heute nicht verstanden hatte, was die Freundin ihr damit hatte sagen wollen.

„Wissen Sie, was Bernadette in der Nacht von Montag auf Dienstag zwischen Mitternacht und ein Uhr gemacht hat?“

„Ich habe keine Ahnung. Wie gesagt, ich war von Montag bis gestern Nachmittag auf dem Lehrgang in Lörrach.“ Wieder stockte sie, fuhr dann fort: „Sie können sich vorstellen, mit was für einem unguten Gefühl ich ihr meine Wohnung überlassen habe!“

„Sie erwähnten ein Telefonat am Mittwoch?“, sagte Benno, der bis dahin geschwiegen hatte.

„Ja. Ich habe sie so gegen halb sechs angerufen. Es gab eigentlich nichts zu besprechen. Und sie war auch entsprechend einsilbig. Vielleicht wollte ich ja nur durch das Telefon den Zustand meiner Wohnung kontrollieren.“

Frau Birrlinger entfuhr ein bitteres Lachen.

„Und wie war der Zustand Ihrer Wohnung?“ Bennos Interesse schien echt.

„Fragen Sie lieber nicht! Als ich gestern nach Hause gekommen bin, lag ein Zettel auf dem Küchentisch. *‚Musste dringend weg. Danke für alles. B.‘*“

„Wann genau ist sie abgereist?“

„Ich weiß es nicht. Seit Mittwoch hatten wir keinen Kontakt mehr. Und auf dem Zettel war kein Datum.“

„Hat sie am Telefon irgendeine Andeutung gemacht, was sie während Ihrer Abwesenheit gemacht hat oder welche Pläne sie noch hatte?“

„Nein.“

„Sagen Ihnen die Namen Wiglaf Winter oder Agnes Eisele etwas?“

„Nie gehört.“

„Detlef Wengerter?“

Die Frau schüttelte den Kopf.

„Das wär's fürs Erste, vielen Dank, Frau Birrlinger“, sagte Verena, während sie den Ventilator ausschaltete und sich erhob. „Wir müssten dann auch noch in Ihre Wohnung.“ Sie nickte Benno zu, der zum Telefon griff und die Spurensicherung anrief. „Sie haben sicher nichts dagegen.“

„Nein. Gewiss nicht. Aber ...“, im Aufstehen rückte sie ihren Höcker noch einmal zurecht und machte ein unglückliches Gesicht, „... ich habe noch nicht aufgeräumt.“

„Na, umso besser“, sagte Verena im Hinausgehen.

40

„Nanu? Heut am Sonntag?“, fragte Christoph überrascht, als Willsch die Küche neben dem Schwesternzimmer betrat. Doch dann schien ihm klar zu werden, dass es ja nur gut für ihn war, einen weiteren Sklaven befehligen zu können. Mit zufriedener Miene lehnte er sich zurück.

„Ich will meine Stunden so schnell wie möglich abarbeiten“, sagte Willsch und setzte sich zu Christoph an den Tisch.

„Im Moment ist es ruhig. Songül hat die Alten schon gewaschen und zum Frühstück gebracht und putzt gerade die Zimmer. Die Schränke sind aufgefüllt. Die Witschorke kränkelt etwas. Hat Temperatur. Songül hat ihr schon ein Zäpfchen verpasst.“ Christoph stand auf und ging zu seinem Spind. „Ein Spielchen gefällig?“ Damit holte er einen Satz Karten aus seinem Schrank und winkte damit.

„Ich spiele nicht“, sagte Willsch und sah in Christophs Richtung, um einen unauffälligen Blick in den Spind werfen zu können. Doch bevor er etwas erkennen konnte, machte Christoph die Tür wieder zu, setzte sich an seinen Platz und begann, eine Patience zu legen. Willsch runzelte die Stirn. „Songül schuftet sich die Seele aus dem Leib und du sitzt hier und schlägst die Zeit tot.“ Er hatte eigentlich vorgehabt, sich nicht einzumischen. Doch das ging jetzt zu weit.

„Hört, hört. Mister Unbescholten hat gesprochen“, sagte Christoph, ohne den Blick von den Karten zu nehmen. „Songül kann froh sein, wenn ich sie in Ruhe arbeiten lasse. Sie steht bei mir ziemlich in der Kreide.“

‚Was macht ihn nur so sicher?‘, überlegte Willsch. Er nahm sich vor, auf jeden Fall heute noch Christophs Schrank zu durchsuchen. Er stand auf und verließ die Küche. Herr Moser aus der Vier im rechten Flügel kam ihm in Hut und Trenchcoat entgegen. Herr Moser war ein rüstiger Senior, gut zu Fuß und sehr umtriebig. Während er einen Geldschein aus der Hosentasche fingerte, ging er an Willsch vorbei auf Christoph zu.

„Bleib aber nicht zu lange“, hörte Willsch Christoph sagen.

Kopfschüttelnd ging Willsch über den Flur und bog in den rechten Flügel ab. Er musste einen Weg finden, *Kapitän Ahab* von seiner Kommandobrücke zu locken und eine Weile zu beschäftigen.

In einem der hinteren Zimmer hörte er Songüls Stimme. Sie sprach laut und langsam. Wie Schwester Renate gestern. Willsch folgte der Stimme und betrat das Zimmer, in dem Songül gerade Erbrochenes aufwischte. Die Erhebung unter ihrem Kopftuch saß heute wieder etwas höher.

„Es wird alles wieder gut", sagte sie und berührte Herrn Schultheiß' Arm, der wie ein dürrer Ast auf der Bettdecke lag. Kreidebleich und apathisch starrte der Mann an die Decke.

„Seit er nicht mehr an der Treppe stehen darf, geht's ihm so schlecht", sagte Songül, als sie Willschs fragenden Blick auffing.

„Warum darf er nicht mehr an der Treppe stehen?", fragte Willsch.

„Die Irmscher hat's verboten."

„Warum?" Wut stieg in ihm auf.

„Hat sie nicht gesagt. Aber wir alle kennen den Grund."

„Nämlich?"

„Das Gesundheitsamt hat sich angekündigt. Nächsten Dienstag ist Begehung. Da darf nichts in Unordnung sein. Und ein alter Mann, der im Sommer mit Mütze und Schal an der Treppe steht und wartet, ist so eine Unordnung." Songül wrang den Putzlappen über dem Eimer aus und ging zum Fenster, um es zu öffnen. „Lächerlich, diese Begehungen", sagte sie, während sie die Vorhänge beiseiteschob. „Eine angekündigte Kontrolle ist so gut wie *keine* Kontrolle. Reine Zeitverschwendung. Die müssten ohne Voranmeldung kommen. Und zwar ein paar Mal im Jahr. Das wäre effektiver."

Und während sie im Eilschritt an Willsch vorbeihastete, sagte sie noch: „Ach, könntest du Herrn Augsburger zurechtmachen? Er bekommt gleich Besuch von seinem Sohn. Ich muss jetzt erst einmal Frau Wendts Bett neu beziehen. Sie hat schon wieder eingenässt." Dann war sie auch schon draußen.

Willsch trat an Herrn Schultheiß' Bett und strich ihm über die Stirn.

„Geht's wieder?", fragte er ihn.

„Sie wird mich hier nicht finden", sagte der Mann. Verzweiflung lag in seiner Stimme.

„Ich werde ihr sagen, wo Sie sind. Versprochen", sagte Willsch.

Als er wenig später Herrn Augsburgers Zimmer betrat, saß der im Schlafanzug auf der Bettkante und machte ein unglückliches Gesicht.

„Mein Sohn ist gleich hier. Ich kann ihn doch nicht in diesem Aufzug empfangen", sagte der Mann.

„Wir schaffen das schon“, entgegnete Willsch. Und nach 15 Minuten saß Herr Augsburger frisch gewaschen, rasiert und gekämmt in seinem Schaukelstuhl.

Dann klopfte es an der Tür und ein Mann mittleren Alters kam herein, der das Ebenbild seines Vaters war. Nur ein paar Jahrzehnte jünger. Nachdem Herr Augsburger am Arm seines Sohnes hinausgegangen war – er hatte wieder den Rollstuhl verweigert –, trat Willsch ans Fenster und sah hinaus. Er hatte gar nicht gewusst, wie weitläufig die Grünanlagen waren, die den Gebäudekomplex umgaben. Auf einer Bank, die im Schatten einer Linde stand, saß eine junge, in Weiß gekleidete Frau und las, was er an ihrer Körperhaltung erkannte.

Und plötzlich wusste er, wie er den Sklaventreiber von seiner Kommandobrücke locken konnte. Willsch nahm das Telefon aus seiner Hosentasche und wählte Christophs Nummer. Es klingelte viermal.

„Was gibt's, Reiner?“, hörte er *Kapitän Ahab* sagen.

„Du, sag mal. Hatte Moser nicht einen hellen Trenchcoat an, als er vorhin die Station verlassen hat?“

„Keine Ahnung. Warum fragst du?“

„Ich steh hier am Fenster. Und ich meine, hinten am Wäldchen, da liegt etwas Hellbeiges. Bin mir aber nicht sicher.“

„Dann geh halt nachsehen.“

„Besser, wenn du selber gehst.“

„Ich kann hier nicht weg. Mach du das, Reiner. Und sag mir dann gleich Bescheid.“

„Nichts tu ich! Du hast ihn rausgelassen, also kümmere dich auch darum.“ Willsch unterbrach das Gespräch. Dann ging er zur Tür, öffnete sie einen Spaltbreit und hörte schon nach wenigen Augenblicken, wie jemand in den Aufzug stieg.

Mit schnellen Schritten hatte Willsch das Schwesternzimmer und die Küche erreicht, seinen Dietrich aus der Tasche geholt und das Schloss von Christophs Schrank geöffnet. Auf der Ablage über der Kleiderstange sah er das Kartenspiel neben einer Zigarettenschachtel und einem Feuerzeug liegen. Braune, ausgetretene Slipper standen auf dem Boden. Eine verwaschene, ausgebeulte Jeans teilte sich mit einem Polohemd einen Bügel. Als Willsch den Schrank schon wieder schließen wollte, warf er einen letzten Blick auf die Ablage über der Kleiderstange und entdeckte hinter dem Kartenspiel ein Schreibheft, das ganz nach hinten geschoben war. Willsch holte es hervor, schlug die erste Seite auf und las. Leise pfiff er durch die Zähne.

‚Das passt zu dir, du Gauner‘, dachte er.

41

Unentschlossen blieb Verena vor dem Fenster des *Flädle & Polenta* stehen und sah hinein. Alle Tische waren besetzt. Verena zählte 15 Gäste und s'Leole und dr Stufz. Aurelia hantierte in der Küche, soweit man das durch den eingeschränkten Blickwinkel der Durchreiche sehen konnte. Mimo stand hinter dem Tresen und schien den beiden Alten zu erklären, wie man Tagliatelle auf dem Tellerrand mit der Gabel in mundgerechte Portionen aufrollt.

Dr Stufz hielt eine Gabel in die Höhe, an der die nicht enden wollende Teigware herabhing. Hatte er nicht in seinen besten Zeiten in weniger als 13 Sekunden ein Sturmgewehr zerlegt, gereinigt, eingeölt und wieder zusammengebaut? Im Nahkampf scheinbar übermächtige Kontrahenten mit nur einem Griff auf die Matte geschmissen? Während der Grundausbildung zentnerschweres Sturmgepäck in stundenlangen Gewaltmärschen durch Wälder getragen?

Und nun das! Er sah einer Nudel zu, wie sie in Zeitlupe von der Gabel in den Teller zurücksank und sich dort geräuschlos zu ihresgleichen legte.

Die Gondel war eingeschaltet, was Verena an dem matten grün-weiß-roten Schimmer erkannte, der aus der Kabine mit den beiden Playmobilfiguren kam, und daran, dass der Gondoliere seinen rechten Arm wie zum Gruß hob und wieder senkte. Dass an diesem Arm früher einmal das Ruder befestigt war, wussten nur Eingeweihte.

Verena entschloss sich, in ihre Wohnung zu gehen. In der dritten Etage blieb sie vor Lisbeths Wohnungstür stehen und lauschte. Von irgendwoher erklang die Eingangsmelodie der *Lindenstraße*. Verena schaute auf die Uhr. Zehn vor sieben, sie nickte. Ein Stockwerk höher schloss sie ihre Wohnung auf, zog die Schuhe aus und ging durch alle Räume, um die Fenster zu öffnen und die Hitze des Tages hinauszulassen.

Das Chaos in Inge Birrlingers Wohnung hatte sie sich schlimmer vorgestellt – angesichts ihrer eigenen chronischen Unlust aufzuräumen. Hier lagen ihre Italienisch-Lern-CD-Hülle, die Zeitung von gestern und die Kochwäsche aus dem Trockner auf der Couch, auf Birrlingers Sofa waren es etliche Kleiderbügel und ein Dutzend Zeitschriften. Auf Verenas Wohnzimmertisch standen das Rotweinglas von gestern Abend, die Kaffeetasse vom Vormittag und die Müslipackung, die Verena dann doch nicht aufgemacht hatte. Dort ein voller Aschenbecher, der genauso ekelhaft stank, wie er aussah, ein halber Apfel auf einem Vesperbrett und ebenfalls die Zeitung von gestern. Also alles halb so wild. Aber Frau Birrlinger, die sich im Hintergrund gehalten hatte, litt wie ein ertapptes Kind kurz vor der Gardinenpredigt.

Im Gästezimmer waren sie fündig geworden. In der Bettwäsche konnten sie Haare von Bernadette sicherstellen. Außerdem hatte sie ein paar Wäschestücke zurückgelassen.

Verena schaltete den CD-Player ein.

„*Cameriere!*", rief eine Frauenstimme.

Seit Jahren stolperte Verena durch das erste Kapitel. Die Vokabeln wollten sich einfach nicht im Gedächtnis verankern. Immer wieder waren sie unauffindbar im Kopf.

„*Si! Che cosa desidera?*", fragte der herbeizitierte Kellner.

Natürlich waren alle Flughäfen bundesweit und in den angrenzenden Staaten informiert worden – inklusive des Bundesgrenzschutzes.

„*Una birra, per favore*", sagte die Frauenstimme.

„*Bene, subito*", antwortete der Cameriere.

Gerade im Begriff, sich nach dem Weinglas und der Kaffeetasse zu bücken, hielt Verena plötzlich inne. Wie bewegte sich Bernadette Hildebrandt eigentlich fort? Unvorstellbar, dass sie die öffentlichen Verkehrsmittel nahm. Verena rief Benno an, der nach dem zweiten Klingeln abnahm, und trug ihm auf, gleich morgen früh sämtliche Mietwagenzentralen im Umkreis unter die Lupe zu nehmen.

„*Un momento. Vorrei anche mangiare qualcosa*", sagte die Frauenstimme.

„*Una pizza, un toast o un panino?*", fragte der aufmerksame Kellner. Verena ging in die Küche und öffnete die Spülmaschinentür, als sie eine Stimme vernahm, die nicht aus ihrem CD-Player kam. War das Lisbeths Stimme? Sie lauschte. Dann schüttelte sie den Kopf. Sie räumte Tassen und Gläser in den Schrank, als sie Lisbeths Stimme jetzt deutlich hörte. Und daneben das sonore Brummen eines Baritons, das höchstwahrscheinlich zu Siggi gehörte.

Was jetzt folgte: Geschrei von Lisbeth, brummende Laute von Siggi, dann ein dumpfes Poltern, als ob etwas Schweres, Klobiges ohne nachzufedern auf dem Boden aufgeschlagen wäre. Verena spürte die Vibration unter ihren Füßen. Dann war Ruhe!

Zuerst unentschlossen, dann umso schneller, rannte sie hinaus ins Treppenhaus und hinunter bis vor Lisbeths Wohnung. Sie blieb stehen, lauschte, hörte nichts, und klingelte.

In der Wohnung regte sich nichts.

Verena klingelte noch mal.

Dann endlich öffnete Lisbeth einen Spaltbreit und fragte mit leiser Stimme:

„Du? Ist was passiert?"

„Das frag ich dich! Ich habe ... euren Streit mitbekommen. In diesem Haus gibt es keine Geheimnisse. Ist alles in Ordnung?"

„Klar! Mach dir keine Sorgen."

Sanft lächelnd schloss Lisbeth die Tür.

Im ersten Moment verdutzt, zuckte Verena jetzt mit den Schultern und ging in ihre Wohnung zurück. Wie es schien, hatte das Spektakel aus Lisbeths Wohnung ganz andere Gründe. Verena wollte sich die Details lieber nicht vorstellen.

„Cameriere, quant'é?", fragte die Frauenstimme, als Verena wieder in ihrer Wohnung war.

„Allora ... un martini, una birra e un cornetto ... tremiladuecento lire", antwortete der Kellner.

Später, als Verena im Bett lag, drang Aurelias Stimme durch den Termitentunnel in ihr Schlafzimmer:

„Domenico, heute war la commissaria nicht im Lokal. Ist etwas vorgefallen zwischen euch?"

„Mama. Sie kann nicht jeden Abend da sein. Sie hat viel zu tun."

„Wenn du dir nur ein bisschen mehr Mühe geben würdest ..."

„Mama ..."

42

Ein lang gezogener Hupton verriet, dass sie da war. Wiglaf ging zum Fenster. Er sah, wie Klara ihre knochige Gestalt aus dem Kleintransporter schälte, wie sie am Heck des Fahrzeugs die Türen öffnete und jetzt, beide Hände in die Hüften gestemmt, breitbeinig dastand und zu ihm hochschaute.

„Hast du irgendwo noch eine Ecke für meine Schuhe, Schbatz?", fragte Beatrice, die gerade hereingekommen war und prüfende Blicke in Wiglafs Kartons warf. Doch unvermittelt setzte sie sich auf eine Kiste, die schon verschlossen war, ließ die Hände in den Schoß fallen und die Schulter sinken – und erweckte den Eindruck, als gehe es auf direktem Weg in ein Straflager nach Sibirien.

„Es ist doch nur vorübergehend, Bea-Darling", sagte Wiglaf, um einen aufmunternden Ton bemüht. „Schau mal, dein Gehalt reicht einfach nicht für uns beide *und* für eine Miete."

Er versuchte ein Lächeln. „Und jetzt haben wir Luft, uns in Ruhe eine Wohnung zu suchen, die wir uns auch leisten können."

„Ich kenne diese Frau doch gar nicht. Außerdem ist sie deine Verflossene! Und mit *der* soll ich unter einem Dach wohnen? Unter *ihrem* Dach?"

Beatrice erhob sich schwerfällig, als ob eine Zentnerlast ihre Schultern niederdrückte. „Ich hab kein gutes Gefühl, Schbatz", sagte sie im Hinausgehen. Für die Schuhe würde sie einen anderen Platz finden.

Sie begrüßten sich auf der Straße.

Nachdem Beatrice und Wiglaf jeweils eine Umzugskiste auf die Ladefläche des Transporters gestellt hatten, standen sie sich nun zu dritt gegenüber und gaben einander die Hände. Klara überragte Beatrice um Haupteslänge.

„Freut mich", sagte Klara, während sie Beatrices Hand in der ihren hielt.

„Ja, ... mich auch", antwortete Beatrice, die dem Blick der Älteren nur kurz standhielt, dann ihre Hand befreite und wieder im Haus verschwand.

‚Ist es das, wogegen du mich eingetauscht hast?', las Wiglaf in Klaras Blick, als sie mit hochgezogenen Augenbrauen und eingefrorenem Lächeln zu ihm herübersah.

„Sie ist manchmal ... etwas schüchtern", sagte er achselzuckend.

„Aber ganz hübsch!", gab Klara zurück, drehte sich um und machte sich ebenfalls an die Arbeit.

Unter dem Eindruck der momentanen Situation verteilte sich eine Erkenntnis in Wiglafs Gehirn wie Gussbeton und erhärtete sich im Laufe des Vormittags allmählich. Die Erkenntnis, dass es kein Zufall gewesen sein konnte, Klara wiederbegegnet zu sein. Dass es so etwas wie Vorsehung geben musste, die den Verlorenen dieser Welt den rechten Weg weist, die Verirrten leitet und ihnen einen rettenden Engel schickt: Klara, seine Amazone! Seine Penthesilea!

Glück erfüllte ihn, wenn ihr Du-wirst-sehen-jetzt-wird-alles-gut-Blick ihn traf wie ein warmer Sonnenstrahl nach frostiger Nacht.

Beatrice dagegen hatte nicht nur an der Last der Umzugskisten schwer zu tragen. Sie bot einen derart erbärmlichen Anblick, dass Wiglaf sich wünschte, er könnte sein Gesicht abwenden, um ihn sich zu ersparen.

Später saßen sie im Fond des voll bepackten Transporters, am Steuer Penthesilea, die das Gefährt sicher lenkte. Neben ihr – niedergedrückt, verschüchtert – Beatrice, für die es nicht einmal einen Sicherheitsgurt gab. Und außen der Errettete, der sein Glück immer noch nicht fassen konnte.

* * *

Klara führte die beiden durch ihr Haus, vorbei an bis zur Decke reichenden, überbordenden Bücherregalen, holzvertäfelten Wänden, die einen neuen Anstrich nötig hatten, Mobiliar aus längst vergangenen Tagen, Skulpturen aus Keramik und Gips, Masken und Schnitzereien aus Holz. Die Küche hätte selbst Tante Sophie mittlerweile als altmodisch bezeichnet.

„Und das ist euer Reich", sagte sie, als sie vor Onkel Harrys Arbeitszimmer standen. Klara öffnete die Tür und trat beiseite, damit Wiglaf und Beatrice ungehindert eintreten konnten. Wortlos schauten sich die beiden um. Wiglaf ging zum Fenster und schob den Vorhang beiseite. Beatrice warf einen Blick ins Bad, öffnete den Kleiderschrank, was ein knarrendes Geräusch auslöste.

„Es soll ja nicht für immer sein", sagte Klara, da keiner der beiden sprach. „Ich lass euch dann mal allein ..."

Sie schloss die Tür und ging in das benachbarte Zimmer, das ihr eigenes war. Die Truhe auf Rollen stand vor der Heizung.

Sie setzte sich an ihren Schreibtisch, schaltete den Computer ein und wartete, während sie den Bildschirm nicht aus den Augen ließ. Als sich nach ein paar Befehlen die gewünschten Dateien öffneten, lehnte sie sich zurück. Wiglaf war zu sehen, der sich auf die Fensterseite des Bettes gesetzt hatte, was Klara zufrieden lächelnd quittierte, und durch Wippbewegungen die Festigkeit der Matratze zu prüfen schien.

„In jedem Zimmer dieser ... dieser modrige Geruch", hörte sie Beatrice sagen. „Und überall diese Schwere, diese dunklen Möbel. Das ganze Haus ist marode, inklusive der Bewohnerin", fuhr Beatrice fort. Und wie zur Beweisführung unterblieb eine Reaktion seitens der Stehlampe, als Beatrice auf den Fußschalter trat. „In zwei Tagen hab ich die schönste Depression."

„Wenn's nur das ist, Engelchen", murmelte Klara lächelnd.

„Quengel nicht schon am ersten Tag. Sei froh, dass sie uns so selbstlos hilft." Das war Wiglaf, der aufgehört hatte zu wippen und jetzt lang gestreckt auf dem Bett lag, die Arme hinter dem Kopf verschränkt.

Mit einem Mausklick erschien das Badezimmer auf dem Monitor, wie die übrigen Räume auch, eingefangen in seiner ganzen Dimension aus der Fischaugenperspektive: in der Bildmitte die Toilette, rechts davon Waschbecken und Spiegelschrank, links eine Badewanne, die auch als Dusche genutzt werden konnte. Virtuell spazierte Klara durch alle Räume ihres Hauses, kontrollierte hier die Ausrichtung der Kameras und dort die Lichtverhältnisse und schaltete dann zufrieden den Computer aus.

43

Um zehn nach sieben trat Willsch seinen Dienst an. Christoph zog sich gerade um und schaute in dem Moment auf die Uhr, als Willsch hereinkam.

„Von mir bekommst du keinen Cent", sagte Willsch, um einen ruhigen Ton bemüht, was ihm schwerfiel. Er war noch zu aufgewühlt.

Gestern hatte es einen Todesfall gegeben.

Christoph hatte also den vermeintlichen Ausreißer in den Parkanlagen ausfindig gemacht und gegen dessen Willen ins Haus zurückgebracht. Danach hat er Medikamente verteilt und die Zimmer kontrolliert, während Willsch und Songül die Alten in den Speisesaal brachten. Die Aussprache hatte also warten müssen!

Und als Willsch später nach Herrn Schultheiß sehen wollte, hatte er ihn tot vorgefunden, mit geöffnetem Mund und zur Seite geneigtem Kopf.

Der herbeigerufene Arzt hatte Herzversagen als Todesursache attestiert und die Akte geschlossen.

Willsch hatte sich mit Mühe zu seiner Ermittlungsarbeit gezwungen und den dürren Körper auf verdächtige Spuren untersucht, Anzeichen von körperlicher Gewalt etwa oder Einstichstellen auf der Haut, hatte aber nichts gefunden. In der Nachttischschublade lag eine Bibel, sonst nichts. Auch die Durchsuchung des übrigen Zimmers ergab nichts.

Willsch war noch eine Weile bei dem Toten sitzen geblieben und hatte dann leise das Zimmer verlassen.

„Wo bist du denn so lange?", hatte Songül vorwurfsvoll gefragt, als sie sich auf dem Flur begegnet waren. „Für stundenlange Totenwachen haben wir keine Zeit."

„Zehn Minuten zu spät", sagte Christoph, als er den Blick von seiner Armbanduhr nahm. „Ungünstig in deiner Lage!"

„Was geht's dich an?", gab Willsch zurück.

„Nichts, da gebe ich dir recht. Aber die Irmscher vielleicht?"

„Die muss es ja nicht erfahren."

„Richtig, Reiner. Und ich weiß auch, *wie* sie es *nicht* erfährt."

„Mit fünf Euro bin ich dabei?" Willsch lächelte süffisant.

„Mister Unbescholten ist ein schlaues Kerlchen."

Willsch taxierte seinen Kontrahenten von Kopf bis Fuß.

„Auf ein Wort", sagte er jetzt in ruhiger Tonlage. Er bedeutete Christoph mit einer Armbewegung, sich an den Tisch zu setzen. Dann ging er zu seinem Spind und holte die Kopien heraus, die er von dem Heft in Christophs Schrank gemacht hatte. Christoph führte über seine Bestechungen akribisch Buch. Willsch nahm Christoph gegenüber Platz.

„Ich möchte mit dir über das da reden." Er schob die Kopien zu Christoph hinüber, der wortlos danach griff. Er las, und seine Augen weiteten sich für einen kurzen Moment.

„Was fällt dir ein, in meinen ..."

„Hör mir gut zu", unterbrach ihn Willsch und beugte sich nach vorne, „wenn das nicht aufhört, sorge ich dafür, dass du hochkant fliegst. Und ich kann das, verlass dich drauf."

„Einmal kriminell, immer kriminell, was? Das bewahrheitet sich doch immer wieder", gab Christoph zurück. Er hatte sich wieder gefangen. „Du glaubst doch nicht im Ernst, dass mich deine Drohung beeindruckt?" Er nahm die Blätter, zerknüllte sie und warf sie grinsend hinter sich.

„Du bist nichts weiter als ein kleiner Ganove, ein Straßenköter, der es nie zu etwas bringen wird." Willsch stand auf und hob das Papierknäuel auf. Er legte es vor Christoph auf den Tisch und sagte: „Das hört auf. Oder *du* wirst zur Abwechslung bezahlen!"

44

Der Anruf kam, als Benno gerade einige Seiten aus dem Internet ausdruckte, Verena darüber nachdachte, wie sie Frau Glöckle klarmachen konnte, dass sie auch als neu gewähltes Betriebsratsmitglied immer noch Abteilungssekretärin der Mordkommission war, und Ruben, der ja in einem Abhängigkeitsverhältnis stand, mittels ihm zur Verfügung stehender Gebärden seine Hungersnot zu beenden hoffte.

„Sie haben sie", sagte Verena und legte auf. „Bernadette Hildebrandt ist in Frankfurt am Flughafen aufgegriffen worden."

„Wurde auch Zeit", sagte Benno, ohne aufzusehen. Er sortierte die Ausdrucke und legte sie vor sich auf den Tisch.

„Ihr Gepäck war schon im Flieger. Das war buchstäblich in letzter Minute." Verena schaute auf die Uhr: „In ungefähr drei Stunden müssten sie da sein."

Verena öffnete eine Katzenfutterdose und stellte sie unter ihren Stuhl.

„Was hast du über Klara Pfaff herausbekommen?", fragte sie.

„Gerade bin ich fertig damit! Also: Klara Pfaff hat das Haus, in dem sie wohnt, von ihrem Onkel geerbt. Dem Bruder ihrer Mutter. Ihre Eltern haben sich kurz nach der Heirat einer christlichen Gemeinschaft – wie die sich selber bezeichnet – angeschlossen. Ich finde den Begriff ‚Sekte' treffender! Diese Sekte nennt sich *Deo Gratias*. Heißt: *Gott sei Dank*."

„Ach nee!", sagte Verena grinsend. „Klingt eher nach einer Werbeaktion einer Drogeriekette. Aber erzähl weiter."

„Straff hierarchisch organisiert", fuhr Benno fort. „Wer sich einmal in den Tentakeln von *Deo Gratias* verfängt, kommt so leicht nicht mehr davon los. Wer es dennoch schafft, wird bedroht, am Arbeitsplatz diffamiert, die ganze Palette. Ich hab da ein paar Fälle recherchiert. Dramen, sag ich Ihnen ..."

„Das Wesentliche reicht erst einmal!"

„Kommt gleich: Also, unter dem Deckmantel der Nächstenliebe schicken sie ihre Leute in die Dritte Welt, in arme Länder, die Hilfe nötig haben; Ärzte, Krankenschwestern, Ingenieure und so weiter. Bei näherer Betrachtung ist das ein knallhartes Geschäft; Subventionen aus Deutschland, Zuwendungen der jeweiligen Staaten, Spendengelder et cetera. Und ganz nebenbei ..."

„Benno! Komm auf den Punkt! Wir haben nur noch zwei Stunden!"

„Immer mit der Ruhe. Alles findet sich: Also, ganz nebenbei, quasi als Nebeneffekt, aber nicht weniger unwichtig, werden neue Mitglieder geworben. Natürlich nur zahlungskräftige. Klaras Eltern sind also in die Fänge dieser Sekte geraten und waren in der Folge um den halben Globus unterwegs, die Tochter immer im Gepäck. Bis zu Klaras sechstem Lebensjahr, als die Schulpflicht in Deutschland ein Thema wurde. Und hier kommen Harald Sander, der Bruder von Klaras Mutter, und seine Frau Sophie ins Spiel, damals wohnhaft in Betzingen, Lutherstraße. Dorthin wurde das Kind nämlich abgeschoben. Und als Onkel und Tante vor zwei Jahren kurz hintereinander gestorben sind, hat Klara das Haus und eine nicht unbeträchtliche Geldsumme geerbt."

Benno nahm einen Ausdruck und schob ihn Verena zu.

„Ich habe den Onkel etwas näher beleuchtet, und das war sehr interessant: normale Entwicklung als Kind und Jugendlicher, Abitur, Studium der Biologie, wissenschaftliche Tätigkeit an der Uni Tübingen. Dann folgen Jahre als Forschungsreisender. Und sein bevorzugtes Ziel: nördliches Süd- und Mittelamerika. Brasilien, Peru, Ekuador, Panama und Kolumbien. Er hat wissenschaftliche Arbeiten publiziert. Ein paar hab ich im Internet gefunden."

Er schob seiner Chefin ein weiteres Blatt zu.

„Schwerpunkt Flora und Fauna Süd- und Mittelamerikas. Nichts Besonderes mehr heutzutage, wo man mittlerweile jeden Stein aufgehoben und umgedreht hat. Aber raten Sie mal, wovon *eine* Arbeit handelt!"

„Sag's mir." Verena mochte keine Ratespiele.

„*Phyllobates terribilis*. Der Pfeilgiftfrosch."

Verena pfiff durch die Zähne. Sie nickte anerkennend.

„Ist Klara Pfaff in die Fußstapfen ihres Onkels getreten?"

„So weit bin ich noch nicht. Was ich bisher habe: Sie hat das Gymnasium nach der zehnten Klasse verlassen. Hat die Schule mit der Mittleren Reife abgeschlossen. Danach verliert sich die Spur. Könnte sein, dass sie eine Zeit lang im Ausland war. Ich bleib dran." Benno lehnte sich zurück. „Ob sich in ihrem Keller stapelweise Material von ihrem Onkel findet?"

„Ein Grund mehr, sie dringend zu sprechen. Hast du sie erreicht?"

„Nein. Weder Handy noch Festnetz. Es gibt keinen Anrufbeantworter."

„Gleich, wenn wir mit der Hildebrandt fertig sind, fahren wir noch mal hin." Verena überlegte. „Hast du was über die Eltern herausbekommen? Wo sind sie? Haben sie Kontakt zur Tochter aufgenommen?"

„Noch keine Spur von ihnen."

Ruben, der sich zur Verdauung in seine Tasche zurückgezogen hatte, bellte zweimal: Es war ein Bellen, das besagte, dass, obwohl sich all seine Energie im Magen gesammelt hatte, doch noch ein rudimentäres Pflichtbewusstsein vorhanden war.

„Bernadette Hildebrandt sitzt im Verhörraum", sagte Verena, nachdem sie aufgelegt hatte. „Gehen wir!"

Ein Stockwerk tiefer blieben sie vor dem Spiegelfenster stehen, das es erlaubte, in das Verhörzimmer hineinzuschauen, ohne selbst gesehen zu werden.

„Dein Eindruck?", fragte Verena.

„Schwer zu sagen. Sie wird sich denken können, dass jemand hinter diesem großen Spiegel steht und sie beobachtet."

Mit übereinandergeschlagenen Beinen saß Bernadette Hildebrandt auf einem der vier Stühle, die mit dem Holztisch das einzige Mobiliar bildeten. In ihrem Gesicht lag ungläubige Empörung, so als halte sie das Ganze für einen Witz, eine Slapsticknummer, als würde gleich Frank Elstner aus seinem Versteck herauskommen und fröhlich lachend *„Verstehen Sie Spaß?"* rufen.

Sie wies keinerlei hervorstechende Merkmale auf: Sie war weder hübsch noch hässlich, die Haare, von undefinierbarem Braun, waren weder kurz noch lang, weder glatt noch gelockt, ihre Augen nicht groß, nicht klein. Einzig ihre Himmelfahrtsnase verlieh ihr einen arroganten Zug. Ihre Hände ruhten auf der Tischkante. Zwei schmale Hände mit langen, schlanken Fingern. Unter der transparenten Haut zeichneten sich deutlich die Venen ab, wie Schlangen unter einer dünnen Sandschicht.

‚Lehrerinnenhände', dachte Verena.

Sie gingen hinein.

„Kann mir mal jemand sagen ...!", rief die Frau sofort und sprang auf, als Verena und Benno den Raum betraten. Verena hob den Arm, bedeutete ihr, sich wieder zu setzen, und nahm ihr gegenüber Platz. Benno setzte sich neben seine Chefin.

„Ich bin Hauptkommissarin Verena Paul. Sie befinden sich in der Polizeidirektion Reutlingen. Und Sie sind hier, weil wir im Zusammenhang mit zwei Mordfällen einige Fragen an Sie haben."

Verena schaltete das Aufnahmegerät ein und sprach die üblichen Formalitäten ins Mikrofon.

„Beginnen wir mit Klaas Hildebrandt, Ihrem Mann. Wann haben Sie ihn zuletzt gesehen?", begann sie.

„Das ist ewig her. Als ich vor fünf Jahren Deutschland verlassen habe."

„Haben Sie mitbekommen, was ihm zugestoßen ist?"

„Ja. Aus der Zeitung", sagte die Frau ungerührt.

„Warum haben Sie sich nicht bei uns gemeldet?"

„Mir war nicht klar, dass ich das sollte."

„Sie hätten sich denken können, dass wir von Ihrer Reise nach Deutschland wussten."

„Im ersten Moment war ich einfach nur ... erschrocken. Und dann ... enttäuscht. Es ist nicht einfach gewesen, Klaas zu finden. Dieser Lump hat sich davongestohlen, ohne sich noch einmal umzudrehen. Seit Jahren zahlt er keinen Cent für seinen Sohn. Ich brauche das Geld dringend. Über einen Privatdetektiv habe ich dann seine Adresse herausbekommen."

„Sie hätten sich später bei uns melden können. Nach dem Schreck. Und nach der Enttäuschung."

„Ich hatte es auch vor ... Aber dann dachte ich mir, nachher verdächtigen Sie mich noch, behalten mich da, ich bekomme meinen Rückflug nicht. Ich wollte das alles vermeiden."

„Wir haben in Klaas' Wohnung Briefe von Ihnen gefunden. Keine sehr netten Briefe."

„Wundert Sie das?"

„Kennen Sie eine Agnes Eisele?"

„Nein. Wer soll das sein?"

„Agnes Eisele wurde auf dieselbe Weise getötet wie Ihr Mann."

„Das tut mir leid."

„Ist Ihnen der Name Wiglaf Winter oder Detlef Wengerter ein Begriff? Oder Beatrice Kracht?"

„Nie gehört."

Verena überlegte, während sie die Blätter in ihrer Mappe neu ordnete.

„Was genau machen Sie in Kolumbien?"

„Ich ... habe unterrichtet."

„Dass Sie Lehrerin an einer Grundschule in Medellin waren und Mathematik und Sport unterrichtet haben, ist uns bekannt! Wir wissen auch, dass Ihre Stelle wegrationalisiert wurde. Was machen Sie aktuell?"

„Ich halte mich und meinen Sohn mit Gelegenheitsarbeiten über Wasser. Stundenweise Privatunterricht bei Kindern reicher Leute, Hausaufgabenbetreuung, ab und zu helfe ich in einem Kindergarten aus."

Verena nickte.

„Haben Sie Kontakt mit Leuten, die ...", Verena überlegte kurz, „... die naturwissenschaftlich arbeiten? Biologen vielleicht? Oder Forscher?"

Verena war sich bewusst, wie eigenartig ihre Frage klingen musste.

„Worauf wollen Sie hinaus?", fragte die Frau verständnislos.

„Antworten Sie einfach!"

„Ich habe keine Zeit für Kontakte. Ich habe drei Jobs und ein Kind."

„Ihr Mann ist an einem Gift gestorben, dem Gift des Pfeilgiftfrosches *Phyllobates terribilis*. Und der *Phyllobates terribilis* lebt hauptsächlich in Kolumbien. Was sagen Sie dazu?" Verenas Ton wurde eine Spur schärfer. Sie beobachtete jede Regung ihres Gegenübers: Gab es ein Zucken der Mundwinkel? Ein unmerkliches Heben der Augenbrauen? Würde sie sich vielleicht an der Nase kratzen? Oder das Haar hinter die Ohren streichen?

Stattdessen ein Schulterzucken. „Das ist mir alles unbekannt", sagte Hildebrandt gleichgültig.

„Man könnte einen Zusammenhang herstellen. Immerhin sind zwei Menschen mit dem Gift getötet worden, das in einem Land zu haben ist, in dem Sie die letzten Jahre verbracht haben. Das sollte Ihnen doch einleuchten!"

„Ich bin einzig aus einem Grund nach Deutschland gekommen. Nämlich, um von Klaas das Geld zu fordern, das er mir schuldet."

„Warum sind Sie nicht wieder zurückgeflogen, als klar war, dass er tot ist? Dass von ihm nichts mehr zu holen war?"

Mit zusammengekniffenen Lippen betrachtete Hildebrandt jetzt ihre Finger, bog und streckte sie.

„Ich ... ich hatte kein Geld mehr für den Rückflug. Meine Hoffnung war, mit dem Geld von Klaas ein Rückflugticket kaufen zu können. Als mein Plan gescheitert war, saß ich fest. Meine Eltern wollte ich nicht schon wieder zur Kasse bitten. Bei meiner Freundin Inge konnte ich zwar noch eine Weile wohnen, doch anpumpen wollte ich sie nicht. Es war ohnehin nicht einfach mit ihr. Sie ging mir mit ihrer Pedanterie ganz schön auf den Geist." Sie rollte die Augen nach oben. „Ich hatte ganz vergessen, wie schwäbische Hausfrauen ticken. Also musste ich mir das Geld für den Rückflug erst einmal verdienen."

„Und wie haben Sie das Geld verdient?"

„Ich hab mir eine Arbeit gesucht. Und ich hatte Glück. Der Balkan-Grill in der Krämerstraße hat eine Küchenhilfe gesucht. Für abends. Vormittags habe ich Praxisräume geputzt. Es war nicht einfach, das Geld zusammenzubekommen."

Sie nannte die Adressen von zwei Allgemeinarztpraxen und einer Zahnarztpraxis. Verena hob die Hand, und Benno, der verstand, setzte sich in Bewegung.

„Fünfzehnuhrsechsunddreißig. Benno Andres verlässt den Raum", sagte sie ins Mikrofon. Und zu Bernadette: „Ich möchte von Ihnen einen haargenauen Bericht vom ersten bis zum letzten Tag Ihres Aufenthaltes in Reutlingen. Und bedenken Sie, dass ich das meiste schon weiß."

Sie lehnte sich zurück.

Im Grunde erfuhr sie nichts Neues. Das Meiste von dem, was die Frau ihr erzählte, wusste sie tatsächlich bereits. Und dass sie an dem Abend, als Agnes Eisele ermordet wurde, von halb sechs bis nach Mitternacht im Balkan-Grill gearbeitet haben will, würde Benno im Moment überprüfen.

Sie habe nach Inges Kontrollanruf aus Lörrach ihre Sachen gepackt. Keinen Tag länger wollte sie mit dieser Putznärrin unter einem Dach leben. Im Balkan-Grill habe man ihr ein Hinterzimmer zur Verfügung gestellt, bis sie das Geld für das Ticket zusammenhabe.

Ruben fiepte zweimal. Klug genug zu ahnen, dass er es unter glücklicheren Umständen zu einem erfolgreichen Spürhund hätte bringen können, hatte er gelernt, dass er in diesem Raum nicht bellen, sondern nur fiepen durfte. Denn es fanden komplizierte Gespräche statt zwischen den Menschen.

Verena holte ihr Handy heraus und erfuhr, dass in Bernadette Hildebrandts Gepäck nichts Verdächtiges gefunden worden war: Kleidung, das übliche Waschzeug, Bücher und Kinderspielzeug.

„Halten Sie sich weiter zu unserer Verfügung. Wir überprüfen Ihre Angaben. Außerdem stehen noch Laborergebnisse aus. Ich will Sie nicht mit Einzelheiten belasten", sagte Verena.

„Das ist ja wohl nicht Ihr Ernst! Ich hab mit den Morden nichts zu tun. Genügt es nicht, dass ich wegen Ihnen meinen Flug verpasst habe? Wer ersetzt mir das Ticket? Und wer kümmert sich um Gustavo?"

„Das wird sich alles finden", sagte Verena. „Können Sie im Balkan-Grill noch eine Weile wohnen?"

„Mir bleibt wohl nichts anderes übrig."

Sie nahm ihre Handtasche von der Stuhllehne, stand auf und verließ grußlos den Raum.

Verena rief Benno an.

„Sie verlässt jetzt das Präsidium. Jemand soll sich an ihre Fersen heften."

Dann wählte sie die Nummer des Erkennungsdienstes, der die Abdrücke sichern sollte, die die Lehrerinnenhände auf der Tischplatte hinterlassen hatten.

45

Es hatte an der Haustür geklingelt! Hastig nahm Klara die Küchenschürze ab und lief nach oben in ihr Arbeitszimmer. Sie setzte sich an den Computer, tippte auf der Tastatur ein paar Befehle ein, und ein Fenster öffnete sich: Die blonde Frau mit dem Hund in der Tasche und der Beau aus dem Katalog standen vor der Tür.

„Euch kenn ich doch", murmelte sie. „Ihr seid schon vor dem Haus dieser Literaturverramscherin herumgeschlichen."

Sie schaltete den Lautsprecher ein.

„... scheint wieder nicht da zu sein", hörte sie die Frau sagen, die jetzt noch mal auf den Klingelknopf drückte. Unnötigerweise zuckte Klara beim Geräusch ihrer eigenen Klingel zusammen.

„Verschwindet! Ich kann euch nicht gebrauchen!", zischte sie.

Hastig überdachte sie die Situation: Wiglaf war in seinem Zimmer. Sie hatte ihn seit dem Mittag nicht mehr gesehen. Bea-Bitch war nach dem Umzug kommentarlos aus dem Haus gegangen.

Klara öffnete ein anderes Fenster auf dem Monitor: Wiglaf lag auf dem Bett und rauchte. In aller Ruhe schaute er dem Qualm zu, wie er zur Decke aufstieg und sich dort im blauen Dunst verlor.

„Vielleicht ist sie verreist?" Das war die Stimme des jungen Mannes.

‚Genau! Ich bin verreist. Also verpisst euch!'

„Vielleicht. Versuch das rauszukriegen, Benno. Und wo sie arbeitet."

‚Benno heißt du also, mein Kleiner. Na, da bin ich mal gespannt, wie du das alles schaffen willst. Benno!'

Die Frau nahm jetzt einen Zettel aus ihrer Handtasche, schrieb etwas darauf und schob ihn zwischen Tür und Türrahmen.

Als sich die beiden endlich entfernt hatten, ging Klara auf Zehenspitzen hinunter und öffnete die Haustüre. Der Zettel fiel zu Boden. Klara hob ihn auf und las.

„Hab ich's mir doch gedacht!", murmelte sie.

46

Gar keine Frage: Die ganze Geschichte war nicht nur merkwürdig, sondern begann Verena langsam auf die Nerven zu gehen. Gerade hatte sie die Hand gehoben, um auf Wiglaf Winters Klingel zu drücken, als sie bemerkte, dass das Namensschild fehlte.

„Ich kann mich nicht erinnern, dass von so einem schnellen Auszug die Rede war“, sagte sie zu Benno, als sie im Garten standen und auf die nackten Fenster im ersten Stock hinaufschauten.

„Er sollte uns auf jeden Fall seine neue Adresse mitteilen“, gab Benno zurück.

„Hast du dein Zaubermäppchen dabei?“ Immer noch sah Verena nach oben, als würde dort gleich in Leuchtschrift Wiglafs neue Adresse erscheinen.

„Das hab ich immer dabei“, antwortete Benno, der gleichfalls auf Winters verlassene Wohnung starrte, um nicht aus der Reihe zu tanzen.

„Die Wohnung scheint leer zu stehen. Also kann man nicht direkt von Hausfriedensbruch sprechen!“

„Sie sind die Chefin!“

Benno nahm das Etui aus der Brusttasche seines Jacketts und machte sich an die Arbeit. Augenblicke später sprang die Tür auf. Sie betraten den Hausflur. Das Siegel an Agnes Eiseles Wohnungstür war unbeschädigt.

Winters Wohnung war unverschlossen, die Zimmer bis auf einige Möbelstücke leer geräumt.

„Frag die Nachbarn, ob sie irgendetwas gesehen haben“, sagte Verena, und als sie Ruben im Garten bellen hörte: „Und bring ihn dann mit.“ Ruben hatte seinem alten Freund, dem Wacholderbusch, einen Besuch abgestattet.

Warum war Winter so plötzlich ausgezogen? Und wo zum Teufel steckten er und Beatrice jetzt? Verena kam eine Idee. Sie rief Frau Glöckle an, die ihr die Telefonnummer vom Spendhaus per SMS schicken sollte. Später erfuhr sie vom dortigen Sekretariat, dass Beatrice sich für die ganze Woche krankgemeldet hat.

Jetzt wählte sie Wagners Handynummer.

„Was macht sie?"

„Sie ist vor ungefähr einer Dreiviertelstunde in den Balkan-Grill gegangen und seither nicht mehr herausgekommen. Einen Hinterausgang gibt es nicht", gab Wagner zurück.

Verena nickte, während sie auflegte und eine andere Nummer wählte.

„Wo sind Sie gerade?", fragte sie Willsch, von dem sie nicht wusste, ob er heute Dienst hatte.

„Moment, Chefin ...", sagte Willsch. Verena hörte, dass er etwas außer Atem war. „So, jetzt. Ich habe gerade mit Herrn Augsburger Muskel- und Gelenktraining gemacht. Ist gut für seine Arthrose."

„Ich brauche Sie."

„Was soll ich tun?"

„Fahren Sie nach Betzingen, Lutherstraße 9. Ein altes Fachwerkhaus. Es ragt mit einer Ecke in den Bürgersteig hinein. Ist nicht zu verfehlen. Und lassen Sie es nicht aus den Augen. Rufen Sie mich an, sobald sich auch nur die kleinste Kleinigkeit regt. Jemand das Haus verlässt. Oder hineingeht. Was auch immer. Und, Willsch: unauffällig!"

„Geht klar."

Verena legte auf. Sie ging durch die leere Wohnung, die ohne Wiglafs spartanische Einrichtung ihre frostige Ausstrahlung verloren hatte. Die hohen, hellen Räume zusammen mit dem Holzboden strahlten jetzt eine Wohnlichkeit aus, die Wiglaf geradezu wegmöbliert hatte.

„Eine Nachbarin hat tatsächlich was beobachtet", sagte Benno, als er mit Ruben auf dem Arm zurückkam. „Heute Morgen um kurz vor acht habe ein größerer Lieferwagen vor Eiseles Haus geparkt. Eine Frau sei ausgestiegen, lang und dünn wie eine Bohnenstange. Dann haben drei Personen Kartons und Möbel aus Eiseles Haus getragen und in den Lieferwagen geladen."

„Wiglaf Winter, Beatrice Kracht und ... Bohnenstange. Klara Pfaff?", überlegte Verena.

„Als die Nachbarin dann kurz nach elf noch mal in den Garten gegangen sei, habe der Lieferwagen nicht mehr dort gestanden", fuhr Benno fort.

„Hat sie Wiglaf und Beatrice erkannt?"

„Ja. Sie hat die beiden öfters gesehen. Nur die Dürre nicht. Die sei ihr unbekannt."

Bedrängt von dem Gefühl, etwas zu übersehen, lenkte Verena wenig später ihren Käfer zurück zur Polizeidirektion.

47

Die Haut zum Bersten gespannt und an manchen Stellen aufgeplatzt, lag die Poularde rücklings auf einer Porzellanplatte. Aus der Öffnung zwischen ihren grotesk abstehenden Beinen quoll ein Brei aus eingedicktem Brötchenteig, geschmorten Pilzen und Speck. Petersiliensträuße ragten aus Körperöffnungen wie Unkraut aus Mauerritzen. Eingerahmt von zahlreichen tischtennisballgroßen Klößen schien das Tier für ein letztes Gefecht aufgerüstet zu haben.

„Ist etwas nicht in Ordnung?", fragte Klara.

Sie schaute zu Beatrice hinüber, die gerade am Esstisch neben Wiglaf Platz genommen hatte und – als die Poularde in ihren Fokus geriet – ein Gesicht machte, als blicke sie geradewegs in die Hölle.

Das fing ja gut an. Nicht genug, dass sie Bea-Bitch durchfüttern musste, jetzt stellte sie sich auch noch an!

„Das sieht ja lecker aus!", rief Wiglaf und rieb sich die Hände. Mit zufriedener Miene legte er die Serviette auf seinen Schoß.

Klara griff jetzt nach dem Tranchiermesser. Bei dem Geräusch der krachenden Knochen unter der Gewalt des Messers nahm Beatrices Gesichtsfarbe die der Gipsbüste an, die hinter ihr auf der Kommode stand. Um Haltung ringend, hielt sie sich die Serviette vor den Mund.

„Ich habe nicht vergessen, was dir schmeckt", flötete Klara und bedachte Wiglaf mit einem Blick, der keine Fragen offen ließ.

„Ich war heute übrigens bei einem Makler!", sagte Beatrice unvermittelt und vermied es, Klara oder Wiglaf anzusehen. Stattdessen schob sie ihren Teller um einige Millimeter nach links und ließ die Serviette, auf der das Besteck lag, folgen.

„Es gibt ein paar vielversprechende Objekte."

Sie hob die Augen und sah Klara nun direkt ins Gesicht. „Wir möchten dir nicht länger als nötig zur Last fallen."

„Ihr ... du solltest nichts überstürzen. Es hetzt euch niemand."

Beatrice schüttelte den Kopf. „Seit ich von der Geschichte mit dir und Wiglaf weiß, zermartere ich mir den Kopf, welcher Tatsache wir es zu verdanken haben, hier und heute an deinem Tisch sitzen zu müssen."

‚*Zu müssen*! Undankbares Miststück.'

Mit einem direkten Angriff hatte Klara nicht gerechnet.

„Ihr seid mir keine Last. Und ob du's glaubst, oder nicht, liebe Beatrice, ich möchte nur helfen!", sagte sie mit dem freundlichsten Lächeln, das sie zustande brachte. Sie nahm die Fleischplatte und reichte sie Wiglaf, der sie mit der Miene eines Kindes entgegennahm, dessen Eltern in Streit geraten waren.

„Und gegessen hab ich bereits in der Stadt", sagte Beatrice, erhob sich und ging hinaus.

„Das alles kam sehr überraschend für sie. Wir müssen Geduld haben. Sie wird sich schon gewöhnen", sagte Wiglaf zwischen zwei Bissen. „Ich red gleich noch mal mit ihr. Ich bin froh, dass du uns hilfst."

Klara nickte gönnerhaft.

„Wie könnte der weitere Abend für uns zwei aussehen?"

„Ich glaube, es ist besser, wenn ich mich gleich um Beatrice kümmere."

„Du hast recht", sagte sie und stand auf, um den Nachtisch aus dem Kühlschrank zu holen. Als sie an ihrem übervollen Mülleimer vorbeikam, nahm sie die Tüte heraus und ging damit vor die Tür. Sie trat auf den Bürgersteig und sog die frische Abendluft ein.

* * *

Willsch hatte das Haus sofort erkannt. Im Schritttempo fuhr er daran vorbei. Rechts neben dem Gebäude erkannte er einen schmalen Weg, der auf eine Garage zulief, deren Tor offen stand. Die Garage war leer. Willsch fuhr noch ungefähr 20 Meter weiter, wendete dann und stellte seinen Wagen am Straßenrand ab. Direkt vor einem Lieferwagen, der das Konterfei einer Umzugsfirma auf den Autotüren trug. Willsch lehnte sich zurück, legte eine CD ein und ließ das Haus mit der hervorstehenden Ecke nicht aus den Augen.

„Hätten Sie Lust, mit mir Mittagspause zu machen?"

Willsch lächelte, als ihm *Miss Moneypennys* Worte wieder einfielen. Er war gerade dabei gewesen, Frau Wendts Bett zu beziehen, als sein Haustelefon in der Brusttasche geklingelt hatte. Ob er Lust hatte? Was für eine Frage!

Sie hatten im Park eine schattige Bank gefunden, die mitgebrachten Brote gegessen und grünen Tee aus ihrer Thermoskanne getrunken.

„Fängt die freien Radikalen", hatte *Miss Moneypenny* erklärt, was immer das auch bedeutete. Aber mit ihr zusammen würde er im Moment alles fangen. Den Wind. Die Sonne. Alles! Und in einem Anflug von blindem Zutrauen hatte er ihr von dem Zimmer im Keller erzählt. Und von seinen Plänen, es für die Alten herzurichten. Und dass er am liebsten ihr den Schlüssel geben würde, wenn er nicht mehr ... wenn seine Mission beendet war. Die Idee hatte ihr gefallen. Und er hatte einen Blick von ihr aufgefangen, in dem so etwas lag wie ... Bewunderung? Er hoffte es zumindest.

„Morgen wieder hier, Reiner?"

„Liebend gerne, Anita!"

Willsch nahm eine Bewegung wahr. Er richtete sich auf. An Hausnummer 9 hatte sich die Tür geöffnet und eine große, hagere Gestalt kam heraus.

‚Die kennst du doch', dachte Willsch und reckte seinen Kopf so weit nach vorne, dass seine Nase fast die Windschutzscheibe berührt hätte. ‚Das ist doch ... Schwester Klara.' Willsch konnte ihren frostigen Blick auf der Haut förmlich spüren.

Sie ging die Treppe hinunter, betrat den Bürgersteig und steuerte auf eine Mülltonne zu, die an der Ecke stand.

Willsch griff zum Telefon, um seine Chefin anzurufen.

48

„Heute probier ich mal Radicchio rosso di Treviso." Verena klappte die Speisekarte zu.

„Glückwunsch, carissima commissaria", sagte Mimo. „Eine gute Wahl."

Mit kräftiger Stimme rief er die Bestellung durch die Luke.

„Und ein Glas Soave."

Soave: Bilder einer pittoresken Altstadt tauchten auf, deren schattige Gassen an mit Zinnen versehenen Mauern vorbei zum Castello und weiter hinauf in die Weinberge führten. Verena roch den Duft von Oleander und frisch gemähtem Heu, hörte das Zirpen der Grillen ...

Auf einmal saß Lisbeth neben ihr. Ohne das übliche Gepolter war sie hereingekommen. Hereingeschlichen wie ein reumütiger Hund mit eingezogenem Schwanz? Oder mit den federleichten Schritten einer Frau, die wusste, dass von nun an alles in Ordnung war?

„'n Abend, Verena", sagte Lisbeth, und zu Mimo: „Krieg ich einen Grappa?"

Verena forschte in ihrem Gesicht nach irgendeinem Beleg für ihren momentanen Geisteszustand.

Lisbeth nahm die Sonnenbrille ab und wandte Verena ihr Gesicht zu.

„Sind schon besser geworden", sagte sie. „In zwei Tagen sind sie grün, in vier Tagen gelb. Und dann ist nichts mehr zu sehen. Alles vorbei!"

Verena nickte.

„Was war denn gestern Abend los bei euch?", fragte sie.

Mimo kam mit dem Radicchio rosso di Treviso und stellte den Teller vor Verena auf den Tresen.

„Sieht lecker aus", sagte Lisbeth grinsend.

„Sie möchte keine Tiere essen, die mit ihr ... geatmet haben." Mimo machte eine Geste, als ob er die Heilige Muttergottes anflehen wollte, Verena beizustehen.

„Spottet ihr ruhig", sagte Verena. „Wie war das jetzt gestern Abend?"

Im Durchschauen von Ablenkungsmanövern war sie ihren Mitmenschen immer schon um Längen voraus gewesen.

„Was soll das heißen: Mit ihr geatmet?"

„L i s b e t h !"

Lisbeth atmete hörbar aus. „Der Siggi war wieder besoffen. Ich war schon im Bett. Er hat rumgepöbelt. Nix hat ihm gepasst. Und irgendwann hab ich halt zurückgepöbelt. Obwohl das ziemlich riskant ist. Dem Siggi widerspricht man lieber nicht, wenn er in ... diesem Zustand ist. Nach der dritten Ohrfeige hab ich die Nerven verloren. Ich hab ihm gesagt, dass ich ihn verlasse. Und plötzlich war er über mir. An mir rumgefingert hat er. Und dann dieses Gelalle ... und der Gestank nach Bier ... einfach ekelhaft. Ich hab seine Hände weggestoßen. Hab gesagt, dass ich das nicht will, dass er mich in Ruhe lassen soll. Hat er aber nicht!"

Lisbeth kippte ihren Grappa in einem Zug hinunter. „Als ich keine Luft mehr bekommen hab, und wie er mich mit seiner Bierfahne angeatmet hat, da hab ich mir nicht mehr anders zu helfen gewusst, als irgendwie meine Beine unter ihn zu kriegen und ihn wegzustoßen. Ich war selber überrascht, wie leicht das war. Der Siggi ist dann in hohem Bogen aus dem Bett geflogen und auf den Bettvorleger gekracht."

„Dio mio!", rief Mimo.

„Sein Kopf", fuhr Lisbeth ungerührt fort, „hat weniger Glück gehabt, denn genau an der Stelle hat er gestern seine Hanteln hingelegt."

Lisbeth grinste. Es war ein Grinsen, das sich nicht entscheiden wollte zwischen Mitleid und Schadenfreude.

Verena stellte sich vor, wie Siggi durch das Zimmer sauste wie ein Luftballon, aus dem die Luft entweicht. Und das dazugehörige Geräusch waren seine Schimpftiraden angesichts der rohen Gewalt, die ihm widerfuhr. Jetzt grinste sie auch. Doch dann fielen ihr die Hanteln wieder ein.

„Ist er schwer verletzt?", fragte sie mit dem hier gebotenen Ernst.

„Er lag da wie ein Sack Zement. Hat keinen Mucks gemacht. Geblutet hat er nicht, so viel konnte ich vom Bett aus sehen. Ich bin dann zu ihm hin und hab geschaut, wie's ihm geht. Hab ihn angestupst. Keine Regung. Nur die Augen waren irgendwie ... unnatürlich verdreht."

„Wie verdreht?"

„Na, die Pupillen ... Ich bin dann in die Küche und hab ein Messer geholt."

Wusste Lisbeth eigentlich, was sie da in Gegenwart einer Kriminalhauptkommissarin sagte? Vermutlich nicht. Verena hatte ihr gegenüber nie erwähnt, womit sie ihre Brötchen verdiente.

„Nur zur Vorsicht natürlich, falls der Sauhond wieder zu sich kommt. Und durchdreht. So was macht man nicht ungestraft mit dem Siggi. Er ... ist aber nicht aufgewacht. Erst mal nicht."

„Warum hast du keinen Krankenwagen gerufen?"

Als Antwort zuckte Lisbeth nur mit den Schultern. „Und dann hat er sich bewegt. Zuerst die Beine. Dann eine Hand. Mit der hat er sich an den Kopf gefasst. Nach fünf Minuten hat er auf dem Bettvorleger gesessen und mich angeschaut. Und dann hat er mich gefragt, was ich mit dem Messer vorhabe. Und als er mich angelächelt hat, ich meine, so wie früher, mit ... Liebe in den Augen ..., da hab ich begriffen, dass er sich an nichts erinnert."

„Retrograde Amnesie", sagte Verena.

„Er schläft viel. Und gegen die Kopfschmerzen kriegt er alle zwei Stunden Aspirin."

„Er muss zum Arzt!"

„Lammfromm ist er, der Siggi."

„Er muss geröntgt werden!"

„Er gehört wieder ganz mir!"

„Am besten stationär ..."

Verena, die gerade ein Radicchioblatt auf der Gabel zum Mund führte, hielt inne. Was hatte Lisbeth da gesagt? *„... gehört wieder ganz mir!"*

Natürlich! Verena griff hastig nach ihrem Handy, sodass Rubens kleiner Körper vor Schreck zusammenzuckte. Doch gerade, als sie Bennos Nummer aus dem Speicher holen wollte, rief Willsch an.

„Was gibt's? Mach's kurz."

„Chefin, ich weiß zwar nicht, was das zu bedeuten hat. Aber das Haus, das ich observieren soll, gehört einer Schwester aus dem Altenheim. Schwester Klara. Sie ist meine Stationsleitung. Sie kam gerade auf die Straße. Ich habe sie eindeutig erkannt."

„Das ist ja interessant. Ist sie also doch zu Hause."

„Obwohl die Garage leer steht. Aber das muss ja nichts heißen."

„Was macht sie gerade?"

„Sie hat den Müll rausgebracht und ist wieder reingegangen. Seither hab ich sie nicht mehr gesehen."

„Bleiben Sie auf dem Posten. Wir kommen."

Verena wählte Bennos Nummer. „Wo bist du?", fragte sie, als er sich meldete.

„Zu Hause. Ich bin grad nicht ..."

„Steh in zwei Minuten unten! Alles Weitere gleich!"

Verena beendete das Gespräch. Bevor sie das *Flädle & Polenta* verließ, legte sie ihre Hand auf Lisbeths Schulter und sagte: „Der Siggi muss zum Arzt!"

„Ist gut", sagte Lisbeth.

Im Hinausgehen hörte sie, wie Lisbeth *Agnello sott'aceto* bestellte.

49

Sie schraubte den Deckel eines kleinen Fläschchens ab und goss den Inhalt in eine Rotweinflasche. Dann stellte sie die Flasche zu den beiden Gläsern auf ein Tablett.

Alarmiert durch die Aufwartung der Polizei, hatte Klara beschlossen, nicht mehr länger zu warten. Und Beatrices Aufstand schien ihr nur recht zu geben. Sie schüttelte den Kopf. Hatte sie die Kleine unterschätzt? Beatrice, die bestenfalls den Schrecken eines Schaukelpferdes verbreiten konnte? Mochte sie ihr heute zwar keine Breitseite verpasst haben, so konnte man ihr Aufbegehren zumindest als Militärparade auffassen.

Klara nahm das Tablett, verließ ihr Zimmer und klopfte sachte an Wiglafs und Beatrices Tür.

Als Wiglaf öffnete, sagte sie leise: „Für eure erste Nacht. Sorgt für angenehme Träume." Mit einem wohlwollenden Lächeln gab sie ihm das Tablett und wandte sich ab. Sie hörte, wie er die Tür schloss und ging in ihr Zimmer zurück. Sie setzte sich an den Computer.

„Das ist jetzt genau das Richtige", hörte sie Wiglaf sagen. Er goss Rotwein in beide Gläser.

„Von der trink ich nichts", sagte Beatrice, als Wiglaf ihr ein Glas geben wollte.

„Jetzt mach aber mal 'n Punkt. Glaubst du vielleicht, sie will uns vergiften? Komm endlich von deinem hohen Ross herunter. Sie lässt uns hier wohnen, sie hilft uns, wo sie kann. Und du? Hast nichts Besseres zu tun, als sie zu verunglimpfen."

„Merkst du nicht, dass es ihr einzig und allein um dich geht? Sie will dich! Ich bin ihr völlig egal. Schlimmer noch. Ich bin ihr im Weg."

„Kluges Kind", flüsterte Klara. „Aber trink jetzt deine Medizin!"

„Ich merke nur, dass du langsam paranoid wirst. Klara war immer schon hilfsbereit. Es ist ihr Naturell. Begreif das endlich. Und hör mit dem kindischen Gezänk auf. Einfach nur peinlich, was du heute beim Essen veranstaltet hast." Wiglaf nahm einen großen Schluck aus seinem Rotweinglas.

„Gut so", flüsterte Klara. „Du wirst sehen, es ist zu deinem Besten."

„Ich habe Angst vor ihr. Sie hat ... kalte Augen", sagte Beatrice. Sie brach in Tränen aus. Mit dem Weinglas in der Hand stürzte sie ins Bad und schloss sich ein.

Klara schaltete auf die Badezimmerkamera: Beatrice stand vor dem Spiegel über dem Waschbecken und sah sich beim Weinen zu. Sie weinte still, ohne theatralisches Getue und ohne hässliche Grimassen.

Dann trank sie ihr Glas in einem Zug leer.

„Brav", murmelte Klara. „Du hast es bald geschafft."

Klara wandte sich ab und rollte auf ihrem Bürostuhl zu der Truhe, die vor der Heizung stand. Sie hob den schweren Deckel und nahm eine Ampulle und ein Injektionsbesteck heraus. Zurück am Schreibtisch, sah sie gerade noch, wie Beatrice aus dem Bad kam. Sie trug ein Negligé aus hautfarbener Seide. Wiglaf lag nackt, mit gespreizten Beinen und hinter dem Kopf verschränkten Armen auf seinem Bett. Sein Gemächt war zwischen den feisten Oberschenkeln und dem dichten Schamhaar kaum auszumachen. Beatrice schien jetzt die Beschaffenheit der Bettdecke zu prüfen und ebenfalls auf sie verzichten zu wollen. Das Thermometer würde wahrscheinlich auch diese Nacht nicht unter 25 Grad sinken.

Beatrice löschte das Licht.

Mit einem Mausklick schaltete Klara auf Nachtsicht um.

Sie sah, wie Beatrice sich an Wiglaf schmiegte, ihn streichelte, ihm etwas ins Ohr zu flüstern schien, vielleicht nahm sie auch sein Ohrläppchen zwischen die Zähne und knabberte daran herum. Wer wusste das schon so genau? Wiglaf aber drehte den Kopf zur Seite. Unverdrossen strich Beatrice ihm über Brust, Bauch und Oberschenkel, bis Wiglaf ihre Hand nahm und sie grob beiseiteschob.

„Ich bin müde", hörte Klara ihn mit schwacher Stimme sagen, und: „Morgen reden wir weiter."

Beatrice zog sich in ihr Hoheitsgebiet zurück, rollte sich ein und bewegte sich nicht mehr.

50

„Es muss ganz einfach so sein!", sagte Verena, als sie auf der Reutlinger Straße stadteinwärts Richtung Betzingen fuhren. Da um diese Zeit kaum Verkehr herrschte, kamen sie gut voran. Die Lüftung hatte Verena heruntergedreht, um in halbwegs normaler Lautstärke mit Benno reden zu können. Das Thermometer, das sie neben dem Steuerrad auf der Armatur angebracht hatte, zeigte 26,3 Grad. Würzige Nachtluft drang durch das halb offene Fenster.

„Wenn ich Sie also richtig verstanden habe, hat Klara Pfaff die Trennung von Wiglaf Winter nach Jahren immer noch nicht verkraftet und tut alles, um ihn wiederzubekommen. Und sie schreckt auch vor Mord nicht zurück", resümierte Benno.

„Gehen wir noch mal durch, was für Pfaff als Mörderin spricht", sagte Verena. „Das Motiv bei Klaas Hildebrandt, dem Journalisten?"

„Rache! Wegen vernichtender Kritik an Wiglafs Lyrikabenden", sagte Benno. Er wiegte den Kopf leicht hin und her, als sei er nicht restlos überzeugt.

„Bei Agnes Eisele, Wiglafs Agentin?"

„Versagen! Oder Verrat! Wie auch immer. Als seine Agentin war es ihre Aufgabe, ihm auf die Beine zu helfen, ihm Verträge zu verschaffen. Eiseles Unterlagen zufolge war sie meilenweit davon entfernt. Sie war sogar kurz davor, ihn fallen zu lassen. Eine Notiz von ihr, die ich in ihren Unterlagen irgendwo gelesen habe, hat mir gefallen. Ich hab sie mir gemerkt: ‚Wiglaf gehört zu den Menschen, deren Talent von einer beispiellosen Begriffsstutzigkeit neutralisiert wird.' Vielleicht hätte sie es besser selbst mit dem Schreiben probiert." Benno grinste. „Aber im Ernst! Woher könnte Pfaff davon gewusst haben? Sie hatte weder Kontakt zu Wiglaf noch zu Eisele. Jedenfalls hat das keiner der Zeugen berichtet. Auch die Auswertung der Telefonlisten deutet nicht in diese Richtung."

„Irgendwie muss sie es aber doch herausgefunden haben", überlegte Verena. „Vielleicht hat sie Wiglaf beobachtet. Vielleicht hat sie Gesprächsfetzen mitbekommen. Möglich ist auch, dass sie sehr wohl mit ihm in Kontakt stand und er uns angelogen hat. Aus Rücksicht auf seine Freundin ... Etwas dünn, ich geb's zu."

Verena setzte den Blinker und bog rechts ab, Unter den Linden.

„Wo ist die Verbindung von Klara Pfaff zu Batrachotoxin, diesem Gift?", fragte sie, nachdem sie sich jetzt auf der Tübinger Straße befanden. Auch hier war wenig Verkehr.

„Harald Sander. Klaras weitgereister Onkel!", antwortete Benno. „Als Biologe hat er mehrere Jahre in Lateinamerika zugebracht."

„Sehr richtig! Gut möglich, dass der Onkel von seinen Reisen das ein oder andere Präsent mitgebracht hat. Zu Forschungszwecken natürlich. Nicht, um die Familie zu dezimieren."

„Nehmen wir mal an, wir liegen richtig mit unserer Hypothese, vorausgesetzt, Klara hat für beide Morde kein Alibi. Dann hat sie einfach alles aus dem Weg geräumt, was ihrem Wiglaf schadet. Sie hat sich vollkommen in die Idee verrannt, den Geliebten schützen zu müssen. Und dabei völlig den Bezug zur Realität verloren."

„Ich denke, sie will ihn nicht nur beschützen. Sie will ihn wiederhaben. Ganz für sich. Endgültig!"

„Klingt dramatisch", sagte Benno. „Aber nicht abwegig. Da ist also jemand ... sagen wir mal, mit einer labilen Persönlichkeit, der geradezu in einen krankhaften Liebeswahn hineingerät, der ungebremst auch ... bizarre Formen annehmen kann."

Benno schaltete das Gebläse herunter.

„Aber wie das leider so ist mit Hypothesen", sagte Verena, während sie den Luftstrom auf ihr Gesicht richtete: „Es gibt keine Beweise."

„Kauen wir noch ein bisschen auf Ihrer These herum, Chefin: Klara Pfaff will also ihren Lyriker zurückhaben. Ganz für sich und endgültig. Die Störfaktoren sind aus dem Weg geräumt. Dann gibt es jetzt nur noch ein letztes Hindernis."

„Störfaktor Nummer eins!"

„Störfaktor überhaupt!"

Wenig später parkte Verena hinter einem Lieferwagen, vor dem Willsch in seinem Wagen saß.

„War irgendwas?", fragte sie Willsch, als sie zu dritt auf dem Bürgersteig standen.

„Seither nichts mehr."

„Sie muss irgendwann in der Zeit nach Hause gekommen sein, als wir schon weg waren und Sie noch nicht hier. Oder haben Sie sie kommen sehen?"

„Das hätte ich Ihnen doch gesagt", gab Willsch zurück. „Ich habe sie genau einmal gesehen. Als sie den Müll rausgebracht hat."

Verena nickte. „Vielleicht hat sie heute Mittag bewusst nicht aufgemacht."

„Wie ist sie bei der Arbeit?", wollte Benno wissen.

„Beherrscht und emotionslos. Streng gegen sich und andere."

„Irgendetwas Verdächtiges an ihr?"

Willsch überlegte. Und plötzlich wurde er nervös. „Verdammt, natürlich. Dass ich nicht gleich dran gedacht habe. Ich hab in ihrem Spind eine Kanüle gefunden. Es war noch ein Rest einer Flüssigkeit darin. Liegt alles bei Schmalhans." Willsch schlug sich mit der flachen Hand vor die Stirn. „Diese Tatsache erscheint plötzlich in einem ganz anderen Licht."

„Sie wussten ja bis vorhin nicht, wen Sie da observieren", sagte Verena. Es war ihr nicht wichtig gewesen, ihn genauer über die Person zu informieren. Er sollte ja lediglich das Haus beobachten.

„Und was lernen wir daraus? Noch mehr Informationsaustausch", sagte sie mehr zu sich selbst.

Dann gab sie Benno ein Zeichen. Gemeinsam überquerten sie die Straße.

„Was machen wir, wenn sie wieder nicht aufmacht?", fragte Benno leise. Sie hatten das Haus fast erreicht.

„Hast du dein Mirakelmäppchen dabei?"

„Das hab ich *immer* dabei!"

Als sie vor Pfaffs Haustüre standen, stupste Benno seine Chefin mit dem Ellenbogen in die Seite und zeigte auf die Stelle, an der sie vor Stunden ihre Visitenkarte hineingeschoben hatte.

„Ist nicht mehr da", flüsterte er. „Sie weiß jetzt, wer wir sind."

Verena nickte. Dann drückte sie auf den Klingelknopf.

51

Mit einem Blick auf den Monitor vergewisserte sich Klara, dass sie sich nicht bewegt hatten: Wiglaf, die Beine gespreizt, den Kopf zum Fenster gedreht. Beatrice, eingerollt wie eine Schneckennudel, mit dem Gesicht zur Tür. Vorsichtig nahm sie die Spritze, ließ sie in die Tasche ihrer Bluse gleiten und ging in den Flur hinaus. Vor dem Gästezimmer blieb sie stehen und lauschte. Es war so still, dass sie das Ticken der alten Wanduhr unten im Wohnzimmer hörte. Sachte drückte sie die Klinke herunter, öffnete die Tür und trat ein. Auf Zehenspitzen ging sie zum Bett. Für einen Moment blieb sie am Fußende stehen und betrachtete das Bild, das sich ihr bot. Das fahle Licht der Straßenlaterne legte sich auf die reglosen Leiber wie ein Schleier aus Musselin. Beatrices Haut schimmerte, als wäre sie aus Porzellan.

Klara ging jetzt zu Wiglaf, legte drei Finger an seinen Hals und nickte. Dann ging sie zu Beatrice hinüber: Auch ihr Puls war in Ordnung. Jetzt griff sie in die Tasche ihrer Bluse und hatte die Spritze schon in der Hand, als es an der Haustür klingelte. Klara zuckte zusammen. Hätte nicht die Schutzkappe auf der Kanüle gesteckt, Klara hätte sich die Spritze vor Schreck in den Oberschenkel gestoßen.

„Verflucht!", zischte sie.

Ihr Herz klopfte bis zum Hals. Ein heller Ton begann in ihren Ohren zu pfeifen. Mit einem letzten Blick zurück – Wiglaf und Beatrice lagen wie in Stein gemeißelt auf ihren Betten – ging sie hinaus und hastete hinüber an den Computer.

„Was wollt ihr schon wieder?", flüsterte sie, als sie den blonden Haarschopf der Polizistin erkannte, der im Licht der Straßenlaterne leuchtete wie ein Strohballen, unter dem ein Feuer loderte.

Und jetzt fiel ihr Blick auf die Visitenkarte mit der handgeschriebenen Handynummer neben der Tastatur.

‚Verdammt, verdammt, verdammt!' Mit beiden Händen fuhr sie sich durch das Haar. O. K., sie hatte einen Fehler gemacht. Schlimm genug! Aber was war jetzt zu tun? Nichts überstürzen!

In Sekundenschnelle dachte sie nach, hastete dann die Treppe hinunter, warf sich in ihren Morgenmantel, den sie im Bad hinter der Tür vom

Haken nahm, verknotete die Kordel vor dem Bauch, fuhr sich mit den Händen durch das Haar, atmete tief durch und öffnete die Tür.

* * *

Eine schlanke, überaus großgewachsene, etwa 40-jährige Frau öffnete die Tür einen Spaltbreit.

„Ja?“, sagte sie mit schwacher Stimme.

„Verena Paul, Mordkommission.“ Verena hielt ihren Ausweis hoch. „Das ist mein Kollege Benno Andres.“

Mit einem Nicken zeigte auch Benno seinen Dienstausweis.

„Sind Sie Klara Pfaff?“

„Ja“, sagte die Frau nach kurzem Zögern. In ihrer Stimme lag nichts als Erstaunen.

„Dürften wir kurz reinkommen? Wir hätten ein paar Fragen.“

„Hat das nicht Zeit bis morgen? Ich bin ... krank ... Ich hab eine schwere Grippe. Die Schlaftablette fängt an zu wirken. Ich bin jetzt nicht in der ...“

„Es dauert nicht lange. Wir machen es so kurz wie möglich.“

Verena ging einen Schritt auf die Frau zu, woraufhin diese den Türspalt verkleinerte.

„Ich muss Sie um Verständnis bitten. Aber ich fühle mich hundeelend.“

Die Frau wich keinen Millimeter.

Verena nickte.

„Wir sind auf der Suche nach Wiglaf Winter. Kennen Sie ihn?“

„... Ja“, antwortete sie zögernd, als müsste sie erst nachdenken. „Ich kenne ihn. Von früher.“

„Wann haben Sie ihn zum letzten Mal gesehen?“

„Ist schon 'ne Weile her. Ein paar Jahre sicherlich.“

„Wie gut kennen Sie ihn?“ Verena ließ die Frau nicht aus den Augen.

„Wir waren befreundet ... Naja, genau genommen waren wir sogar ein Paar. Ist Schnee von gestern.“

„Wissen Sie, wo er sich zurzeit aufhält?“

„Seit damals habe ich ihn nicht mehr gesehen.“

Eine heftige Hustenattacke schüttelte den Körper der Frau. Sie fasste sich an die Stirn und sagte: „Ich muss dringend ins Bett. Können Sie nicht morgen wiederkommen?“

„Haben Sie den Namen Beatrice Kracht schon einmal gehört?", fuhr Verena ungerührt fort.

„Nein. Ist mir völlig unbekannt." Sie schnäuzte kräftig in ein Taschentuch.

„Was haben Sie letzte Woche Montagnacht und am Mittwochabend gemacht, Frau Pfaff?"

„Warum wollen Sie das wissen?"

„Reine Routine."

Jetzt wurde sie von einer Niesattacke übermannt. „Ich war hier zu Hause", sagte sie, nachdem sie die Tränen abgewischt hatte.

„Seit Tagen versuchen wir, Sie zu erreichen. Sie gehen nicht ans Telefon, machen nicht auf ... "

„Sie sehen doch, in welchem Zustand ich bin. Ich pfeife auf den Rest der Welt, bis ich wieder hergestellt bin. Verbietet das irgendein Gesetz?" Es war ihr anzuhören, dass sie langsam die Geduld verlor.

„Kommen Sie morgen wieder. Ich muss jetzt schlafen." Sie schloss die Tür.

* * *

Ruckartig riss sie sich den Morgenmantel herunter, ließ ihn an Ort und Stelle liegen und lief nach oben. Ohne besondere Vorsicht betrat sie das Gästezimmer. Von der Seite war nichts mehr zu befürchten. Unauffällig trat sie ans Fenster und sah, wie sich das ungleiche Paar in Richtung Paulinenstraße entfernte.

„Geschafft", flüsterte sie.

Sie drehte sich um und betrachtete die regungslosen Leiber. Ihr Blick blieb an Beatrices Körper haften, an der perfekten Form ihrer Beine, die angewinkelt aufeinanderlagen und zwischen die sie einen Arm geschoben hatte, an der vollkommenen Rundung ihres Hinterns, an der prächtigen Erhebung ihrer Hüfte, die formvollendet in die sichelförmige Kontur ihrer Taille überging. Klara setzte sich neben Beatrice auf das Bett und strich mit der Hand über ihr seidenes Nachthemd, so wie man den Kopf eines Kindes streichelt, das einen mit unschuldigen Augen ansieht. Sie legte die Hand auf Beatrices Oberschenkel, spürte die Wärme ihrer Haut, fühlte das junge, feste Fleisch. Ihre eigene Hand schien angesichts des makellosen Untergrundes zu einer kümmerlichen Kralle zu schrumpfen. Ein bitterer Zug mischte sich in Klaras Antlitz. Sie zog ihre Hand zurück und führte sie an Beatrices Hals. Der Puls war ruhig und gleichmäßig. Mit dem Zeigefinger betastete sie eine Stelle am Hals, nahm mit der anderen Hand die Spritze aus der Blusentasche, zog mit den Zähnen die Schutzkappe ab, spuckte sie auf den Boden und setzte die Kanüle da an, wo der Zeigefinger saß. Mit einem sanften Ruck fuhr die Nadel unter die Haut, die sich leicht wölbte, als sich der Inhalt des Kolbens langsam in Beatrices Arterie entleerte.

* * *

„Dein Eindruck?", fragte Verena, als sie zu Willsch zurückgingen.

„Schwer zu sagen. Wenn sie nicht wirklich krank war, war es zumindest gut gespielt", gab Benno zurück.

„Zugegeben, ihr Auftritt wirkte echt. Dann hätte sie also seit Tagen das Bett nicht verlassen ...", sinnierte Verena. „Wann war sie zuletzt bei der Arbeit?", fragte sie Willsch, als sie bei ihm angekommen waren.

„Am Freitag. Aber nur zwei Stunden. Sie musste dann wieder weg."

„Wirkte sie erkältet? Oder hat sie sich krankgemeldet?"

„Weder noch."

An den Käfer gelehnt, standen sie nebeneinander und ließen Klaras Haus nicht aus den Augen. Ruben lag auf dem Rücksitz und schlief.

„Alles dunkel, alles ruhig", murmelte Verena. „Hast du bemerkt, dass sie Straßenkleidung unter ihrem Morgenmantel trug, Benno?"

„Klar."

„Von wegen Grippe."

„Sie kann auch in Jeans und Pulli auf dem Sofa vor dem Fernseher eingeschlafen sein", sagte Willsch.

Verena spürte die Vibration ihres Handys, das in ihrer Hosentasche steckte. Sie sah Schmalhans' Nummer auf dem Display.

„Was gibt's, Doc?"

„Ich hab die Analyse der Flüssigkeit aus der Spritze, die Willsch mir vorgestern Abend gebracht hat. Ich hätte sie schon längst fertig haben können. Aber mein neuer Assistent – na ja ..."

„Und?", fragte Verena ungeduldig.

„Batrachotoxin."

„Jetzt haben wir sie!", rief sie und steckte das Handy in die Hosentasche zurück. Sie nickte Willsch und Benno zu und rannte los. Benno folgte ihr, Willsch griff zum Telefon.

In kürzester Zeit hatten sie Pfaffs Haus erreicht. Verena atmete kurz durch und drückte auf den Klingelknopf. Als niemand öffnete, schlug sie gegen die Tür.

„Polizei. Machen Sie auf!"

Im Haus blieb es still. Verena warf sich gegen die Tür und taumelte in den Hausflur. Den stechenden Schmerz in ihrer Schulter nahm sie kaum wahr.

* * *

Leise summend und mit einem Lächeln auf den Lippen, kniete Klara Pfaff vor der geöffneten Truhe. Mit größter Sorgfalt legte sie das Fläschchen, das Injektionsbesteck sowie einige Ampullen in ein Holzkästchen, das auf einem Stapel Schreibhefte lag, in denen sie einst Onkel Harrys Handschrift wiedererkannt hatte. Sie hatte nie verstanden, warum Onkel Harry die Truhe im Beisein anderer nicht öffnen wollte. Dann setzte sie sich kurz nach seinem Tod über das Verbot hinweg und brach die Truhe gewaltsam auf – einen Schlüssel für das massive Vorhängeschloss hatte sie im ganzen Haus nicht gefunden. Sie las in seinen handgeschriebenen Aufzeichnungen, die obenauf lagen, sah ein, dass es zumindest für Tante Sophie besser gewesen war, nicht alles über seine Reisen zu wissen. Als sie Briefe fand, auf denen sie die Handschrift ihrer Mutter erkannte, Briefe an Onkel Harry, zögerte sie zuerst. Sie las sie jedoch schließlich – und legte sie verbittert beiseite. Das war also ihr Preis gewesen. 530 Mark monatlich dafür, unbeschwert reisen zu können, keine Verantwortung für ein Kind haben zu müssen, ein Kind, das bei der Errettung der Menschheit nur im Weg gewesen wäre. In fast jedem zweiten Brief an ihren Bruder versprach die Mutter, das Kind bald zu holen. Doch sie tat es nie.

Der toxikologischen Fachliteratur, die ganz zuunterst lag, schenkte Klara zuerst wenig Beachtung, bis sie auf das kleine Holzkästchen stieß, in dessen Deckel eine goldene Brosche eingearbeitet war. In dem Kästchen lagen mehrere mit Flüssigkeit gefüllte Ampullen sowie ein handgeschriebener Zettel, der ihr – nachdem sie ihn gelesen hatte – das Blut in den Adern gefrieren ließ. Doch allmählich formierte sich in ihrem Kopf eine Idee, die den Schmerz, der ihr längst zu einem guten Freund geworden war, in Watte packte, ihn in so etwas wie Zuversicht verwandelte und entmachtete.

Gerade hatte sie das Kästchen zwischen den Schreibheften verstaut, als es wieder an der Tür klingelte. Diesmal anhaltend. Ein Dauerton! Wie erstarrt blieb sie sitzen. Das helle Pfeifen in den Ohren war wieder da.

Sie stand auf, ging zum Computer und sah auf dem Monitor, wie sich der brennende Strohballen gegen ihre Haustür warf. Mit zwei langen Schritten überwand Klara die Entfernung zur Truhe, nahm das Holzkästchen heraus, und als sie zur Tür stürzte und sie öffnete, sah sie sich einer Frau gegenüber, die ihr zumindest an Körpergröße ebenbürtig war.

* * *

Die wenigen Räume im Erdgeschoss waren schnell überblickt. Fast wäre Verena über den Morgenmantel gestolpert, der mitten im Flur lag. Mit einer Handbewegung bedeutete sie Benno, die unteren Räume zu durchsuchen. Sie selbst hastete die Treppe hinauf, blieb stehen, schaute sich um und stürzte auf die erstbeste Tür, die sich plötzlich von selbst öffnete, ohne dass Verena sie auch nur berührt hätte. Und da stand Klara Pfaff vor ihr. In Bluse und Jeans. Klara wirkte ebenso erschrocken wie sie selbst.

„Wo sind sie?", fragte Verena.

„Was fällt Ihnen ein, verlassen Sie sofort mein ..."

„Wo sind Wiglaf Winter und Beatrice Kracht? Ich weiß, dass sie hier sind!"

„Gehen wir doch erst mal runter ins Wohnzimmer", sagte Klara. Unbeeindruckt schob Verena die Frau beiseite und betrat das Zimmer, schaute sich um, ging in den Flur zurück und entdeckte am Ende eine weitere Tür.

„Dürfen Sie das überhaupt?", fragte Klara mit bedrohlichem Unterton, nachdem sie sich Verena in den Weg gestellt hatte. Verena hatte keine Zeit mehr zu überlegen, woher die Spritze plötzlich kam, die Klara jetzt in der Hand hielt und auf sie richtete, denn Klara kam ihr bedrohlich nah. Zu nah – wie Verena fand. Die Kanüle der Spritze berührte fast ihren Hals. Verena wich einen Schritt zurück, tastete nach dem Treppengeländer hinter sich, was ihr den Schmerz in der Schulter in Erinnerung rief. In dem Moment, als Klara sich auf sie werfen wollte, packte Verena ihr Handgelenk, hielt es mit eisernem Griff umschlossen – und beide flogen durch die Wucht der Attacke die Treppe hinunter in die untere Etage.

‚Verdammt, nicht auch noch die andere Schulter', dachte Verena noch, bevor es dunkel um sie wurde. Sie spürte nicht mehr, dass Willsch, der inzwischen an der Treppe angekommen war, ihren Fall auffing. Und sie hörte nicht, wie ein Trupp Menschen, allen voran Meininger, gefolgt von Schmalhans mit seinen Leuten, in das Haus stürmte.

„Ich will nicht behaupten, dass ich mit so etwas gerechnet habe. Jedoch hab ich zumindest die Möglichkeit in Betracht gezogen", sagte Schmalhans später, während er die Injektionsnadel aus Beatrices Armvene zog. „Das Gegengift hab ich mir sofort besorgt, als klar war, welche Substanz Klaas Hildebrandt und Agnes Eisele umgebracht hat. Seither ist es Dauergast in meinem Koffer."

Verena war nach wenigen Augenblicken wieder zu sich gekommen. Zwei Sanitäter hatten zwischenzeitlich die ebenfalls bewusstlose Klara auf eine Trage gehoben und in den Krankenwagen geschoben. Die Spritze war ihr irgendwo auf dem Flug durch den Hausflur aus der Hand gefallen.

Jetzt stand Verena in der offenen Tür zum Gästezimmer und sah Schmalhans dabei zu, wie er Wiglafs Vitalfunktionen prüfte.

„Was macht Sie so sicher, dass er nur schläft?", frage Schmalhans. Er ließ Wiglafs Augenlider los, die sofort wieder zufielen.

„Er ist der Schutzbefohlene", gab Verena zurück, „nicht das Opfer. Er war nie in Gefahr!"

52

Frau Glöckles Ventilator stand auf dem Fensterbrett und kämpfte gegen die Hitze an, die die tief stehende Abendsonne im Besprechungsraum verbreitete. Verena stand auf, streckte sich, wodurch sich ihre Schulterprellung bemerkbar machte, und zählte bis fünf.

‚Beidseitiges Schulteranpralltrauma' hatte Schmalhans es genannt. Und ihr strikte Schonung empfohlen. Für mindestens vier Wochen.

Klara Pfaff hatte weniger Glück gehabt. Mit gebrochener Schädelbasis, Frakturen mehrerer Wirbelkörper und Lähmungserscheinungen in beiden Beinen würde sie das Krankenhaus so schnell nicht verlassen können. In den nächsten Wochen würde sich zeigen, ob die Lähmung bleiben würde. Ihr Geständnis war nur noch Formsache. In ihrem Haus hatte man umfangreiches Beweismaterial sichergestellt. Die Schubladen einer Kommode waren gefüllt mit Tonkassetten, die von links hinten nach rechts vorne chronologisch sortiert Klaras Aufzeichnungen der letzten Jahre beinhalteten und das gesamte Spektrum einer zwangsgestörten Frau offenbarten. Die Kanüle aus ihrem Spind hatte einen Richter davon überzeugt, die Exhumierung der drei toten Senioren aus dem Altenheim zu veranlassen. Sie waren ebenfalls mit Batrachotoxin vergiftet worden.

„Ganz offensichtlich hat Klara das Gift an ihnen ausprobiert. Wahrscheinlich, weil es schon so lange in der Truhe gelegen hat und sie mit der Dosierung unsicher war. Und ob es überhaupt noch wirkte", sagte Verena.

Meininger nickte. „Könnte so gewesen sein. Warum sonst hätte sie drei unbescholtene alte Menschen umbringen sollen, von denen nichts zu befürchten war."

„Ich hab ja Schwester Renate in Verdacht gehabt", sagte Willsch. „Hätte ins Bild gepasst. Sie ist am Ende ihrer Belastbarkeit angekommen. Lange dauert es nicht mehr, und sie läuft entweder Amok oder sie landet mit einem Burn-out in der Klinik." Während er sprach, kratzte er sich mit einem Lineal unter dem Gips, in dem sein rechter Unterarm steckte. Die Knochen hatten der Wucht seiner Chefin nicht standgehalten.

„Gibt's was Neues von der Freundin des Dichters?", fragte Meininger.

„Beatrice? Sie liegt immer noch im Koma“, gab Verena zurück. „Völlig ungewiss, wann sie aufwacht, sagen die Ärzte. Und ob sie jemals wieder erwacht. Winter sitzt Tag und Nacht an ihrem Bett und weicht nicht von ihrer Seite.“

„Haben Sie übrigens rausgekriegt, wer den anonymen Brief geschrieben hat, Willsch?“ Meininger sah ihn erwartungsvoll an. „Obwohl der Fall ja jetzt aufgeklärt ist, würde mich das doch interessieren.“

„Ja, das hab ich“, sagte Willsch. Er richtete sich auf. „Miss Moneypenny ... ähm die Sekretärin hat ihn geschrieben.“

„Ach!“, entfuhr es Verena.

„Sie hatte schon lange den Verdacht, dass auf der 2A was nicht stimmt. Mal ganz abgesehen von der straffen Organisation der Heimleitung und vom Pflegenotstand, der allen an die Substanz geht.“

„Na, da hat sie ja auch einen kleinen Orden verdient“, sagte Meininger.

Willsch nickte stolz.

* * *

Verena schaute durch das Fenster ins *Flädle & Polenta* und sah, wie Mimo bei den beiden Alten hinter dem Tresen stand und ihnen ein Etikett auf einer Weinflasche erklärte, wobei er mit einem Finger jeden Buchstaben einzeln abfuhr. S'Leole schien sich zumindest auf einen Versuch einzulassen, wohingegen dr Stufz ein Gesicht machte, als ob man ihn gerade zwingen wollte, einer Friedensbewegung beizutreten.

Vorn an der Ecke saß Lisbeth. Und neben ihr ein Mann, den Verena hier noch nie gesehen hatte. Von hinten wirkte er schmal wie ein Lattenrost.

Verena ging hinein.

„Schau mal, wer heut mitgekommen ist“, sagte Lisbeth.

Sollte das etwa Siggi sein? Der in ihrer Vorstellung hünenhafte, oder zumindest stattliche Siggi mit einem Kreuz so breit wie ein Doppelspind? Diesen Mann hier hätte der Luftstrom der Tür, die Verena gerade geöffnet hatte, vom Hocker gefegt, hätte er nicht in Lisbeths Windschatten gesessen.

„Na? Was hältst du von ihm?“, fragte Lisbeth, nachdem Siggi kurz rausgegangen war.

„Hab ich mir ... anders vorgestellt“, gab Verena zu.

Lisbeth strahlte. Lachfalten durchzogen ihr Gesicht wie Risse ein ausgetrocknetes Flussdelta.

„Gell? Er ist die Kirsche auf dem Sahneklecks auf der Torte!“, sagte sie, womit sie Verena mundtot machte.

„Wo se den gmacht hend, isch dr Hemmedzipfl dazwischakomma“, sagte dr Stufz.

„Jeder Schlabbr fend sein Dabbr“, sagte s'Leole.

„Einen Marsala, carissima commissaria?“

Mimo lachte sein italienischstes Lachen.

53

Regen fiel. Die Wolken hingen dunkel und schwer zwischen den Bäumen. Es waren stattliche Bäume, alte Bäume. Viel mochten sie gesehen haben im Laufe der Jahre, seit der Betzinger Friedhof Mitte des 18. Jahrhunderts angelegt worden war. Zahllose Menschen waren an ihnen vorbeigezogen, und etliche davon hielten sie nun mit ihrem Wurzelwerk umfangen.

Verena und Benno standen am Doppelgrab von Harald und Sophie Sander. In Sektor U-EW. EW stand für Erd-Wahlgräber. Daneben gab es Erd-Reihengräber, Erd-Rasenreihengräber und Erd-Rasenwahlgräber. Und dasselbe noch einmal für die Urnen.

Der Richter hatte von einer minimalen Chance gesprochen, nach so langer Zeit noch etwas zu finden. Verena war stur geblieben – und hatte sich durchgesetzt.

Mit einem zischenden Geräusch fuhren die Spaten der Friedhofsarbeiter in die nasse Erde, die mit einem dumpfen Aufprall auf dem nassen Gras landete.

Zisch Plock Zisch Plock.

Es würde noch eine Weile dauern, bis sie auf Holz stoßen würden. Für einen Bagger war zwischen den Gräbern nicht genug Platz gewesen.

Verena schaute auf die Uhr. Drei viertel sechs. Keine gute Zeit. Sie würde dem Tod mit leerem Magen begegnen müssen. Vor acht war ihre Kehle wie zugeschnürt. Bis auf das Zischen der Spaten und den dumpfen Aufprall der nassen Erde auf dem Gras war kein Geräusch zu hören. Auch die Vögel waren verstummt.

Zisch Plock Zisch Plock.

Was würde sich ihnen offenbaren, wenn sich die Sargdeckel hoben? Harry und Sophie waren seit zwei Jahren tot. In welchem Zustand waren sie? Und was war dran an dem Mythos, dass Haare und Fingernägel nach dem Tod noch eine Zeit lang weiterwuchsen? Was für eine Vorstellung: Eine Frisur wie Jimi Hendrix und Fingernägel so lang wie Stricknadeln. Woran erinnerte sie das? An den Struwwelpeter. Ihr Lieblingsbuch aus längst vergangener Zeit.

Sieh einmal, hier steht er / Pfui! Der Struwwelpeter!

Zisch Plock Zisch Plock.

Sie sah zu Benno, der neben ihr stand und unter seinem Schirm fast verschwunden war. Eine Windbö rüttelte an seinem Schirm.

Seht! Den Schirm erfasst der Wind / Und der Robert fliegt geschwind / durch die Luft so hoch, so weit / niemand hört ihn, wenn er schreit.

„Alles klar?", fragte sie ihn.

„Klar!", gab er zurück.

Zisch Plock Zisch Plock.

„War es nötig, so früh ... ?", fragte Benno.

„Schaulustige sind das Letzte, was man bei so einer Sache gebrauchen kann. Wir sind hier fertig, noch bevor auch nur jemand daran denkt, heute auf den Friedhof zu gehen."

Benno nickte.

Verena betrachtete den hüfthohen, marmornen Grabstein, der die ganze Breite des Doppelgrabes einnahm. Eingemeißelt zwischen den Namen der Verstorbenen erkannte man den gesenkten Kopf der *Pietà* von Michelangelo. Darunter stand:

Woher? Wohin? Wir wissen nur:

Aus Gottes Hand in Gottes Hand.

„Wozu die Fragerei, wenn sie es doch wissen?" Verena sah zu Benno, ob er ihr gefolgt war.

„Du kamst, Du gingst mit leiser Spur, ein flücht'ger Gast im Erdenland; woher? wohin? Wir wissen nur ... von Ludwig Uhland", sagte er.

„Heißt es jetzt schon *wissen*? Nicht mehr *glauben*?"

„Es ist doch nur ein Gedicht."

Verena winkte ab. „Aber dass Harald Sander ein flücht'ger Gast war, ist unbestritten", sagte sie. „So oft, wie der nicht zu Hause war. Immer auf Reisen. Immer unterwegs."

„Vielleicht das richtige Rezept für eine lange Ehe!"

„Du meinst, wer nichts macht, macht nichts verkehrt?"

Zisch Plock Zisch Plock.

„Was macht Sie eigentlich so sicher, dass Klara Tante und Onkel umgebracht hat? Wenn wir nichts finden, wird uns der Staatsanwalt die Sache um die Ohren hauen."

„Wie du weißt, haben alle, die sie kannten, ausgesagt, dass sie immer gesund gewesen sind. Von Herzbeschwerden weit und breit keine Spur", gab Verena zurück. „Auch in den Unterlagen des Hausarztes stand nichts dergleichen. Der Totenschein von Sophie ist von einer Vertretung ausgestellt worden, da der langjährige Hausarzt gerade in Urlaub war.

Und die Vertretung hat meiner Meinung nach einfach nicht aufgepasst. Alte Frau gleich Herzversagen. Das war ihr wohl das Naheliegendste – und das Bequemste." Verena machte einen Schritt auf die Grube zu, um zu sehen, wie die Arbeit voranging. „Außerdem sind sie mir ein bisschen zu schnell hintereinander gestorben", fuhr sie fort. „Sicher. Es kommt vor, dass der Zurückgebliebene an gebrochenem Herzen stirbt. Aber so, wie die Dinge hier liegen, wäre Harry auch ohne seine Sophie auf Reisen gegangen." Verena holte sich die Totenscheine in Erinnerung: Beide Male war bei Todesart „Natürlich" angekreuzt, und unter Todesursache „Als Folge von Herzversagen" eingetragen.

„Und wir wissen, dass Klara Geld brauchte. Geld, um ihren Poeten durchzufüttern, wenn sie ihn sich zurückgeholt haben würde. Und jetzt wissen wir auch, was für eine kriminelle Energie in ihr steckt."

Der Regen wurde stärker.

Schmalhans kam zwischen den Gräberreihen auf sie zu.

„Wo haben Sie Ihren Westentaschenterrier gelassen?", fragte er, nachdem sie sich die Hand gegeben hatten.

Verena hob die Augen und sah zu den tief hängenden, grauen Regenwolken. „Er verabscheut Regen. Und wo ist Ihr Gefolge?"

Schmalhans' Blick ging in die Richtung, aus der er gerade gekommen war, wo seine Leute zwei fahrbare Gestelle durch die engen Gräberreihen bugsierten.

Endlich lagen die Särge frei.

„Jetzt werden wir jeden starken Arm brauchen", sagte Schmalhans mit Blick auf Benno, der mit der Miene eines Todgeweihten seinen Schirm neben sich auf die Erde legte.

* * *

Später würde Schmalhans in den Lungen von Harald und Sophie Sander Fasern eines Stoffes finden, den er einem Kissenbezug in Klara Pfaffs Wäscheschrank zuordnen würde, was nahelegte, dass sie ihre Zieheltern mit einem Kissen erstickt hatte.

Seinen Anruf erhielt Verena auf der Fahrt nach Straßburg. Ruben lag auf dem Rücksitz und schlief. Hin und wieder hob er seinen Kopf, so als ob er nachsehen wollte, wie weit es noch ist. Auf dem Beifahrersitz lag eine Mappe, die acht maschinengeschriebene Seiten enthielt. Der Titel lautete:

EMANZIPATION MIT DER BRATPFANNE

Männer als Täter? Frauen als Opfer? Über das Ende eines Klischees!